Frank Faber

Mord am Heidengraben

Über dieses Buch

Der Heidengraben, einst Schutzwall der größten keltischen Siedlung in Europa, wird zum Schauplatz eines Mordes, wie ihn Kriminalhauptkommissar Grießinger noch nicht erlebt hat.
Eine Leiche im weißen Leinenkleid, penibel gewaschen, mit einem keltischen Amulett auf der Brust lässt ihn Schlimmes ahnen. Dann überstürzen sich die Ereignisse, eine zweite Tote wird gefunden, und die eigenwillige Profilerin Emilie Berta Lämmle legt sich erneut mit dem Sturkopf und Bruddler Grießinger an.

Frank Schmitt ist in Alpirsbach geboren und im Schwarzwald aufgewachsen, nicht weit von einem der heute besten Restaurants Deutschlands entfernt. So führte sein Weg, fast zwangsläufig, über das Kochen zum Schreiben, vom kulinarischen Genuss, zum genussvollen Mord. Fast zwanzig Jahre lebte er auf der Mittleren Schwäbischen Alb und hat die einzigartig schöne Landschaft sowie die Älbler, schätzen und lieben gelernt. Heute lebt Frank Schmitt in Tübingen. Sich selbst bezeichnet er, frei nach Balthasar Matzbach, als Universaldilettant, der nichts unversucht lässt, um seine Umwelt mit immer neuen Geschichten und Ideen in Aufruhr zu versetzen. Sein erster erfolgreicher Kriminalroman »Schäfers Tod«, war die Geburtsstunde einiger schwäbischer und nicht so schwäbischer Charaktere, die er eigentlich schon lange auf die Welt bringen wollte, um sie, sofern die Leserinnen und Leser es wünschen, noch viele gemeinsame Mordsgeschichten erleben und erleiden zu lassen. Nach »Schäfers Tod« ist mit »Mord am Heidengraben« der zweite Fall von Grießinger und Lämmle erschienen.

Frank Faber

Mord am Heidengraben

Der zweite Fall von
Grießinger und Lämmle

Oertel+Spörer

Anmerkungen des Autors:
Dieser Kriminalroman spielt an realen Schauplätzen auf der Schwäbischen Alb. Alle Personen und Handlungen sind frei erfunden. Sollten sich dennoch Ähnlichkeiten mit lebenden oder verstorbenen Personen ergeben, so sind diese rein zufällig und nicht beabsichtigt.

Titelbild: Ursel Maichle-Schmitt

Bibliografische Informationen der Deutschen Nationalbibliothek

Die Deutsche Nationalbibliothek verzeichnet diese Publikation in der Deutschen Nationalbibliografie; detaillierte bibliografische Daten sind im Internet über http://dnb.d-nb.de abrufbar.

Postfach 16 42 · 72706 Reutlingen

Umschlaggestaltung: Atelier Georg Lehmacher, Friedberg
Satz: Uhl+Massopust, Aalen
Druck und Bindung: Oertel+Spörer Druck und Medien-GmbH+Co., Riederich
Printed in Germany
ISBN 978-3-88627-449-9

1 Montagmorgen, Kaiserstraße Reutlingen. Der Berufsverkehr hatte die Stadt unter der Achalm längst geweckt. Mit dumpfem Bass raste ein tiefergelegter Golf durch die Burgstraße. Noch herrschte auf dem Gang der Polizeidirektion geschäftige Stille. Kaffeeduft empfing den Besucher bereits im Treppenhaus, das zu den Büros der Kriminalpolizei führte.

Grießinger öffnete die Bürotür und rief oder eher schrie ein weiteres Mal die Namen seiner zwei Mitarbeiter auf den Gang, wobei sich seine ungewöhnlich hohe Stimme fast überschlug:

»Haible, Baisch, wo sind denn die Schafmeggl schon wieder?«

Schafmeggl war ein Ausdruck, den er nur gebrauchte, wenn er wirklich grantig war. Verwundert über seinen heftigen Gefühlsausbruch bruddelte er vor sich hin: Grießinger, reiß dich zusammen! Er wusste insgeheim, dass er seit diesem unsäglichen ersten Fall mit Emilie Berta Lämmle dünnhäutiger und gereizter geworden war. Noch immer nagte die herbe Niederlage an ihm. Da kommt eine sogenannte Schriftstellerin mit psychologischer Vorbildung und wird ihm altgedienten Ermittler als ›Profilerin‹ ins Team gesetzt. Neumodisches Klump, bruddelte er weiter vor sich hin. Komplett verrannt hatte er sich bei den Ermittlungen wegen des toten Schäfers am Sternberg. Und zum Schluss hatte die Lämmle sogar die Lösung des Falles präsentiert. Er schämte sich noch immer für seine dilettantische Ermittlungsarbeit. Wie ein Polizeischüler hatte er sich benommen. Grausig! Der Baisch hatte damals vielleicht doch Recht gehabt, als er ihn vor dieser Lämmle gewarnt hatte. Diese düsteren Gedanken besserten Grießingers Laune nicht unbedingt.

»Haaaiiiible, Baaaiiiiisch, Sackzement aber auch: Bespreeeechung, sofort, bei mir«, rief der Kommissar ein letztes Mal den langen Gang hinunter. Aus einigen Büros sahen bereits Kolleginnen und Kollegen nach, warum Grießinger so herumschrie.

Als er die fragenden Blicke sah, winkte er beschwichtigend ab, zog seine hellbraune Feincordhose etwas über den Bauchansatz, der zwischenzeitlich nur noch schwerlich zu übersehen war, fuhr an seinen Hosenträgern entlang und rückte seine graubraun quer gestreifte Krawatte zurecht. Demonstrativ ließ er die Bürotür offen stehen und ging mit leicht gerötetem Kopf zu seinem Schreibtisch zurück. Grantig setzte er sich auf seinen 70er Jahre Bürodrehstuhl mit dezentem Fischgrätenmuster, den ein handgehäkeltes Sitzkissen seiner Frau zierte. Haible und Baisch konnten sich den einen oder anderen Kommentar zur Häkeldekoration von Grießingers Frau, trotz der Loyalität zu ihrem gewieften, erfolgreichen Chefermittler, nicht verkneifen.

Endlich hörte er eilige Schritte auf dem Gang und Haibles Lachen, ein unverkennbares Geräusch, das vermutlich kilometerweit zu hören war und bisweilen mit dem Kreischen einer notbremsenden Straßenbahn verwechselt wurde.

Was hatte der eigentlich zum Lachen? Mein lieber Scholli, euch wird's gleich vergehen. Grießinger saß griesgrämig an seinem Schreibtisch und klopfte unablässig mit dem Bleistift auf die Tischplatte. Als seine beiden Kollegen vom Flur in das Büro abbogen und Grießingers Gesichtsausdruck sahen, verstummten sie schlagartig.

»So, die Herrschaften, ist die Kaffeepause schon vorbei? Zu freundlich, dass man doch auch noch Zeit zum Schaffen findet!«

»Wir waren geschwind beim Lichtner, Chef. Der organisiert doch das Geburtstagsgeschenk für unseren Oberstaatsanwalt. Wir wollten ihm dabei helfen.«

Haible stieß Baisch mit dem Ellbogen in die Seite, worauf dieser schnell bestätigend nickte.

»Und was war dann so lustig, dass man euch hinauf bis zur Pfullinger Unterhos gehört hat?«

»Der Baisch hat gerade einen saudummen Witz verzählt.«

Baisch wehrte sich vehement: »Der war gar nicht saudumm: Da klingelt ein Bettler auf der schwäbischen Alb an einer Haustür. Die Hausfrau öffnet und sagt: Ja, was isch denn! Darauf der Bettler: Gute Frau – I han seit drei Tag nix meh gessa…«

»Ond? Uli Keuler, seit zwanzg Johr,…do miaßt se sich halt zwenga! Toll, Baisch, ganz nach deiner Art, mal wieder einer aus dem Archiv! Aber mich interessiert jetzt der Witz überhaupt nicht! Die Lämmle hat angerufen!«

Haible und Baisch sahen ihn verdutzt und fragend an. Nur mit Mühe konnten sie sich ein, Na und?, verkneifen.

»Frau Lämmle wollte uns mitteilen, dass sie einen seltsamen und äußerst besorgniserregenden Anruf von einer Sofie Buck aus Hülben wegen ihrer Tochter Juliana Buck erhalten hat. Sie meinte, dass da was passiert sein könnte.«

»Ist in Ordnung Chef, wir leiten die Angelegenheit einfach an die Vermisstenstelle weiter. Die Kollegen werden sich freuen, mit unserer berühmten Profilerin zusammenarbeiten zu dürfen.«

Haible versuchte sachlich zu bleiben, konnte sich jedoch ein klein wenig Spott nicht verkneifen. Grießinger hatte bei seinen Worten dennoch einen schmerzvollen, leidenden Gesichtsausdruck bekommen.

»Des kannst bleiben lassen, Haible. Des ist grad für die Katz. Ich hab der Lämmle schon sehr deutlich gesagt, dass wir nicht die Vermisstenstelle sind.«

»Und was hat sie dann gesagt?«, fragte Haible.

»Sie wollte mir weismachen, dass der Tochter Buck was passiert sein könnte«, antwortete Grießinger.

»Und warum ruft dann die Frau Buck nicht bei uns direkt an?«, hakte Haible nach.

»Du bist schon ein Hauptskerle, Haible. Genau das hab ich sie auch gefragt. Dann erzählt die Lämmle mir doch was von esoterischem Zirkelklump und irgendwelchem Neukeltenkruscht.«

»Und, was hast du ihr dann gesagt?«, fragte Haible.

»Sie soll sich selber darum kümmern. Mir sind doch keine Sektenbeauftragte. Wo kommen wir denn da hin?«

Grießinger begann sich über diese Lämmle richtig aufzuregen.

»Super, Chef. Damit ist das Thema für uns ja erledigt.«

»Von wegen, Haible. Dieses Weibsbild hat gemeint, sie täte dann halt mit unserem Oberchef Reitzle telefonieren.«

»Chef, ich hab dir schon beim ersten Fall mit der Lämmle gesagt, dass es mit der nur Ärger gibt!«, mischte sich jetzt auch Baisch ein.

»Schon recht, Baisch«, winkte Grießinger mürrisch ab. Sollte mehr hinter diesem Anruf stecken, blühte ihm mit Sicherheit die Lämmle als Co-Ermittlerin.

»Chef, wir hätten da einen saumäßig guten Trollinger im Schrank. Der Baisch hat ein habhaftes Rauchfleisch dabei. Frisch gestärkt lässt es sich leichter über lästige Telefonanrufe nachdenken«, sagte Haible und sein Gesicht zeigte dabei ein aufmunterndes Grinsen. Währenddessen packte Baisch schon bedächtig ein Geräuchertes aus. Wacholderrauchfleisch vom Fallenschütz, für Baisch das Beste auf der ganzen Alb. Grießinger beobachtete, wie sein Kollege fast liebevoll das Stück Schinken auf das Vesperbrett legte. Das wunderbare Wacholderaroma erinnerte den Kriminalhauptkommissar an seine Heimat auf der Alb. Mit einem sehnsüchtigen Seufzen lehnte er sich zurück und war in Gedanken anstatt in seinem grauen Büro in Reutlingen in Upflamör auf dem Bauernhof seiner Eltern und half dem Vater im Stall. So wie früher.

»He, Chef!« Baisch weckte ihn aus seinem Tagtraum. Grießinger zuckte kurz zusammen und war gleich wieder hellwach.

»Auf, Haible, gib mir ein ganz dünnes Schorle und einen Riebel Brot rüber. Von der Lämmle lassen wir uns das Vespern nicht vermiesen!«

Nach einer Weile des stillen Genießens ergriff Haible als erster der Vespernden wieder das Wort.

»Was machen wir jetzt mit dem Anruf von der Lämmle und der verschwundenen Frau aus Hülben, Chef?«

Grießinger kaute genüsslich zu Ende, nahm dann einen großen Schluck von seinem Trollingerschorle, lehnte sich zurück und verschränkte seine Finger über seinem leichten Bauchansatz.

Es vergingen ein paar Stunden der alltäglichen Büroarbeit. Als es auf die Mittagszeit zuging, rief Grießinger den Haible zu sich: »Haible, wir kümmern uns jetzt um diese Frau Buck, sonst gibt es garantiert Ärger. Vermutlich ist das Mädle durchgebrannt und macht sich ein paar schöne Tage. Morgen fahren wir gegen Mittag auf die Alb. Das übliche Programm mit Befragung der Eltern, der Nachbarschaft, Foto und Nachforschungen an der Arbeitsstelle der jungen Frau. Heute aber«, Grießinger holte die Taschenuhr seines Großvaters aus seiner Hosentasche, »geht gar nichts mehr. Es ist fast Mittag und wir machen erst unseren ganzen Schriftverkehr und Bürokruscht fertig. Baisch, du rufst mir bei der Frau Buck an, dass wir morgen vorbeikommen. Am besten gleich so um neun Uhr. Die Lämmle lassen wir vorerst aus dem Spiel. Nach dem Besuch bei Familie Buck erfährt sie noch früh genug, dass wir uns, wie gewünscht, um ihre Anruferin gekümmert haben. Noch mal wird die mir nicht solche Schwierigkeiten machen, das sag ich euch, so wahr ich ein Grießinger aus Upflamör bin.«

Dies gesagt, wandte er sich den Unterlagen auf seinem Schreibtisch zu. Haible und Baisch verstanden den Wink mit dem Zaunpfahl und machten sich ebenfalls ans Werk.

2

Grießinger, der akribische Ermittler, den sogar seine beiden Assistenten manchmal als zu kleinlich empfanden (O-Ton Baisch: So ein allmachts Kimmelschbaldr), hatte sich gleich beim ersten gemeinsamen Fall mit Emilie Berta Lämmle zu einem Aktionismus verleiten lassen, der ihm sonst vollkommen fremd war. Sogar die Regionalzeitung hatte nicht mit Häme und Spott gespart. Eine Erfahrung, die Grießinger bis dato fremd gewesen war. Nach beinahe dreißig Jahren Dienstzeit blickte er auf rund hundert gelöste Mordfälle zurück. Darunter einige aufsehenerregende Fälle, die ihm mehr öffentliche Aufmerksamkeit beschert hatten, als ihm so eigentlich Recht war.

Georg Baisch und Eugen Haible gehörten seit vielen Jahren zu seinem Ermittlungsteam. Die beiden Kommissare passten hervorragend zu einem wie Grießinger. Baisch, der Aktenmensch, verbrachte seine Zeit am liebsten im Archiv mit ausgiebigen Recherchearbeiten. Haible, der Praktiker am Tatort, hielt seinem Chef den Rücken frei, wenn es um Zeugenbefragungen, die Erfassung von Personendaten und Tatortnotizen ging. Beide zeichneten sich durch schwäbische Gelassenheit, die Leidenschaft für das schwäbische Vesper und eine bedächtige Vorgehensweise aus, die nur selten aus dem Gleichgewicht gebracht wurde. Grießinger konnte sich auf seine beiden Kollegen nach so vielen Jahren der erfolgreichen Zusammenarbeit blind verlassen.

»No ned hudla!«, das hatte schon sein Großvater gesagt und damit gemeint, wenn man zu schnell schafft, wird es meist schlampig. Geißingers Blick zeigte grimmige Entschlossenheit. Dieses Mal würde er sich die Zügel bei den Ermittlungsarbeiten nicht aus der Hand nehmen lassen. Energisch haute er mit seiner Faust auf die Schreibtischplatte. Haible und Baisch schauten erschrocken auf und musterten mit besorgtem Blick ihren Chef.

»Schon recht, Herrschaften, ich hab bloß laut nachgedacht.« Dann widmete er sich wieder zufrieden den Akten zu, die sich auf der rechten Schreibtischseite bereits zu einem ansehnlichen Mittelgebirge aufgetürmt hatten. Es war an der Zeit gewesen, endlich einmal so richtig auf den Tisch zu hauen.

3

Dienstagmorgen im Büro der Mordkommission, Polizeidirektion Reutlingen. Grießinger betrat sein Büro, stellte seine Aktentasche auf den Boden, neben seinen Schreibtisch und wollte sich hinsetzen, als genau in diesem Moment das Telefon klingelte.

»Kriminalhauptkommissar Grießinger, Josef, am Apparat.« – »Ja wie, die Kollegen aus Bad Urach, so, des ist aber schön von euch zu hören. Habt ihr eure Kuranwendungen heute Morgen schon beendet?« – »Wie, ihr habt um die Uhrzeit bereits eine Leiche. Wo?«

Grießinger gefror sein Grinsen im Gesicht.

»Am Heidengraben? Sicher? Sie machen nicht vielleicht bissle ein Witzle am frühen Morgen, Herr Kollege?« – »Nicht? Mit so was verstehen Sie keinen Spaß?« – »Schon recht, Herr Kollege, schon recht.«

Grießinger war blass geworden.

»Wo genau liegt die Leiche denn?« – »Am Burrenhof oben, am Tor F. Ist das bei der Wirtschaft von dem Fußballer?« – »Und es ist eine Frau?« – »Kollege, mir kommen so schnell wie möglich.- Moment einmal, da fällt mir ein, dass der Burrenhof doch zu den Esslinger Kollegen gehört, oder?« – »Sehen Sie, Kollege, ich hatte Recht! Aber warum rufen Sie dann eigentlich hier in Reutlingen an?« – »Zwei Meter?« – Wie meinen Sie des: Die Leiche liegt um zwei Meter im Landkreis Reutlingen auf Hülbener Gemarkung?« – »Schon recht, ich glaub's Ihnen ja!« – »Jetzt regen Sie sich doch nicht gleich auf.« – »Ich danke für Ihren Anruf. Auf Wiederhören, Herr Kollege. Ja, dem Lichtner von der KTU sag ich persönlich Bescheid, ade dann.«

Grießinger legte nachdenklich den Hörer auf und sah zum Fenster hinaus. In Reutlingen war bereits Frühling, und es herrschten angenehme Temperaturen. Alles grünte und sprießte. Am Burrenhof war es mit Sicherheit einen Kittel kälter. Er würde seine Jacke mitnehmen müssen.

Zwischenzeitlich waren Haible und Baisch im Büro eingetroffen. Grießinger drehte sich um und schob seine Gedanken weg. Sentimentaler Seggel, bruddelte er vor sich hin und ging dabei an seinen Schreibtisch.

»Guten Morgen, Chef, du bist heute aber zeitig da«, begrüßte ihn Baisch.

»Schon recht, Baisch«, grummelte der Kriminalhauptkommissar.

»Geht es dir nicht gut, du bist so blass«, bemerkte Haible besorgt.

»Wir haben eine Leiche. Kommt, wir müssen los. Ich fahr!« Grießinger klang ziemlich gereizt.

Die beiden Kommissare verließen kopfschüttelnd das Büro. Normalerweise verlief der Morgen bis zum ersten Vesper relativ ruhig. Außer Schreibkram, ein paar Telefonaten und der einen oder anderen Lagebesprechung passierte meistens nicht viel aufregendes so früh am Morgen.

Grießinger wartete, bis seine zwei Kollegen das Büro verlassen hatten und griff dann zögernd nach dem Telefon. Musste er jetzt die Lämmle anrufen, so wie damals, als der tote Schäfer am Sternberg gefunden wurde? Die Dienstanweisung seines Chefs verlangte, dass er diese Frau Lämmle bei jedem Mordfall verständigen sollte. Thomas Reitzle, der Leiter der Reutlinger Kriminalpolizei, hielt eben große Stücke auf Emilie Berta Lämmle. Ob es Grießinger passte oder nicht, spielte dabei keine Rolle.

Viele altgediente Kollegen von Grießinger kritisierten Reitzle für seine neumodischen Methoden. Eine Schriftstellerin und Kräuterhexe mit spirituellen Kräften in die Polizeiarbeit einzubeziehen, war von vielen als Provokation empfunden worden. Doch der Erfolg des Leiters der Kriminalpolizei gab ihm Recht. Im ersten Mordfall, der mit Unterstützung von Emilie Berta Lämmle gelöst wurde, brachte das spektakuläre Ermittlungsergebnis zumindest in der Öffentlichkeit die Zweifler und Kritiker zum Schweigen. Einzig Grießinger konnte sich nicht für die neumodischen Methoden begeistern. Seine Ermittlungsstrategie basierte auf akribischer Spurensicherung, penibler, umfangreicher Recherche, fast genialer Kombinationsfähigkeit und vor allem einer guten Menschenkenntnis. Ein Schaffer, dessen Leidenschaft für Wertarbeit in seinem Umfeld hin und wieder für Stresssymptome sorgte. Grießinger mochte keine komplizierten Mordmotive und Mörder, die über ihr eigenes Leben jammerten. Bei dem isch d'Hebamm scho lang nemme schuld, war sein Standardspruch, wenn ein Verdächtiger in Selbstmitleid zerfloss.

Eine neuerliche Zusammenarbeit mit der Lämmle schmeckte ihm gar nicht. Zum einen brachte sie enorme Unruhe in seine Ermittlungsarbeit und zum anderen strapazierte sie sein katholisch erzogenes Auge aufs Äußerste.

Nur allzu gut erinnerte er sich an ihren letzten Auftritt in seinem Büro. Fellstiefel bis knapp unter das Knie, eine rostrote Wollstrumpfhose, ein moosgrüner Minirock, der in Anbetracht der Stoffmenge aus einer urschwäbischen Näherei stammte. Darüber trug sie eine durchschossene, zwei Nummern zu große Jeansjacke – zumindest erklärte sich Grießinger so die Löcher im Stoff. Der obligatorische Schal, mehrfach um den Hals geschlungen, versuchte mit fast endloser Farbenvielfalt die vornehme Blässe der modisch durchlöcherten Jeansjacke auszugleichen. Die Kopfbedeckung jedoch machte Grießinger sprachlos. Zuletzt hatte er so etwas bei den Peruanern am Schlossplatz in Stuttgart gesehen. Emilie Berta Lämmle liebte ihre bunte, fröhliche Mütze mit Ohrenklappen und einem dicken Bommel drauf. Besonders apart wirkte dieses Accessoire, wenn sie die Ohrenklappen unterm Kinn zusammenband und ihre hennaroten Haare einen feurigen Kranz bildeten, der unter den Mützenrändern hervorquoll.

Sein Chef bestand leider auf der Zusammenarbeit mit dieser Lämmle. Verstehen konnte das Grießinger nicht. Der Gipfel war allerdings, dass vor ein paar Tagen seine eigene Frau mit einem Buch von der Lämmle angekommen war. *Kraftorte und Kraftwege* stand auf dem Bucheinband. Und seine Frau hatte ihn natürlich gleich zur Rede gestellt: »Josef, hast du gewusst, was für wunderbare Bücher über die Schwäbische Alb deine Frau Lämmle schreibt, guck mal.«

Und er hatte geguckt, aber nur kurz.

»Das ist nicht *meine* Frau Lämmle, und für schöne Bücher über die Alb ist der Schwäbische Albverein zuständig«, hatte er verhalten vor sich hin gebruddelt, aber nur, um seine Frau nicht auch noch zu reizen.

»Aber Josef, jetzt sei doch nicht gleich so voreingenommen! Vielleicht täte es dir auch gut, einmal einen solchen Kraftort zu erleben und mit einem Baum zu sprechen. Weißt du, Josef, das ist ein wahres Labsal für die Seele. Damit entschleunigst du dich enorm von deiner stressigen Arbeit.«

»Was soll ich denn mit einem Baum schwätzen? Glaubst du, ich spinne jetzt vollends? Du hast bisweilen schon komische Ideen, Martha!« Grießinger wollte sich nicht hineinsteigern. Diese Sachen gingen ihm an die Nerven.

»Aber Josef, jetzt sei doch nicht so. Du tust ja grad so, als ob ich nicht ganz richtig im Kopf bin.«

Na toll, ein Volltreffer. Grießinger wusste sofort, dass er besser den Mund gehalten hätte. Irgendwie musste es ihm gelingen, seine Frau wieder freundlicher zu stimmen, sonst blühten ihm einige unangenehme Tage, in denen er dann mit Ignoranz und spitzen Bemerkungen bestraft wurde. Außerdem tat ihm seine Frau ein bisschen leid.

»Du, ich hab es nicht so gemeint. Wir könnten doch eventuell, vielleicht, demnächst eine Wanderung auf die Alb machen, und ich zeig dir meine schönsten Plätzle. Versprochen, Martha. Und jetzt sind wir wieder gut, oder?« Grießinger hatte versöhnlich den Arm um seine Frau gelegt und zumindest einen Kuss auf die Wange angedeutet.

Noch immer stand Grießinger neben dem Telefon im Büro. Gedankenverloren blickte er hinunter in den Hof. Haible und Baisch standen neben seinem Daimler und warteten. Ich Seggel, steh da und träume Löcher in den Tag. Auf geht's zum Burrenhof! Grießinger grantelte noch mit sich selbst, als er bereits das Büro verlassen hatte. Auf dem Kopf trug er seine karierte Schiebermütze. Dazu passend die extralange Allwetterjacke mit eingenähtem Nierenschutz, die ihm seine Frau vor zwei Jahren zum Geburtstag geschenkt hatte. Er war gerüstet für die raue Alb.

Im zweiten Stock ging Grießinger bei Lichtner im Büro vorbei. Mit knappen, präzisen Worten informierte er ihn über den Anruf der Uracher Kollegen. Fritz Lichtner, der Leiter der Kriminaltechnischen Untersuchung, kurz KTU, verständigte umgehend sein routiniertes Team über den bevorstehenden Einsatz. Haible und Baisch warteten ungeduldig am Daimler ihres Chefs. Gerade wollte Baisch nachsehen, wo Grießinger blieb, da betrat der Gesuchte den Hinterhof, der als Parkplatz für die Einsatzfahrzeuge diente. Mit eiligen Schritten eilte der Kriminalhauptkommissar auf sein betagtes Dienstfahrzeug zu.

Der Daimler mit dem Baujahr 1971 hatte bisher – mit Grießingers aktiver Unterstützung – jede Fuhrparkerneuerung ungestreift überstanden. Die einzigartige Formgebung, das gutmütige Beschleunigungsverhalten, die unübertroffene Ausdauer und Zuverlässigkeit schätzte der Kriminalhauptkommissar über alles. Nicht selten strich er seinem Strich Acht fast liebevoll über den Kotflügel und tätschelte ihn zufrieden.

Allerdings häuften sich in letzter Zeit die Anzeichen, dass seinem geliebten Auto bald das letzte Stündlein als Dienstwagen geschlagen haben könnte. Sein Chef hatte ihm deutlich zu verstehen gegeben, dass er die Untermotorisierung mit 59 Diesel-PS, das fehlende Funkgerät, das fehlende Navigationsgerät und die fehlende Mobilfunkfreisprecheinrichtung nicht mehr lange dulden werde. Er wolle kein Büro auf Rädern sondern ein Auto aus schwäbischer Qualitätsproduktion, war immer wieder Grießingers Standardantwort auf das Drängen seines Chefs.

Selbst der Fuhrparkleiter, ein alter Freund von Grießinger, murrte inzwischen bei jeder Inspektion über die veraltete Technik, deren Wartung viel Zeit beanspruchte. Außerdem wünschte sich seine Frau seit langem einen CD-Spieler im Auto. Martha schwärmte immer öfter vom Klang der Musikanlage im Auto ihrer Nachbarin. Dabei spielte sein Original-Grundig Radio mit Kassettenteil doch wunderbar.

»Sodele, Herrschaften, täten wir endlich losfahren können?«

Haible und Baisch sahen sich verwundert an und warteten, bis Grießinger im Wagen saß. Mit geübten Verrenkungen entriegelte er die hinteren Türen, indem er die Verriegelungsknöpfe nach oben zog, damit sie einsteigen konnten.

Von Reutlingen hinauf zum Burrenhof fuhr man in normalem Tempo rund eine Dreiviertelstunde. Nicht jedoch mit einem Kriminalhauptkommissar Josef Grießinger. In der Achalmstadt fuhr er noch recht zügig mit dem Verkehr mit. Auf der B28 an Metzingen vorbei und weiter nach Dettingen lief es ebenfalls gut. Als sie aber die Steige nach Hülben erreichten, geschah das, was Haible und Baisch befürchtet hatten. Grießinger nahm nicht etwa Anlauf oder schaltete zurück, um genügend Drehzahl zu haben, nein. Die Tachonadel fiel unerbittlich und pendelte sich schließlich bei ungefähr 35 Stundenkilometern ein. Grießinger pflegte eben seinen eigenen Fahrstil.

Haible und Baisch machten sich auf der Rücksitzbank möglichst unsichtbar. Zu peinlich waren ihnen die erbosten Blicke der Fahrer und Fahrerinnen in den überholenden Fahrzeugen. Grießinger hingegen nahm es vollkommen gelassen. Anstatt mehr Gas zu geben, drehte er seinen Lieblingssender SWR4 etwas lauter und pfiff die Lieder voll Freude mit.

Nach einer geschlagenen Stunde erreichten sie endlich den Burrenhof, bogen nach der Wirtschaft rechts auf den *Weiler Weg* ab und fuhren bis zu einer Straßensperre aus Polizeifahrzeugen. Der Fundort der Leiche war weiträumig abgesperrt. Mehrere Beamte sorgten dafür, dass niemand Unbefugtes durch die Absperrung kam. Einige Gaffer standen bereits herum, und Grießinger wunderte sich, wie schnell sich so früh am Morgen ein Verbrechen auf der Albhochfläche herumsprach.

Das Opfer lag in der Mitte vor einer breiten Öffnung zwischen zwei Erdwällen, die ein ehemaliges Zangentor des Heidengrabens markierten. Neben dem Fundort befanden sich eine hohe Baumreihe und ein dichter Heckenstreifen, der entlang des weiteren Verlaufs des Heidengrabens wuchs.

Grießinger nutzte umgehend die Gelegenheit, sich den Leichnam genauer anzusehen. Ein breiter rotblauer Streifen am Hals der Leiche deutete darauf hin, dass die Frau vermutlich erdrosselt worden war. Ihre Kleidung bestand aus einem weißen, langen schlichten Kleid. Verwundert betrachtete Grießinger die nackten, auffällig sauberen Füße. Auf ihrer Brust lag ein seltsam geformtes Amulett. Mit den enganliegenden Armen, den geschlossenen Beinen und den nach oben gedrehten Handinnenflächen, lag die tote Frau wie aufgebahrt auf der Wiese zwischen den zwei buckelartigen Erhebungen.

Grießingers Magen zog sich leicht zusammen.

»Ja, jetzt küss mich doch am Buckel, gibt es eigentlich keine normalen Leichen mehr?«

Der Kriminalhauptkommissar seufzte. Haible und Baisch sahen ihren Chef fragend an, als er hinter die Absperrung zurückkehrte.

»Schon recht, Kollegen. Alles im Griff. Eine erdrosselte Frau im Nachthemd. Herrschaften, das wird nichts Größeres. Vermutlich eine Beziehungstat. Die hat hier einer abgelegt.«

Grießinger winkte ab und sah seine beiden Assistenten von der Seite an. Sie ließen sich allerdings nichts anmerken, obwohl ihnen der Fundort der Leiche schon seltsam vorkam.

»Wo bleibt eigentlich der Lichtner mit seiner Truppe? Hat der heut Sonntag, oder ist ihm die Zeit davongelaufen?« Unpünktlichkeit konnte Grießinger gar nicht leiden. In diesem Moment kam Lichtner schnaufend bei den drei Kommissaren an. Die Rauchwolken seiner Zigarre erinnerten an eine Dampflok. Grießinger musterte den Leiter der KTU von unten bis oben. Unglaublich, wie dieser Mensch durch die Gegend lief. Im Gegensatz zu Emilie bevorzugte Lichtner keine ausgefallenen Kleidungsstücke, sondern schätzte beste Materialien und klassische Muster. Von Zeit zu Zeit wurde er auf seinen luxuriösen Kleidungsstil und seine opulenten Lebensverhältnisse angesprochen. Dahinter stand meist die unterschwellige Frage, wie sich denn ein Polizeibeamter diesen Luxus leisten konnte. »Das bin ich meinem Onkel schuldig« war Lichtners Standardantwort.

Sein Onkel war nach dem Krieg mit seinem ausgeprägten Geschäftssinn schnell zu viel Geld gekommen, das er bis an sein Lebensende trotz eines aufwändigen Lebensstils und unzähliger Frauengeschichten nicht hatte ausgeben können. Mangels eigener Nachkommen und um seine raffgierige Verwandtschaft zu enttäuschen, hatte er Lichtner als seinen Alleinerben eingesetzt und ihn testamentarisch verpflichtet, das geerbte Vermögen zu Lebzeiten auszugeben. ›Geld darf nicht herumliegen, Geld muss unters Volk‹, war ein Wahlspruch seines Onkels gewesen, den Lichtner nur allzu gerne selbst umsetzte.

Der Leiter der KTU trug ein weites Hemd mit Jugenstildekor über einer beigefarbenen weiten Stoffhose, die jedem Künstler gut gestanden hätte. Seine Füße steckten in edlen Gummistiefeln, natürlich Hunters Original. Um seinen kurzen, kräftigen Hals hatte er einen weinroten Seidenschal drapiert, der ihm eine gewisse künstlerische Ausstrahlung verlieh. Die Reste seiner einstigen Lockenpracht bildeten einen lichten Kranz der von einem Ohr zum anderen verlief. Lichtner war mit seiner Körperfülle, seiner Größe und der tiefen Stimme eine imposante Erscheinung, die eine enorme Wirkung auf Frauen ausstrahlte.

»Diese Lastwagen auf der Steige machen mich noch wahnsinnig. Und dann auch noch keine Chance zum Überholen. War jemand bei der Leiche?«

Für Lichtner waren DNA-Spuren nach dem Skandal mit den DNA-verseuchten Wattestäbchen zum Alptraum geworden. Einige seiner Kollegen hatten ohne ihr Wissen mit DNA-verseuchten Wattestäbchen kriminaltechnische Untersuchungen durchgeführt. Das Ergebnis war, dass bei unterschiedlichen Fällen immer wieder die gleichen DNA-Spuren auftauchten. Ein Albtraum für die Ermittlungsarbeit. Lichtner hatte es damals auch erwischt, und er ärgerte sich noch heute darüber, dass er nicht gleich misstrauisch geworden war.

Der Leiter der KTU blickte fragend zwischen den Kriminalkommissaren hin und her. Seine buschigen Augenbrauen unterstrichen dabei seinen düsteren Blick.

»Möglicherweise ein Muggaseggele länger wie fünf Minuten habe ich die Leiche inspiziert. Aber angefasst habe ich wirklich nichts«, entschuldigte sich Grießinger.

Lichtner brummte ärgerlich, zog seinen weißen Ganzkörperoverall an und stülpte den Mundschutz über. Seine Kollegen von der KTU taten es ihm gleich. Die akribische Arbeit der Spurenermittler begann. Grießinger schätzte Lichtners Kompetenz durchaus. Die Unterstützung der Lämmle im letzten Fall hatte er ihm jedoch bis heute nicht verziehen. Der Gipfel war, dass Lichtner für die Unterstützung dieses Weibsbildes beim Chef jetzt auch noch einen Stein im Brett hatte. Das war für einen Josef Grießinger einfach zu viel.

Während Haible die Gaffer hinter der Absperrung befragte, kümmerte sich Baisch um den Spaziergänger, der die Leiche der jungen Frau entdeckt hatte.

Grießinger stand bruddelnd am rotweißen Absperrband. Er ärgerte sich über diesen Lichtner, der ihn belehrt hatte. Und er ärgerte sich über diesen Mordfall, der ihm ein ungutes Grummeln im Bauch verursachte. Missmutig beobachtete er die Arbeit der KTU, ohne – wie sonst üblich – den Tatort von allen Seiten intensiv zu betrachten. So fiel es ihm auch nicht auf, dass hinter ihm eine einsame Gestalt über die Feldwege nach Hülben eilte.

4

Grießinger blickte in Richtung Burrenhof, als einige Polizeifahrzeuge mit Blaulicht und Esslinger Nummer vorfuhren. Mehrere Autotüren öffneten sich, und ein dynamisch aussehender Anzugträger mit einer Freisprecheinrichtung im rechten Ohr stieg aus und kam schnurstracks auf ihn zu.

»Guten Morgen, Herr Kriminalhauptkommissar Grießinger, darf ich mich vorstellen? Rainer Möhrle, Kriminalpolizei Esslingen. Ich muss Ihnen mitteilen, dass wir für die Ermittlungen zuständig sind. Der Tatort liegt doch im Landkreis Esslingen. Folgerichtig ist das also unsere Leiche.«

Rainer Möhrle sprach ein zackiges, gestelztes Hochdeutsch, was Grießinger überhaupt nicht leiden konnte.

»Auweh, wir haben es also mit einer Grenzverletzung zum Nachteil der Esslinger zu tun. Meine Herrschaften, ich muss Sie leider enttäuschen, die Leiche gehört einwandfrei uns. Wir befinden uns auf Hülbener Gemarkung, im Landkreis Reutlingen.«

Grießingers Tonfall klang gereizt. Grenzstreitigkeiten wollte er um jeden Preis vermeiden. Der Vorgänger von diesem Möhrle hatte die Einhaltung der Landkreis- und Gemeindegrenzen im Ermittlungsfall deutlich entspannter gesehen. Je nach Arbeitsaufkommen in der jeweiligen Polizeidirektion, fand hin und wieder eine *kreative* Tatortverlegung statt.

Zwischenzeitlich erreichte Lichtner das Absperrband.

»Herr Kollege, die Leiche liegt einwandfrei im Landkreis Reutlingen. In den Landkreis Esslingen sind es noch gute zwei Meter weiter«, meinte Baisch mit einem zufriedenen Gesichtsausdruck.

Lichtner konnte sich jetzt nicht mehr zurückhalten, auch wenn er die Kollegen aus Esslingen nach einem gemeinsamen Umtrunk auf dem dortigen Zwiebelfest durchaus schätzen gelernt hatte.

»Wie sollen wir nun weiter verfahren, werter Kollege? Sehen Sie die beiden Grenzsteine?« Dabei zeigte Lichtner auf die zwei Grenzmarkierungen am ehemaligen Heidengrabentor. »Wünschen Sie jetzt eine Grenzverlegung?« Lichtner klang etwas gereizt.

»Nun ja, wir befinden uns hier ja quasi im erweiterten Grenzgebiet von Erkenbrechtsweiler«, begann Rainer Möhrle nicht mehr ganz so überzeugt.

»Womöglich ist der Täter oder die Täterin in den Landkreis Esslingen geflohen. Eine enge Zusammenarbeit wäre also in beiderseitigem Interesse äußerst wünschenswert, Kollegen.«

Aber Lichtner winkte nur ab. »Wünschen können Sie sich viel, verehrter Kollege. Die Leiche liegt eindeutig im Landkreis Reutlingen und nicht im Landkreis Esslingen. Auf Wiedersehen, ich habe zu tun.«

Lichtner nickte den Anwesenden zu, drehte sich um und ging wieder seiner Arbeit nach. Grießinger lächelte honigsüß.

»Was soll man da sagen. Wenn der Lichtner grantig ist, dann kann man nichts manchen.«

Haible und Baisch mussten sich ein Grinsen verkneifen.

»Meine Herren, dann entschuldigen Sie die Arbeitsunterbrechung und auf eine gute Zusammenarbeit.«

Möhrle war sichtlich angefressen. Mit knappen Befehlen dirigierte er seinen Tross in die Einsatzfahrzeuge und brauste davon.

»A Henn wo viel gackared, legd wenig Oier«, bruddelte Grießinger, noch immer sichtlich amüsiert.

*

Endlich zuhause. Niemand war ihm gefolgt. Warum auch? Die Gaffer am Burrenhof hatten, wenn überhaupt, einen einsamen Spaziergänger gesehen, der sich offensichtlich beeilte, nach Hülben zu kommen. In seinem Zimmer fühlte er sich sicher. Vollkommen erschöpft setzte er sich auf sein Bett und atmete tief durch. Ein braunes, schlichtes Holzbett mit einem hohen Kopfteil. Ein einfacher Tisch aus Buchenholz. Zwei handgearbeitete Holzstühle ohne Polster. Ein Kleiderschrank aus den fünfziger Jahren mit furnierter Oberfläche. Sein einfaches Zuhause.

*

Kaum waren die Esslinger weggefahren, kam ein älterer Herr mit eiligen, energischen Schritten auf Grießinger zu. Er hatte zerzaustes schlohweißes Haar. An den Füßen trug er grüne Gummistiefel, die Hose, das Hemd und die Expeditionsweste bestanden aus einem festen khakifarbenen Stoff. Sein Hemd war akkurat gebügelt und hochgeschlossen zugeknöpft. Die buschigen, ebenfalls weißen Augenbrauen, unter denen stechende dunkle Augen ihr Gegenüber fixierten, fielen sofort auf. Mit lauter herrischer Stimme drängte er die Schaulustigen zur Seite.

»Wo befindet sich der leitende Kommissar? Ich muss den Verantwortlichen hier sprechen?«

Grießinger war das Geschrei nicht entgangen.

»Treffen sich heute hier alle wichtigen Leute? Könnte ich vielleicht fünf Minuten in Ruhe meine Arbeit machen?«

»Sind Sie der zuständige Beamte hier?«

»No ned huddla, schee langsam. Kriminalhauptkommissar Grießinger, Josef, steht bereits persönlich vor Ihnen!«

»Na endlich! Angenehm, Bühler ist mein Name, Professor Doktor Jürgen Bühler. Grabungsleiter am Heidengraben. Wir betreiben ein Grabungscamp auf der Höhe von Tor B in der Elsachstadt. Lassen Sie mich sofort zu der Toten, womöglich kann ich sie identifizieren.« Der Professor drängte zur Fundstelle.

»Nur langsam, Herr Professor Doktor Bühler. Momentan können Sie nicht zum Fundort der Leiche. Woher wissen Sie überhaupt, dass es sich um eine Frau handelt?«

»Dieser unfreundliche Polizist da hinten sagte mir bereits, dass niemand zu ›der toten Frau‹ kann.«

»Welcher denn genau?«, hakte Grießinger neugierig nach.

»Na, der da drüben, dort bei dem Polizeifahrzeug.«

Professor Bühler zeigte, wild fuchtelnd in die Richtung eines Beamten, der die Zufahrt zum Tatort abriegelte.

Der Kommissar prägte sich das Gesicht des Mannes ein. Er musste sich später erkundigen, ob die Aussagen des ungestümen, arroganten Grabungsleiters stimmten. Nach kurzem Zögern rief Grießinger Lichtner zur Absperrung.

»Könnten Sie bitte diesem Herren die Leiche zeigen? Er glaubt, die tote Frau zu kennen.«

»Ganz richtig, die Herren. Seit mehr als zehn Tagen vermisse ich eine meiner Studentinnen«, Bühlers Geduld war offensichtlich erschöpft.

Lichtner verdrehte die Augen und brummte etwas Unverständliches. Seine Geduld und Ausgeglichenheit wurde an diesem Tag hart geprüft. Missmutig winkte er einem Mitglied seines Teams, der gerade einen Koffer mit Spurenträgern im Auto verstaute.

»Dieser freundliche Herr benötigt noch dringend einen Schutzanzug, Haube, Mundschutz und Schuhüberzieher. Wärst du so nett?«

Dem Leiter der KTU hörte man seine Begeisterung deutlich an. Professor Bühler protestierte heftig. Lichtner zog bedauernd die Schultern hoch. «Dann halt nicht, Herr Professor Doktor Bühler. Ohne Ganzkörperkondom machen wir es nicht!«

Der Archäologe bebte, aber fügte sich letztendlich in sein Schicksal und schlüpfte umständlich in den Anzug. In voller Schutzmontur folgte er Lichtner bis zum Fundort der Leiche.

Beim Anblick der jungen Frau erstarrte er.

»Juliana, das ist Juliana Buck. Wer hat ihr das angetan?«

Bühler war blass geworden. Schweißtropfen standen ihm auf der Stirn. Lichtner beobachtete ihn jetzt genau. Von so jemandem war Lichtner mehr Distanz gewohnt. Die Schweißtropfen auf der Stirn des Professors waren ungewöhnlich.

»Kennen Sie dieses Amulett, Herr Professor Bühler?«, fragte ihn Lichtner und hielt ihm eine durchsichtige kleine Plastiktüte mit einem auffällig gestalteten Halsschmuck hin. Der Archäologe versuchte gelassen zu wirken, konnte jedoch ein nervöses Zucken um die Mundwinkel nicht verbergen.

»Nein. Ist mir unbekannt. Es wird sich vermutlich um billigen Keltenschmuck handeln, der in letzter Zeit immer mehr in Mode kommt. Diese Form wird als Triskele bezeichnet. Billiger Flitter, nachgemacht für den Zeitgeist.«

Professor Bühler zeigte einen verächtlichen Gesichtsausdruck. Für ihn zählte nur die reine wissenschaftliche Lehre. Der Keltenkult, der immer mehr Anhänger fand, widerte ihn an. Lichtner war sich ziemlich sicher, dass ihn der Professor belog. Er wusste, was das Amulett bedeutete.

»Ich begleite Sie zurück hinter die Absperrung, Herr Professor Bühler. Sie sind sich ganz sicher, dass es sich bei der Toten um Frau Juliana Buck handelte?« Mit diesen Worten schob Lichtner den Professor weg vom Tatort. Bühler war ganz verdattert.

»Ohne Zweifel, ganz ohne Zweifel, Herr …, wie war noch Ihr Name?«

Professor Bühler schien mit seinen Gedanken woanders zu sein.

»Lichtner, Fritz Lichtner ist mein Name. Kommen Sie jetzt bitte mit zur Absperrung.«

Grießinger sah er mit einem vielsagenden Blick an, als der Grabungsleiter über das rotweiße Band stieg. Mitt zitternden Händen wollte er sich den weißen Overall ausziehen, als Grießinger ihn dabei störte:

»Herr Professor Bühler, wären Sie so freundlich und täten mir Ihre Personalien geben.«

Bühler schnaufte, wurstelte seinen Personalausweis aus seiner Westeninnentasche und hielt ihn dem Kriminalhauptkommissar wortlos hin. Nachdem Grießinger die Angaben in sein Notizheft eingetragen hatte, warf der Grabungsleiter den Schutzanzug dem Kommissar vor die Füße und eilte in Richtung Burrenhof. Lichtner hob den Schutzanzug auf und klemmte ihn sich unter den Arm. Dann wandte er sich an den Kommissar.

»Bei der Toten handelt es sich ziemlich sicher um Juliana Buck, ein Mitglied der Grabungskampagne von diesem Herrn Professor Bühler. Gab es nicht einen Hinweis von Frau Lämmle wegen dieser Frau Buck, werter Kollege Grießinger? Wie ich gehört habe, hat die Mutter bei Frau Lämmle wegen ihrer Tochter angerufen. Wo bleibt eigentlich Frau Lämmle? Dieser Tatort weist doch einige seltsame Umstände auf, Kollege, da wäre doch Frau Lämmle genau die Richtige…«

Grießinger unterbrach ihn schroff: «Ach was, die Richtige! Warum? Haben Sie etwa mehr gesehen als ich?«

»Mitnichten, werter Grießinger. Da wäre ein durchaus ungewöhnlicher Fundort, direkt am Heidengraben, im Durchlass eines ehemaligen keltischen Zangentores. Vermutlich wurde dieser Ort nicht ganz zufällig ausgewählt. Seltsam sind auch die Bekleidung der Toten und das auffällige Amulett. Außerdem frage ich mich, warum die Tote unter dem weißen langen Kleid vollkommen nackt ist. Im Übrigen wurden die Füße der Leiche sehr sorgfältig gereinigt. Ich möchte behaupten, dass wir es hier mit äußerst ungewöhnlichen Tatortumständen zu tun haben. Außerdem können Sie davon ausgehen, dass dieser Professor mehr weiß, als er uns sagt.«

Lichtner sah den Kriminalhauptkommissar herausfordernd an.

»Als Nächstes kommen Asterix und Obelix mit einem Hinkelstein vorbei?«

Grießingers beißender Spott ärgerte Lichtner. Aber der Kommissar wollte sich hier auch von Lichtner nicht reinreden lassen.

»Ihre Sachkenntnis in Ehren, aber ich glaube, da sehen Sie Gespenster, Herr Kollege. Bis jetzt weiß ich lediglich von einer Leiche, die an einer abgelegenen Stelle am Rand einer Hecke liegt. Mehr nicht! Und woher wissen Sie schon wieder, dass die Lämmle bei mir angerufen hat, ha?«

Lichtner blieb die Antwort schuldig, schüttelte nur den Kopf, zuckte ratlos mit den Schultern, drehte sich um und begab sich erneut an die Arbeit. Bei den Gedanken an Emilie Berta Lämmle musste er etwas anzüglich grinsen. Mit dieser faszinierenden Frau verband ihn eine leidenschaftliche, leider längst vergangene Liebschaft, aus der sie ihm, knapp vor dem Traualtar, entflohen war. Lichtner entwickelte sich in der Folge dieser schmerzhaften Enttäuschung zum überzeugten Junggesellen. Finanziell durch eine üppige Erbschaft sorgenfrei gestellt, und den schönen Dingen des Lebens nicht abgeneigt, genoss er sein Leben in vollen Zügen. Eine besondere Vorliebe pflegte er für kubanische Zigarren und edle Weine. Seine große kulinarische Leidenschaft galt den Küchenkünsten eines gewissen Fritz Luftinger, dem Eigentümer und Chefkoch des *Goldenen Ebers* in Erpfingen.

Zu Frauen pflegte er ein eher genießerisches Verhältnis. Vor ein paar Monaten allerdings, als Emilie vollkommen unerwartet am Sternberg vor ihm stand, spürte er wieder diesen Schmerz, der ihn auch lange Zeit nach der Trennung von seiner Traumfrau verfolgte. Lichtners Leidenschaft für Emilie erwachte aufs Neue. Dies hatte zur Folge, dass er Emilie mit all seinem Charme überschüttete. Selbst eine liebevolle Abfuhr bei seinem Lieblingsitaliener vor ein paar Monaten, konnte ihn nicht von seinen Bemühungen abbringen. Lichtner schätzte Emilie zudem auch aus professionellen Gründen. Ihre Beobachtungsgabe, ihre Intuition, das psychologische Verständnis sowie die Fähigkeit sich in andere Menschen hineinzudenken, trugen damals maßgeblich zur Aufklärung im Fall des toten Schäfers vom Sternberg bei. Besonders beeindruckt war Lichtner von Emilies Kenntnissen der Schwäbischen Alb, ihrer Kräuterkunde und feinfühligen Menschenkenntnis. Kein Abgrund der menschlichen Seele war ihr fremd. Manche bezeichneten sie deshalb als *Hexe* und *Schamanin*. Dem Leiter der KTU blieben ihre spirituellen Fähigkeiten weitestgehend fremd. Dafür schätzte er – im Gegensatz zu Grießinger, Haible und Baisch – die Zusammenarbeit mit der ungewöhnlichen Frau umso mehr.

*

An der Schrankseite hatte jemand Kleiderhaken eingeschraubt. Ein Waschbecken mit rahmenlosem Spiegel. Weiß gekalkte Wände. Über dem Bett ein Christuskreuz, darunter ein Psalm:

»Sei mir gnädig, Gott, nach deiner Liebe,
nach der Größe deiner Erbarmungen tilge meine Sünde.«

Bibelworte in kindlicher Schrift verfasst. Eingerahmt von fein geschliffenen Holzleisten.

*

5

Fritz Lichtner zog sich bei den Einsatzfahrzeugen seinen weißen Ganzkörperoverall aus und zündete gerade eine Zigarre an, als Grießinger auf ihn zukam. Die Leiche von Juliana Buck verschwand in einem Leichenwagen. Der Heidengraben wirkte fast so friedlich wie vor dem Fund der Leiche. Nur die Absperrbänder erinnerten an einen Ort des Verbrechens.

»Meister Lichtner, was haben Sie Interessantes für mich?«

Grießinger versuchte den Leiter der KTU milde zu stimmen. Lichtner fühlte sich tatsächlich geschmeichelt und führte nochmals in knappen Worten seine bisherigen Erkenntnisse aus. Dabei konnte er sich den einen oder anderen Verweis auf Emilie Berta Lämmle nicht verkneifen. Der Spurenermittler war der festen Überzeugung, dass sie es am Heidengraben mit keinem gewöhnlichen Mord zu tun hatten.

Grießinger hörte aufmerksam zu. Widerspruch gegen Lichtners Vermutungen war sinnlos. Der Kriminalhauptkommissar vermutete eine Beziehungstat und würde dies beweisen. Der erste Ermittlungsansatz führte zu Familie Buck. Er musste mehr über das Umfeld der Toten erfahren. Grießinger trebbelte ungeduldig.

»Schon recht und Dankschön, Kollege Lichtner. Hervorragende Arbeit und den Bericht so schnell wie möglich.«

Der Kriminaler nickte kurz, drehte sich um und begab sich auf die Suche nach Haible und Baisch. Er fand sie beide im Einsatzwagen, wo sie gemütlich einen heißen Kaffee tranken. Grießinger stemmte beim Anblick seiner beiden Assistenten die Fäuste in die Hüften.

»So, Herrschaften, Pausenende. Nicht dass ihr Urlaubsgefühle bekommt. Auf geht's zu Familie Buck. Haible, du informierst die Krisenintervention. In spätestens 30 Minuten brauchen wir Unterstützung bei den Bucks.«

Haible und Baisch wurden hektisch und saßen wenig später auf der Rücksitzbank von Grießingers Strich 8.

*

Das Haus von Familie Buck befand sich an der Hauptstraße in Hülben. Unterwegs legten die Kommissare einen kurzen Zwischenstopp bei der Landmetzgerei Frech & Stricker ein. Haible und Baisch bekamen den Auftrag, sechs LKW – Leberkäswecken – zu kaufen, für Grießinger mit viel Senf. Sie sollten dann zu Fuß zum Haus der Familie Buck nachkommen und vor dem Haus im Daimler warten. Grießinger wollte bei Familie Buck nicht gleich mit der ganzen Mannschaft erscheinen. Noch galt Juliana Buck, ihre Tochter, offiziell als vermisst. Er drückte den Klingelknopf, und es dauerte eine Weile, bis Frau Buck die Tür öffnete. Ihre dunklen Augenringe fielen Grießinger sofort auf. Er ahnte, was sie in den letzten Tagen durchgemacht hatte.

»Guten Tag, mein Name ist Grießinger, Josef, Kriminalhauptkommissar. Ich komm wegen Ihrer Tochter und hätte ein paar Fragen.«

Dabei zeigte er Frau Buck seinen Dienstausweis.

»Kommen Sie bitte herein, Herr Kriminalhauptkommissar. Haben Sie Neuigkeiten?«

Grießinger hörte die verzweifelte Neugier in ihren Worten. Ahnte sie etwas vom Schicksal ihrer Tochter? Sie setzten sich auf das Sofa im Wohnzimmer. Erwartungsvoll sah die Frau den

Kommissar an. Ihre Hände zitterten. Fahrig strich sie sich ein paar Haarsträhnen aus dem Gesicht.

Grießinger versuchte, einen möglichst sachlichen Ton zu finden.

»Frau Buck, wir bräuchten dringend ein Foto von Ihrer Tochter.«

Die Angesprochene reagierte nicht. Mit feuchten, geröteten Augen blickte sie ins Leere.

»Frau Buck, hätten Sie mir ein möglichst aktuelles Foto Ihrer Tochter?«

Mit einem kurzen Blick sah er auf seine Uhr. Noch fünfzehn Minuten. Langsam stand Frau Buck auf.

»Entschuldigen Sie bitte. Oben in ihrem Zimmer hat es Fotos von ihr.«

Frau Buck wirkte wie in Trance. Die Angst und der Schmerz mussten fürchterlich sein.

Fünf Minuten später kam sie mit dem Foto einer jungen blonden Frau, die in Wanderstiefeln, Arbeitshose und T-Shirt auf dem Heidengraben stand, ins Wohnzimmer zurück. Grießinger starrte vielleicht einen kurzen Moment zu lange das Bild an. Die Tote vom Heidengraben war zweifelsfrei Juliana Buck.

»Ist Ihnen nicht gut, Herr Kommissar?«, fragte Frau Buck besorgt.

»Schon recht. Wann kommt eigentlich Ihr Mann nach Hause?«, fragte Grießinger.

Sie setzte sich auf das Sofa und sah ihn verständnislos fragend an. Grießinger zuckte zusammen. Hoffentlich hatte er jetzt nichts Falsches gesagt.

Mütter ahnten, wenn mit ihren Kindern etwas nicht stimmte. Seine Martha hatte es ihm oft genug an seinem Sohn und seiner Tochter bewiesen.

»Warum? Was wollen Sie von meinem Mann, er ist auf der Arbeit. Sie wissen doch, die Wirtschaftskrise, mein Mann, die Firma. Er arbeitet Tag und Nacht. Es sieht nicht gut aus. Wir haben einen kleinen Metallbetrieb. Zulieferer.«

Frau Buck sprach mit gebrochener Stimme. Grießinger wusste

sich nicht mehr anders zu helfen und sagte: »Rufen Sie ihn bitte an. Ich muss ihn sprechen.«

Das Telefon stand im Flur. Sofie Buck wirkte sehr zerbrechlich, als sie das Wohnzimmer verließ und hinter sich die Tür schloss. Grießinger hoffte, dass Frau Buck durchhalten würde. Noch acht Minuten.

»Er kommt gleich, er kommt nach Hause.«

Frau Buck weinte stumm.

»Danke, Frau Buck.«

Grießinger blickte wieder auf seine Uhr. Er musste den Eltern die schreckliche Nachricht gemeinsam mitteilen. Wenige Minuten später hörte er, wie jemand die Haustür aufschloss. Ein stattlicher Mann mit sorgenvoll-fragendem Gesichtsausdruck betrat das Wohnzimmer.

»Egidius Buck, guten Tag«, begrüßte er den Kommissar.

Die Augen des Mannes sahen müde aus. Sorgenfalten hatten sich tief in seine Stirn eingegraben.

»Herr Buck, danke, dass Sie so schnell gekommen sind. Grießinger ist meine Name. Kriminalhauptkommissar Grießinger, Josef.«

Herr Buck nickte zur Begrüßung, setzte sich neben seine Frau, nahm zärtlich ihre Hand und drückte sie leicht. Grießinger wollte es schnell hinter sich bringen. Aus Erfahrung wusste er, dass man schlechte Nachrichten am besten ohne langes Herumreden überbrachte. Noch zwei Minuten.

»Wir haben eine tote Frau am Heidengraben gefunden. Es tut mir leid, Ihnen mitteilen zu müssen, dass es sich vermutlich um die gleiche Person, wie auf Ihrem Foto handelt, also leider um ihre vermisste Tochter.«

Stille, trostlose Stille.

Grießinger sah ungläubige Fassungslosigkeit in den Gesichtern der Eltern. Für einen Moment schien die Zeit stehen zu bleiben, stumm rannen Tränen über die Wangen, stumm waren ihre Schreie. Behutsam nahm Herr Buck seine Frau in den Arm, hielt ihren Kopf sanft mit seiner anderen Hand. Er saß da und weinte lautlos.

Noch eine Minute. Die Zeit fühlte sich für Grießinger endlos an.

»Die Krisenintervention könnte auch langsam eintreffen«, bruddelte Grießinger vor sich hin, als es endlich klingelte. Der Hauptkommissar sprang auf und eilte zur Tür. Ein Psychologe und ein Notarzt sahen ihn fragend an. Mit knappen, leisen Worten schilderte Grießinger die Situation und begleitete die zwei Helfer ins Wohnzimmer.

»Herr Buck, mein aufrichtiges Beileid. Diese zwei Herrschaften werden Sie in den nächsten Stunden unterstützen.« Grießinger sah deutlich, dass seine Worte den Angesprochenen nicht erreichten.

»Herr Buck, ich muss Ihnen dringend noch ein paar Fragen stellen. Hören Sie mich?«

Langsam reagierte der Vater von Juliana Buck. Grießinger wartete noch einen Moment. Der Arzt sprach Frau Buck an. Er wollte ihr ein Beruhigungsmittel spritzen und sie kurz untersuchen. Behutsam führte er sie ins Nebenzimmer. Frau Buck hatte einen schweren Schock und schien Kreislaufprobleme zu haben. Herr Buck erhob sich und ging zum Fenster. Mit dem Rücken zu Grießinger gewandt blieb er stehen.

»Fragen Sie, Herr Kriminalhauptkommissar.«

Seine Stimme klang gefasst.

»Warum haben Sie nicht direkt bei der Polizei angerufen. Wenn ich mich nicht verrechnet habe, sind seit dem Anruf bei Frau Lämmle fast drei Tage vergangen?«

»Meine Tochter war volljährig!«

Grießinger hörte den bitteren Unterton.

»Aber warum dann der Anruf bei Frau Lämmle?«

Wortlos drehte sich Herr Buck um und ging quer durch den Raum zum Wohnzimmerbuffet. Er zog eine Schublade auf und holte einen Briefumschlag heraus.

»Sehen Sie bitte selbst!«

Grießinger betrachtete den Brief. Die obere Hälfte bestand aus einer Zeichnung. Grießingers Augen weiteten sich. Die Abbildung zeigte eine Triskele, die genauso wie das Amulett der

Toten aussah. Die zweite Hälfte des Briefes bestand aus einer Einladung zu einer Zeremonie mit den *Hütern des Nementon,* unterschrieben von einem gewissen Falk Ludwig. Grießinger sah Herrn Buck fragend an.

»Unsere Tochter war in einer neukeltischen Sekte. Meine Frau hat sich große Sorgen gemacht. Juliana hatte sich seit einiger Zeit sehr verändert.«

»Wann haben Sie das letzte Mal etwas von Ihrer Tochter gehört oder sie gesehen?«

»Vorletzte Woche, ich glaube am Donnerstag. Sie kam abends nach Hause, weil sie ab Freitag über das Wochenende mit diesem Falk Ludwig verreisen wollte und noch ein paar Sachen dafür brauchte. Meine Frau war ganz aufgelöst und hatte mich deshalb in der Firma angerufen. Wir hatten eine Besprechung mit dem Betriebsrat. Es ist, wie so oft, spät bei mir geworden. Juliana versprach meiner Frau noch, sich zu melden, wenn sie losfahren und wenn sie ihr Ziel erreicht haben.«

Herr Buck schluckte schwer.

»Und? Hat sich Ihre Tochter gemeldet?«

»Ich hätte es verhindern müssen. Auf mich hat Juliana meistens gehört. Ich hätte nach Haus gehen sollen und sie zurückhalten müssen!« Herr Buck senkte den Kopf in seine Hände und schluchzte leise.

Grießinger ignorierte die Selbstvorwürfe von Herrn Buck. In solchen Situationen gab es immer grausam viele »hätte«, »müsste« und »vielleicht«. Doch das Schicksal wollte es anders.

»Hat sich Ihre Tochter nochmals gemeldet?«

Herr Buck schaute auf.

»Am Freitagvormittag. Ein kurzer Anruf bei meiner Frau, dass sie jetzt losgefahren seien. Juliana war anscheinend sehr fröhlich gewesen.«

Grießinger ließ nicht locker.

»Und dann?«

»Nichts mehr. Wir haben seitdem nichts mehr von ihr gehört. Übers Handy konnten wir sie nicht erreichten. Vermutlich hatte sie es abgeschaltet. Meine Frau machte sich verrückt vor Sorgen.«

Grießinger nickte verständnisvoll, fragte aber dann:

»Warum haben Sie uns dann nicht gleich nach dem Wochenende angerufen?«

»Die Nachbarn, meine Firma. Was würden die Leute denken, wenn hier plötzlich Polizei auftaucht. Und außerdem ist meine Tochter volljährig.« Herr Buck stockte. »Entschuldigen Sie. Meine Tochter war volljährig.«

»Aber warum haben Sie sich dann an Frau Lämmle gewendet?« Grießinger blieb hartnäckig, auch wenn ihn der Psychologe bereits mit düsterem Blick ansah.

Frau Buck kam zusammen mit dem Arzt ins Wohnzimmer zurück und legt sich auf das Sofa. Sie schluchzte und wimmerte. Der Arzt schaute Grießinger mit einem fast verzweifelten Blick an. »Sie wollte zu ihrem Mann«, sagte er nur.

»Meine Frau kannte Frau Lämmle aus ihren Büchern und von einer Lesung. Sie dachte, die Frau Lämmle kennt sich in diesen Dingen aus. Mit Esoterik, Sekten und vor allem den Kelten. Wir hofften, dass uns Frau Lämmle etwas über diese *Hüter des Nementon* erzählen könnte. Vielleicht sorgten wir uns ja unnötig. Vielleicht …«

Grießinger wusste, welche Vorwürfe sich die Eltern jetzt machten. Und er wusste auch, dass sie es nicht hätten ändern können.

»Wo denken Sie, könnte sich Ihre Tochter von Freitag nach dem Anruf bis gestern Nacht aufgehalten haben? Der Arzt hat mir als ungefähren Todeszeitpunkt die letzten zwölf Stunden genannt?«

Herr Buck zuckte kraftlos mit den Schultern und schüttelte den Kopf. Er drehte sich zu seiner Frau auf dem Sofa und blickte sie lange an, so als ob er Hilfe suchte.

Grießinger wartete geduldig.

»Was hat Ihre Tochter eingepackt, bevor sie losgefahren ist? Möglicherweise gibt uns das einen Hinweis wo sie hinwollte?«

Frau Buck flüsterte nur noch. »Vor allem warme Kleidung. Ihren zweiten Rucksack. Decken. Wollunterwäsche. Stiefel.«

Ihre Stimme klang brüchig, monoton. Grießinger musste sich

anstrengen, sie zu verstehen. Eilig machte er ein paar Notizen in sein altes Vokabelheft.

Grießinger dachte laut nach und schloss sein Notizheft:

»Vermutlich wollten sie draußen übernachten.«

Eine weitere Befragung wäre zwecklos.

»Danke, sie haben mir sehr geholfen. Sollten sich weitere Fragen ergeben, melde ich mich bei Ihnen. Wenn Sie sich noch an Einzelheiten erinnern, können Sie mich Tag und Nacht anrufen. Ich lege ihnen meine Karte auf den Tisch.«

Er nickte dem Kriseninterventionsteam erleichtert zu und verabschiedete sich stumm. Es gab Situationen, da machte ihn sein Beruf grantig. Diese Ohnmacht und das Leid zehrten an ihm. Er konnte sich nicht mehr erinnern, wann er das letzte Mal mit einer guten Nachricht zu Angehörigen gegangen war.

Haible und Baisch standen an den Daimler gelehnt auf dem Gehweg vor dem Haus und warteten.

*

Er atmete etwas ruhiger. Stand auf, ging zum Waschbecken. Lange sah er sich im Spiegel an. Mechanisch drehte er das kalte Wasser auf und hielt seinen Kopf unter den hohen Wasserhahn. Wieder ein forschender Blick in den Spiegel. Das kalte Wasser beruhigte ihn. Sorgfältig trocknete er sich sein Gesicht ab. Seine eigenen Augen verfolgten ihn.

*

»Alles o.k., Chef? Siehst schon wieder so blass wie heute Morgen aus. War es schlimm da drin?«

»Schon recht.«

Grießinger schloss den Wagen auf und stieg ein. Seine Kollegen warteten an den Hintertüren, bis die Entriegelung geöffnet war.

Der Kriminalhauptkommissar atmete tief durch und strich sich mit der Hand übers Gesicht, als ob er den Alptraum verscheuchen wollte. Plötzlich schlug er mit der flachen Hand auf das Lenkrad und richtete sich im Sitzsessel seines Daimlers auf.

»Herrschaften, jetzt statten wir diesem freundlichen Professor Doktor Bühler einen Besuch ab. Baisch, sobald wir im Büro sind recherchierst du nach diesen Neukelten und diesen komischen Hütern. Und du Haible, gib mir endlich meine Leberkäswecken. Ich hab jetzt einen granatenmäßigen Hunger.« Verlegene Stille auf dem Rücksitz. Nur Grießingers Magenknurren war zu hören. Er spürte sofort, dass da irgendetwas nicht stimmte. Bei Leberkäswecken verstand er überhaupt keinen Spaß. Und erst recht nicht, wenn er einen so unangenehmen Termin hinter sich gebracht hatte. Den LKW hatte er sich redlich verdient.

»Chef, das mit den LKW war so… », druckste Haible verlegen herum.

»Nette Kollegen hab ich! Dankschön. Hat's wenigstens geschmeckt? Sehr nett von euch Herrschaften!« Grießinger war beleidigt und er war außerdem noch hungrig. Eine ziemlich ungute Mischung. Haible und Baisch ahnten, dass sie einen kapitalen Bock geschossen hatten. Auf dem Weg zum Grabungscamp verlor sich Grießinger in düsteren Gedanken. Die tote junge Frau in seltsamer Haltung am Heidengraben, eine neukeltische Sekte und womöglich Emilie Berta Lämmle, wenn der Verdacht der Eltern sich bestätigen sollte.

6

Grießinger startete den Wagen. Er war narret, so richtig narret. Beim Essen verstand er keinen Spaß. Und hungrig war er ungenießbar. Wortlos fuhr er Richtung Erkenbrechtsweiler und bog auf die Kreisstraße zum Burrenhof ab. Sein Magen knurrte deutlich hörbar. Kurz vor dem Segelfluggelände fuhren sie rechts und dann parallel zur Kreisstraße zum Heidengraben. Sie erreichten einen Parkplatz. Hinter dem Heidengraben sahen sie die Zelte und Grabungsfläche der Studenten. Haible und Baisch wussten genau, dass ihr Chef grantelte und bruddelte, wenn ihn der Hunger plagte. Aber den Leberkäswecken von Frech & Stricker hatten sie einfach nicht widerstehen können. Grießinger hatte zudem deutlich länger bei Familie

Buck zugebracht, als sie gedacht hatten. Und so hatte ihr Hunger sie schließlich verleitet…

»Ich schau mich mal um, und ihr behaltet die Campteilnehmer im Blick, dass sich keiner davon macht.«

Grießinger klang ziemlich mürrisch.

Sie näherten sich gemeinsam den Zelten. Unter einem Kessel rauchten die Reste eines Feuers. Blechschüsseln und Pappteller mit Essensresten standen herum. Im Gras lagen leere Weinflaschen. Vor einem Zelt trockneten Geschirrhandtücher und neben dem Eingang stapelten sich sechs Kästen Böhringer Schnäpperles-Bier. Dumpf hörten sie Stimmen und Topfklappern. Haible machte ein Zeichen, dass er sich um das Küchenzelt kümmern würde.

Grießinger überraschte das Chaos in dem Grabungscamp. Nach dem Auftritt des Professors am Fundort der Leiche hatte er ein straff organisiertes, aufgeräumtes Camp erwartet. Kopfschüttelnd hob er eine der Weinflaschen auf.

»Metzinger Hofsteige, 2003, Schwarzriesling mit Spätburgunder, Auslese. Die wissen aber was gut ist, fast zu schad zum einfach nadrinka. Den muss man in Ruhe genießen«, bruddelte Grießinger vor sich hin. In diesem Moment kam der Grabungsleiter Professor Bühler auf ihn zu.

»Kann ich Ihnen behilflich sein, Herr Polizeiinspektor«, fragte er in scharfem Ton.

»Kriminalhauptkommissar, wenn ich bitten dürfte. Mich täte interessieren, was Sie hier eigentlich treiben und wie Sie heute Morgen so schnell von der Leiche erfahren haben? Oder brummt Ihnen noch der Schädel von diesem Festle hier?«

Grießinger zeigte auf die Unordnung um sie herum. Sein spöttischer Unterton war kaum zu überhören.

»Das tut hier nichts zur Sache. Wegen der ganzen Aufregung um Fräulein Buck sind die Sachen eben liegengeblieben. Der Platz ist spätestens am Nachmittag picobello sauber, verstehen Sie? Picobello sauber!«

»Könnten Sie mir nun endlich erklären, was Sie hier machen?« Grießinger wurde ungeduldig. Sein Magen knurrte noch immer.

»Also bitte: Ich führe im Auftrag des Landesamtes für Denkmalpflege Abteilung 8 eine Lehrgrabung mit Studenten der Universität Tübingen durch. Wir erforschen die innere Elsachstadt. Reicht Ihnen das fürs Erste, Herr Kriminalinspektor.«

Grießinger machte die Hochnäsigkeit des Wissenschaftlers noch grantiger, aber nachfragen, was die Elsachstadt und der Heidengraben ist, wollte er auch nicht. Diese studierten Herren erweckten manchmal den Eindruck, als wären sie der Nabel der Welt. Grießinger reichte es. Bevor ihm der Kragen platzte, musste er diesem studierten Herren zeigen, wo der Bartel den Most holt.

»Sodele, Herr Professor Doktor Bühler. Entweder Sie reden jetzt normal mit mir oder wir lassen diesen Saustall hier aufräumen und gehen dann allesamt nach Reutlingen in mein Büro. Ich gebe Ihnen genau eine Viertelstunde zum Überlegen, wie wir zukünftig miteinander umgehen sollen! Sie finden mich bei Ihren Studenten. Übrigens, den Platz an der Feuerstelle brauche ich für die nächste Zeit. Am besten Sie buddeln, bis ich meine Ermittlungen für heute abgeschlossen habe, weiter mit Ihren Studenten nach den Überresten der Kelten.« Damit wandte sich Grießinger ab.

Bühler war verblüfft. Vermutlich hatte ihm noch nie jemand so die Meinung gesagt. Im Institut für Frühgeschichte galt der weithin bekannte Fachmann als penibler Choleriker, der nur schwerlich eine andere Ansicht unkommentiert stehen lassen konnte und für seine wissenschaftlichen Dispute berüchtigt war. Für gewöhnlich war es Bühler, der kommandierte.

Grießinger rief seine beiden Kollegen und ging, ohne eine Antwort Bühlers abzuwarten, zur Grabungsfläche. Bühler folgte mit einigem Abstand. Am Rande der abgesteckten offenen Fläche angekommen zeigte Grießinger auf Baisch und Haible.

»Herrschaften, das sind die beiden Kommissare Baisch und Haible, mein Name ist Kriminalhauptkommissar Grießinger, Josef. Wir würden Ihnen gerne ein paar Fragen stellen. Dazu möchte ich Sie bitten, jeweils einzeln zur Feuerstelle zu kommen, während die anderen sich hier zur Verfügung halten und weiterarbeiten können. Wie viele Personen befinden sich insgesamt im Camp?«

Grießingers hohe Stimme konnte eine enorme Lautstärke erreichen, wenn er in Fahrt kam.

»Mit Herrn Professor Bühler sind wir genau sechzehn, 'tschuldigung, waren wir sechzehn Personen. Herr Professor Bühler hat uns vom Tod von Juliana Buck berichtet«, antwortete ein junger Mann mit gelocktem Haar, das zu einem Zopf zusammengebunden war.

Erst jetzt sah Grießinger die vom Weinen geröteten Augen der Studenten und Studentinnen. Professor Bühler stand etwas abseits. Er schien nervös zu sein. So zumindest deutete Grießinger das seltsame Wippen des Wissenschaftlers. Der erste Campteilnehmer folgte Grießinger zur Grillstelle, wo sie sich auf zwei Campingstühle setzten. Grießinger faltete scheinbar gemütlich die Hände über dem leichten Bauchansatz, reckte demonstrativ sein Gesicht in die Sonne und wartete ab.

Der junge Mann war Grießinger durch seine Wortmeldung am Grabungsplatz bereits aufgefallen. Möglicherweise handelte es sich um den Wortführer der Gruppe. Seine Augen verbarg er hinter einer super modernen Sonnenbrille. Breitbeinig-lässig saß er in seinem Campingstuhl Grießinger gegenüber. Der Kriminaler schwieg noch immer, blinzelte hin und wieder in die Sonne und spürte, wie der Student immer unsicherer wurde.

»Was wollen Sie von mir, Herr Kommissar? Kann ich gehen? Oder auf was warten wir?«

»Nur langsam. Genießen Sie doch erst mal die Sonne. Dann lässt es sich viel entspannter miteinander schwätzen!«

Der Student zuckte nur mit den Schultern.

»Ich hatte doch eh nichts mit der Juliana zu tun. Ich kannte sie nicht mal richtig. Sie ist nicht mein Typ gewesen. Verstehen Sie? Ich mag mehr die braungebrannten, feurigen. Wenn Sie mehr wissen wollen, müssen Sie jemand anders fragen.«

»Ich will jetzt aber Sie fragen. Außerdem tät mich erst mal interessieren, wie Sie heißen.«

»Oh Mann, Sie können ganz schön nerven.«

Der junge Mann schien nachzudenken, zögerte einen Moment, wippte nervös mit seinem Fuß und entschloss sich dann doch zu reden.

»Mein Name ist Chris. Chris Burmeister. Ich hab nur mitbekommen, dass Juliana nicht immer im Camp übernachtete. So wie vorletzte Woche Donnerstagnacht. Anscheinend wohnen ihre Eltern hier in der Umgebung. Jeder hat es gewusst, nur der Bühler durfte nichts davon wissen. Sie war außerdem ein totaler Keltenfreak. Hat sich für alles zum Thema Kelten interessiert. Auch für so Esoterik-Mist. Sie konnte sich das erlauben, weil sie fachlich super war. Und ihr Näschen für Funde war beneidenswert. Immer wieder hat sie Schmuckstücke und Münzen gefunden, während wir uns mit hunderten von Tonscherben begnügen mussten. Der Bühler hat sie irgendwie auch gebraucht. Er präsentierte dann mit großem Tamtam die Funde, der alte Sack. So, kann ich jetzt endlich gehen?« Aber Grießinger war mit dem Studenten noch nicht fertig.

»Warum hat Professor Bühler eigentlich verboten das Camp zu verlassen? Hier sind doch alle volljährig und aus freien Stücken da.«

»Der hat das immer so gemacht bei seinen Grabungen. Wegen dem Teamgeist und weil es zünftiger ist, im Zelt zu schlafen. ›Wir forschen unser Leben lang, 24 Stunden am Tag‹ ist sein Lieblingsspruch. Ich weiß auch nicht, was das soll, aber wir alle brauchen halt die Kurse bei ihm fürs Studium. Bühler kennt vermutlich jeden wichtigen Prof und Archäologen, zumindest in Europa. Ziemlich schlecht, wenn der einen nicht leiden kann.«

Grießinger musterte den Studenten genau. »Könnte es auch sein, dass er Angst um Funde hatte?«

Doch Burmeister schüttelte den Kopf.

»Nee, glaub ich nicht. Der ist eben einer von der alten Schule, so mit Zucht, Ordnung und Abhärtung. Auch wenn er wegen seiner Kreuzschmerzen morgens fast auf allen Vieren daher gekrochen kommt.«

Grießinger schmunzelte. Der junge Mann hatte vermutlich mehr erzählt als er wollte, damit er schnell wieder gehen konnte.

»Sie sagen aber nichts dem Bühler? Ich brauch den Schein der Teilnahme an diesem Camp, sonst kann ich das Studium vergessen.«

»Nur keine Angst, Professor Bühler erfährt nichts vom Inhalt unserer Unterhaltung!«

»Also dann.«

Mit diesen Worten erhob sich der Student aus seinem Campingstuhl und wollte zurück zu den anderen gehen.«

»Moment, junger Mann, nur langsam! Zwei, drei Fragen hätte ich schon noch.«

Grießinger wartete, bis sich Chris Burmeister wieder hingesetzt hatte. Der Zeuge wirkte noch immer ziemlich nervös.

»Wie war denn das vorletzte Woche, am Donnerstagabend? Wieso sind Sie sich eigentlich so sicher, dass Juliana genau an diesem Abend nicht im Camp übernachtet hat? Immerhin ist das bereits einige Tage her.«

Grießinger war gespannt auf die Antwort. Selten erinnerten sich Zeugen präzise an Beobachtungen, die länger als zwei Tage zurücklagen.

»Wir haben an diesem Abend ein bisschen gefeiert. Ein Kommilitone hatte an dem vorangegangenen Wochenende Geburtstag und vier Kästen Bier ausgegeben. Anfangs war sie, glaube ich zumindest, noch dabei.

Ein paar Tage später haben wir uns im Camp unterhalten, seit welchem Tag Juliana verschwunden war. Es gab einige, die ihre fröhliche, unbeschwerte Art vermissten. Alle waren sich sicher, dass sie seit dem Donnerstag nicht mehr im Camp gesehen wurde. Wenn Sie es genau wissen wollen, müssen Sie den Alex fragen. Der war total verknallt in Juliana und versuchte alles, damit sie ihn beachtete. Juliana fand ihn manchmal ganz praktisch, aber vermutlich meistens lästig. Diesbezüglich konnte sie ziemlich egoistisch sein.«

Der Kriminalhauptkommissar wollte gerade die nächste Frage stellen, da wurde es hinter ihnen laut. Rufe ertönten und es schien ein Handgemenge stattzufinden. Grießinger drehte sich ruckartig um, verlor dabei das Gleichgewicht und fiel fast aus seinem Campingstuhl.

»Zefix, ich hab doch gesagt, ich will hier nicht gestört werden.«

Seine Geduld und sein Hunger wurden heute auf eine harte Probe gestellt.

Als er wieder sicher in seinem Stuhl saß, erblickte er Haible mit einem jungen Mann, den er im Polizeigriff hatte. Das Stöhnen des Studenten übertönte fast das atemlose Schnaufen von Haible.

»Entschuldigung, Chef, aber dieser Triebel hier hat große Ohren bekommen. Mir wollte er weismachen, dass er pinkeln müsse. Nach einer Weile wurde ich misstrauisch, weil so eine Riesenblase noch nicht mal ein Albbüffel hat. Und tatsächlich, da drüben hinter dem Zelt ist er gestanden, der Spitz, und hat angestrengt eurer Unterhaltung gelauscht.«

»Oha, neugierige Studenten haben wir also auch noch.«

Grießinger wirkte durchaus amüsiert, was Haible im ersten Moment ärgerte.

»Lass ihn los, Haible. Ich vermute Ihr Name ist Alex?«

Der Student wand sich aus Haibles gelockertem Griff, richtete sich auf und rieb sich die schmerzende Schulter. Mit feindseligem Blick starrte er Grießinger und seinen Assistenten an.

»Herr Burmeister, Sie können gehen, wir sind fürs Erste fertig. Herr Alex, setzen Sie sich bitte hin, oder wie darf ich Sie nennen?«

Grießinger gab sich betont freundlich, fast väterlich. Seine Erfahrung sagte ihm, dass er in diesem Fall auf die nette Tour mehr erreichen konnte.

*

»Sei mir gnädig…«, murmelte er. Seit seinem letzten Besuch war viel Zeit vergangen. In Bad Urach, am Bahnhof, lächelte er das erste Mal auf seiner langen Reise. Ein stilles Lächeln, traurig, voller Erinnerungen. Vor ein paar Tagen fuhr der Bus die Steige hinauf, am Steinbruch vorbei, da hatte er noch so etwas wie Vorfreude gespürt.

*

»Ich heiße Schänzle, Alexander Schänzle.«

Der junge Mann klang trotzig. Grießinger ignorierte den Tonfall.

»Na, junger Mann, jetzt hocken Sie sich erst mal hin und erzählen mir, warum Sie uns so dringend belauschen mussten.«

Alexander Schänzle setzte sich aufrecht hin. Grießinger spürte, dass er reden wollte. Vermutlich fehlte ihm der Mut, und vermutlich hatte Burmeister recht gehabt mit der Behauptung, dass Schänzle in Juliana Buck verliebt war. Schänzle wirkte traurig und verloren.

»Komm, Bub, gib dir einen Ruck. Es ist dir dann leichter!«, ermunterte Grießinger den Studenten.

»Ich wollte doch nur wissen, welche Lügengeschichten der Typ über Juliana erzählt. Die meisten hier beneideten Juliana wegen ihrer Ausgrabungsfunde. Der Bühler hatte sie auch auf dem Kieker. Der war neidisch, weil er als alter Hase kein so gutes Gespür wie Juliana hatte. Der war doch noch nie mehr als ein Theoretiker, ein knochentrockener Wissenschaftler. Juliana hingegen arbeitete intuitiv, aus dem Bauch heraus. Ihr unglaubliches Gespür für wertvolle Fundorte, einfach sagenhaft.«

Er blinzelte Grießinger mit feuchten Augen an.

»Und wer hat Juliana Buck geholfen, das Camp zu verlassen, ohne dass es Bühler bemerkte?«

»Ich hab immer aufgepasst, dass der Bühler nichts mitbekommt, wenn sie spät abends verschwand. Juliana erzählte mir mal, dass es wegen ihrer Rückenschmerzen sei. Sie hatte Angst, vom Bühler rausgeschmissen zu werden, wenn er erfährt, dass sie nicht fit ist. Der hat doch nur einen Grund gesucht. Wegen der Rückenschmerzen musste Juliana eben hin und wieder in einem richtigen Bett schlafen.«

Grießinger machte sich kurze Notizen. Ihre Eltern hatten nichts von häufigen Besuchen und einer Rückenerkrankung erwähnt.

»Ich kann mir nicht vorstellen, dass Professor Bühler eine Studentin wegen gesundheitlicher Probleme aus dem Kurs werfen würde. Wenn Herr Professor Bühler Sie aber bei Ihren Heimlichkeiten erwischt hätte, wären Sie zu Recht beide aus dem Camp geflogen. Wenn es medizinische Gründe gab, hätte er mit Sicherheit nicht auf die nächtliche Anwesenheit von Frau Buck bestanden.«

Das Kinn des Studenten zuckte. Eine Träne lief über seine Wange.

»Juliana ist eine so wunderbare Frau, ihre Augen, ihre Haare, die Sommersprossen, ihre Stimme. Nein, sie war eine wunderbare Frau. Für sie hätte ich alles getan. Wenn ich den Mörder finde, dann ...«

»Was passiert dann?« Grießinger wurde aufmerksam.

»Ich würde ihn totmachen.«

Grießinger horchte auf und musterte Schänzle genau.

»Sie haben die Juliana Buck schon sehr mögen, oder!«

Für einen Moment herrschte Stille. Alexander Schänzle saß wie versteinert da.

»Liebe, das war die große Liebe. Wir gehörten zusammen. Wir waren füreinander geschaffen.«

Schänzle stockte.

»Und Frau Buck, sah sie das auch so? Fühlte sie sich auch zu Ihnen hingezogen?«

Alexander Schänzle stöhnte auf. Die Frage Grießingers schien getroffen zu haben.

»Wie meinen Sie das? Natürlich liebte mich Juliana, sie liebte mich über alles! Jeden Wunsch habe ich ihr von den Lippen abgelesen. Ich war immer für sie da, wenn sie mich brauchte.«

Grießinger war erstaunt. Hatte dieser Chris Burmeister gelogen? Gab es doch eine gemeinsame Liebe?

»Und wie war das vorletzte Woche Donnerstagabend? Wo wollte Juliana Buck hin?«

»Sie war hier und feierte den Geburtstag von Thomas mit.«

»Den ganzen Abend? Wenn sie nicht hier geschlafen hat, muss sie ja irgendwann noch verschwunden sein!«

»Na ja, sie wollte später weg und bat mich, wenn jemand nach ihr fragte, auszurichten, dass sie sich nicht gut fühle und sich hingelegt habe. Der Bühler durfte ja nichts merken. Also haben wir in ihrem Zelt Klamotten in den Schlafsack gesteckt und alles so hergerichtet, dass es aussah, als ob sie schlafen würde.«

»Und dann, Herr Schänzle, war das alles, oder ist ihnen irgendetwas aufgefallen an Frau Buck?«

»Was soll noch gewesen sein? Ich hab nur noch gesehen, wie sie hierher zum Parkplatz gegangen ist.«

Grießinger hörte etwas in der Stimme des Jungen, das ihn erstaunte. Er schien plötzlich vorsichtig zu sein. Der Kriminalhauptkommissar wusste, dass dieser Schänzle etwas verheimlichte. Grießinger hatte genug gehört und wollte jetzt endlich das Zelt von Juliana Buck untersuchen. Möglicherweise gab es dort noch Hinweise zum Verschwinden der jungen Frau.

»Herr Schänzle, geben Sie bitte meinen Kollegen Ihre Anschrift und Telefonnummer. Wir werden uns mit Sicherheit wiedersehen.«

Schänzle stand ruckartig auf, warf dabei den Stuhl um und sah Grießinger unsicher an. Grußlos wandte er sich ab und verließ eilig die Feuerstelle. Baisch wollte ihn festhalten, aber Grießinger winkte ab und schmunzelte erstaunlicherweise.

»Du junger Seucher, dich pack ich noch lang,« bruddelte der Hauptkommissar und lehnte sich zufrieden in seinem Klappcampingstuhl zurück.

*

In Hülben stieg er an der Haltestelle am Rathaus aus. Überrascht blickte er sich um. Alles hatte sich verändert. In der Hand hielt er seinen alten Lederreisekoffer, zusammengebunden mit einem Lederriemen. Auf dem Rücken trug er einen alten Rucksack aus Stoff, der bereits bessere Zeiten gesehen hatte. An der Seite hing seine Trinkflasche aus Blech mit Filzüberzug, gesichert durch einen ledernen Haltegurt, der sich quer über die Brust und die Schulter zog. Seine Kleidung bestand aus einem dunklen Anorak, der an die 80er Jahre erinnerte. Die graue Stoffhose hatte auffallend scharfe Bürgelfalten. Dazu trug er ein schlichtes weißes Hemd mit Stehkragen. Die Frühlingssonne wärmte ihn angenehm, als er in Hülben ankam. Er war wieder da, zu Hause.

Jetzt kam Professor Bühler zügigen Schrittes auf Grießinger zu. Er wirkte längst nicht mehr so arrogant. Es schien als müsste er sich überwinden auf Grießinger zu zugehen.

»Herr Kriminalhauptkommissar Grießinger, ich werde mit Ihnen kooperieren. Die Forschungsgrabung und das Erbe der Menschheit sind wichtiger als meine persönlichen Befindlichkeiten.«

»Oha, es geht hier oben um das Erbe der Menschheit. Na dann, Herr Professor Bühler, bleibt uns wohl keine andere Wahl: auf gute Zusammenarbeit.«

Der Kriminalhauptkommissar war bei diesen Worten aufgestanden und hielt Bühler seine Hand hin. Dieser ergriff sie zögerlich. Dann legte der Kriminalhauptkommissar sofort los.

»Haben Sie eigentlich letzte Woche Donnerstag kontrolliert, ob alle im Grabungscamp anwesend waren? Und warum haben Sie niemandem gemeldet, dass in Ihrem Camp eine Studentin fehlt?!«

Bühler war überrascht: »Natürlich, Herr Kriminalhauptkommissar, wie jeden Abend. Zwar muss ich gestehen, dass ich mir anlässlich des Geburtstagsfestes auch ein Gläschen Wein gönnte, aber meine Kontrolle hat letzten Donnerstag ergeben, dass alle Campteilnehmer in ihren Zelten waren.«

»Auch Juliana Buck?«

Bühler schien den Grund für die Frage nicht zu verstehen und bekam bereits wieder einen ungehaltenen Gesichtsausdruck.

»Wenn ich sage, ich habe kontrolliert, dann meine ich es auch so, Herr Grießinger! Hier verlässt niemand ohne mein Einverständnis das Camp.«

»Schon recht, Herr Professor, schon recht! Und warum haben Sie das Fehlen von Frau Buck nicht bereits vor fast zehn Tagen gemeldet?«, fragte Grießinger nun.

»Was glauben Sie, Herr Kriminalhauptkommissar, wie viele Studenten das Handtuch werfen, weil sie den harten Anforderungen der Wissenschaft nicht gewachsen sind? Wenn ich jedem hinterherrennen müsste, käme ich nicht mehr zur Ruhe.«

»Hart sind vermutlich Ihre seltsamen Lagerregeln für die Studenten. Warum sperren Sie die jungen Leute eigentlich ein?«

»Ich lege größten Wert auf Pünktlichkeit, Disziplin und Kameradschaft. Wo kämen wir hin, wenn jeder kommt und geht, wie es ihm passt?«

Mit dieser Antwort gab sich Grießinger fürs Erste zufrieden. Professor Bühler schien tatsächlich an einer Zusammenarbeit interessiert zu sein.

»Ich werde mir jetzt noch das Zelt von Juliana Buck ansehen, dann können Sie ungestört weiterforschen. Ihre Studentinnen und Studenten werden in den nächsten Tagen von meinen Kollegen befragt. Jeder Hinweis ist wichtig für uns. Am besten wäre es aber, wenn die Herrschaften ins Präsidium kommen könnten. Klären Sie das bitte ab, Herr Professor Bühler.«

Damit ließ er den Grabungsleiter stehen, drehte sich um und ging zu Baisch. Bühler stand da und schnaufte deutlich hörbar, aber er widersprach nicht.

*

Bedächtig staunend nahm er seine schwarze, speckig glänzende Franzosenkappe, in deren Mitte sich ein kleiner Stoffzipfel befand, vom Kopf. Aus seiner Anoraktasche holte er ein weißes Stofftaschentuch. Schweißtropfen perlten auf seiner Stirn und suchten ihren Weg an den Schläfen entlang und über die Nasenwurzel.

*

7 Es war spät am Nachmittag, als Baisch seinen Chef zum Zelt von Juliana Buck begleitete. Dort angekommen, kniete sich Grießinger hin, öffnete den Zeltreißverschluss und sah sich im Inneren um. Stickige, warme Luft schlug ihm entgegen. Der Schlafsack war so mit Kleidungsstücken gefüllt, dass man auf den ersten Blick tatsächlich dachte, jemand läge darin. Schänzle hatte also nicht gelogen.

Am Kopfende des Schlafsacks sah Grießinger einen geöffneten

Rucksack. Davor lagen ein aufgeschlagenes Notizbuch und ein Terminkalender. Der Kriminalhauptkommissar stutzte, weil das Zeltinnere sonst sehr ordentlich wirkte. Offensichtlich hatte sich jemand vor ihm an dem Rucksack zu schaffen gemacht. Jemand, der genau wusste, wo er suchen musste. Grießinger pfiff durch die Zähne.

»Oha, hier gibt es Gschäft für den Lichtner. Baisch, ich denk die KTU sollte schleunigst anrücken.«

Grießinger grinste ein bisschen schadenfroh.

»Der wird sich freuen. Kaum ist er drunten im Tal, muss er schon wieder rauf auf die Alb.«

Baisch grinste ebenfalls. Nicht, dass er Lichtner etwas Böses wünschte, aber ein bisschen Schadenfreude oder kleinere Sticheleien zwischen den unterschiedlichen Abteilungen waren nicht unüblich.

Während Baisch am Mobiltelefon Lichtner den Weg zum Grabungscamp erklärte, konnte Grießinger sich wieder einmal nicht zurückhalten. Er musste ganz in das Zelt hineinkriechen. Zu gern wollte er wissen, warum der Kalender und das Notizbuch neben dem Rucksack lagen. Immerhin zog er sich dieses Mal Handschuhe an, legte den Kalender und das Notizbuch auf den Schlafsack und durchsuchte vorsichtig den Rucksack im Zeltinneren. Außer Waschzeug, frischer Unterwäsche sowie anderen Kleidungsstücken enthielt er einen Impfausweis, Sonnencreme, Handcreme, Pflaster und ein Buch, das gespickt mit bunten Notizzetteln war. ›Die Mystik der keltischen Druiden‹, geschrieben von Falk Ludwig. Grießinger legte es ebenfalls auf den Schlafsack.

»Und, hast etwas gefunden, Chef?«

Haible sah neugierig in das Zelt. Grießinger gab ihm die Fundstücke, die er auf den Schlafsack gelegt hatte. Dann kroch er unter Stöhnen und Schnaufen rückwärts aus dem Zelt. Grießingers ächzte beim Aufstehen.

»Haible, mir sind alle keine zwanzig mehr, ich spür's deutlich!«

Haible grinste nur und meinte trocken: »Die Hebamme ist

aber nicht mehr schuld an deinen Beschwerden, Chef. Apropos Beschwerden, mir schmerzt mein Magen vor Hunger so dermaßen, dass ich jetzt bald nicht mehr stehen kann.«

Grießinger sah auf seine Uhr. 16:40 Uhr. Bis jetzt keine Vesperpause, kein Mittag, noch nicht einmal einen LKW mit Senf. Was glaubte Haible eigentlich? Immerhin hatten seine Kollegen ihm seine Leberkäswecken weggegessen.

»Haible, ich glaub bei dir ist das nicht der Hunger, sondern ein LKW zu viel im Ranzen, der schmerzt!«

Haible sah verlegen auf den Boden und zog den Kopf etwas ein.

Grießinger nahm sich zuerst den Kalender von Juliana Buck vor. Besonders interessierten ihn die Einträge vom letzten Donnerstag. Auf der linken Kalenderseite waren drei Tage abgebildet, auf dem rechten Blatt mit Sonntag vier Tage. Es handelte sich um einen einfachen Kalender im DIN A5 Format, mit schwarzem Kunststoffeinband. Grießinger blätterte das erste Drittel nochmals durch, aber er konnte die vergangene Woche nicht finden. Haible sah ihm interessiert zu.

»Chef, mach mal langsam, ich glaube da hat jemand etwas herausgerissen.«

Und tatsächlich, die letzten sieben Tage fehlten im Kalender. Das Grabungscamp hatte am Sonntag vor ungefähr zwei Wochen begonnen. Dort fanden sich kurze Notizen zu den Aufgabenstellungen, Grabungsbeginn und Ende. Die Seite mit der zweiten Hälfte der vorherigen und die gesamte vergangene Woche waren offensichtlich sorgfältig herausgetrennt worden.

»Nicht schlecht, Haible. Siehst du vielleicht auch, wer die Seiten raus hat?«

Grießinger grinste schief und griff nach dem Notizbuch. Eilig überflog er die Seiten. Plötzlich hielt er inne, blätterte eine Seite zurück und betrachtete fasziniert eine Zeichnung, die fast das ganze Blatt ausfüllte.

»Haible, schau mal her. Das ist doch ein exaktes Abbild des Amulettes, das die Tote getragen hat, oder? Da drunter steht noch was. Kannst du das lesen?«

»*Die ihr kennt den Einen und Einzigen, verehrt Ihn den Hüter des Heiligtums, bis weit in die Anderswelt*«, las Haible laut vor und blickte dann ratlos in die Runde. In diesem Moment erreichten Lichtner und seine Mitarbeiter das Grabungscamp.

»So, Herr Kollege, Ihre Handschuhe verraten mir, dass Sie wieder einmal großzügig DNA-Spuren am Ort einer Ermittlung verteilt haben, oder sollte ich mich täuschen? Warum quäle ich mich eigentlich schon wieder diese endlose Steige hinter einem Kieslaster hoch, wenn der werte Herr Kriminalhauptkommissar bereits unsere Arbeit übernommen hat?«

Grießinger schüttelte heftig den Kopf. »Nur langsam, Kollege Lichtner, ich weiß schon, es hat kein Gockel gern, wenn ihm ein anderer auf dem Mist herumscharrt, aber blöd rumstehen wollte ich auch nicht. Nachdem was wir hier bereits, quasi auf den ersten Blick, Wichtiges gefunden haben, scheinen das Zelt und die persönlichen Sachen sehr ergiebig für die KTU zu werden. Ich bin mir ziemlich sicher, dass hier vor uns jemand drin war. Sehen Sie mal hier, Herr Kollege …«

Grießinger hielt ihm mit spitzen Fingern den Terminkalender hin.

»Es fehlen die vermutlich wichtigsten Seiten, nämlich die um den Zeitpunkt des Verschwindens von Frau Buck herum. Vielleicht gibt es Fingerabdrücke.«

*

Etwas fahrig trocknete er sein Gesicht. Er wirkte bescheiden, fast verletzlich, wie er so alleine an der Bushaltestelle stand. Lachen und Freude waren ihm längst fremd geworden. Schmerz, Zweifel, Einsamkeit hatten in seinem Gesicht tiefe Spuren hinterlassen. Zu oft kreisten seine Gedanken in den letzten Jahren um seine glückliche Kindheit in Hülben.

*

Lichtner hatte aus seinem Koffer einen durchsichtigen Beutel herausgeholt und bedeutete dem Kommissar mit strengem Blick den Kalender hineinzulegen. Bei der Spurensicherung war Lichtner absoluter Profi und seine persönliche Neugier stellte er zugunsten der akribischen Spurenerfassung grundsätzlich hinten an. Grießingers Verhalten am Fundort einer Leiche hatte er bereits mehr als einmal scharf kritisiert.

Das gesamte Team der KTU zog weiße Ganzkörperoveralls, Mundschutz und Schuhüberzieher an. Im Lauf der Jahre war es Lichtner gelungen, hervorragende Spezialisten in sein Team zu holen. Für viele war es eine Auszeichnung mit Lichtner zu arbeiten. Der Leiter der KTU besaß einen ausgezeichneten fachlichen Ruf und war darüber hinaus ein sehr umgänglicher Mensch, der bedingungslos hinter seinen Leuten stand. Lichtner zog ebenfalls seine Schutzkleidung an und begann, die Gegenstände, die sein Kollege auf einem Klapptisch vor dem Zelt ausgebreitet hatte, zu begutachten.

Eigentlich sah Grießinger gerne der KTU bei der Arbeit zu, doch sein Magen meldete sich immer deutlicher. Er hatte Hunger, richtig unleidigen, mörderischen Hunger. Der Kriminalhauptkommissar konnte viel aushalten. Ihm machte der Anblick grausiger Verbrechen oder der Besuch in der Pathologie mit dem extremen Geruch nichts aus, während andere Kollegen sich abwenden oder gar übergeben mussten. Nur Hunger, den konnte er überhaupt nicht aushalten. Das flaue Gefühl im Magen blockierte sein Denkvermögen und machte ihn extrem grantig.

»Baisch, Haible, mir fahren ins Büro zurück. Die Herrschaften von der KTU schaffen das gerade so alleine, hoffe ich. Habt ihr alle Adressen aufgenommen und eine Teilnehmerliste von dem Camp? Wo ist eigentlich der Bühler?«

Grießingers Ton verriet deutlich seine Ungeduld.

»Herr Professor Bühler, könnten Sie kurz zu mir herkommen?«

Grießinger war jetzt nicht nur ungeduldig, sondern auch laut. Erstaunt blickte sich der Professor um, als er Grießinger rufen hörte. Er war es nicht gewohnt, dass man ihn, wenn auch angemessen freundlich, herumkommandierte. Normalerweise befehligte er die Menschen um sich herum. Widerwillig ging er zum Kriminalhauptkommissar hinüber.

»Sodele, Herr Professor, Sie haben nun fürs Erste Ihre Ruhe von uns. Wir hören aber bestimmt noch voneinander.«

Mit diesen Worten gab Grießinger dem Professor seine Visitenkarte. Er ließ den Grabungsleiter stehen und ging weiter. Er wusste, dass dieser nicht offen zu ihm war. Irgendetwas störte den Kriminalhauptkommissar. War es die arrogante Art oder hatte der Wissenschaftler etwas zu verbergen?

Grießinger verabschiedete sich im Vorübergehen mit einem knappen »Ade« bei Lichtner, eilte zum Daimler, setzte sich hinein und seufzte. Haible und Baisch warteten bereits auf der Rücksitzbank.

8 Grießinger gab Gas. Erst als er die Metzgerei Frech & Stricker erreichte, bremste er heftig und fuhr rechts ran. Stille im Wagen. Haible und Baisch sahen sich fragend an. Es dauerte eine Weile bis Haible verstand. Er stieg aus dem Wagen und betrat das Ladengeschäft der Landmetzgerei. Die Unterhaltung zweier Frauen erstarb, als er an die Wursttheke trat. Die Metzgersfrau und die beiden Verkäuferinnen putzten bereits eifrig den Thekenbereich. Neugierig musterten sie ihn. Haible hatte schließlich Verwandtschaft in Hülben.

»Verkaufen Sie mir noch eine kleine geräuchte Schinkenwurst, zwei Paar Landjäger, eine Pfefferschwarze und noch ein Paar Pfefferbeißer. Vielleicht hätten Sie auch noch zwei Weckle dazu?«

Senf und ein Glas Essiggurken gab es noch im Büro vorrätig. Baisch und Haible würden zum Vesper den Rest vom Brotlaib von gestern essen. Inzwischen waren die Kundinnen gegangen. Die Metzgersfrau ignorierte seine Frage und musterte ihn eindringlich.

»Sagen Sie mal, sind Sie nicht der Haible, Eugen? Der Bruder von der Roswitha? Sie hab ich aber lang nicht mehr gesehen. Statten Sie der alten Heimat einen Besuch ab, oder? Das ist aber nett. Und ein rechtes Vesper hält den Leib zusammen und tut der Seele gut. Sie waren bestimmt auf Besuch bei der Schwester.«

Nebenher packte sie die Würste ein und stellte erwartungsvoll die Tüte auf die Theke. Haible blieb ihr eine Antwort schuldig.

»Könnte ich vielleicht bezahlen, mein Chef wartet draußen. Es pressiert, bitte.«

Haible wurde nervös, weil er wusste, dass Grießinger ungeduldig wurde. Enttäuscht kassierte die Metzgersfrau und gab ihm das Wechselgeld zurück.

»Alles pressiert, jeder hat Stress. Wissen Sie, was passieren würde, wenn wir beim Wurst machen so einen Stress hätten?«

Haible verließ fast fluchtartig das Metzgereigeschäft.

*

Mit nacktem Oberkörper setzte er sich auf den einzigen Stuhl in seinem Zimmer. Er nahm den Lederriemen vom Tisch und hängte ihn an einen Haken am Kleiderschrank. Sorgfältig faltete er eine ältere Tageszeitung auf, legte sie vor sich auf den Tisch und holte seinen Rucksack unter dem Tisch hervor. Er hatte Hunger. In seinem Stoffbeutel lag noch ein Stück Brot und geräucherter Bauch. Bedächtig legte er alles auf die Zeitung, lehnte sich zurück, faltete die Hände und betete:

»Segne, Vater, diese Speise, uns zur Kraft und dir zum Preise, Amen.«

*

»Hat der Metzger die Sau erst noch schlachten müssen, Haible, oder hast du dich nicht zwischen Fleischkäs und Leberkäs entscheiden können?«

Kaum hatte Haible die Autotür zugezogen, rollte der Strich 8 los. Die Kardanwelle setzte sich mit einem deutlich wahrnehmbaren Zittern in Bewegung. Durch den Ort fuhren sie noch annähernd fünfzig Stundenkilometer, aber in der Steige, am Steinbruch vorbei, da forderte Grießinger alles von seinem betagten Gefährt. Hätte Haible gewusst, wie schnell so ein alter Benz die Steige ins Tal fahren konnte, dann hätte er sich vermutlich in der Metzgerei noch mehr beeilt und die Metzgersfrau nicht ausreden lassen. Reifenquietschen markierte jede einzelne Kurve. Baisch standen Schweißtropfen auf der Stirn. Verzweifelt klammerte er sich an den Vordersitz. Er war blass. Auf der Rücksitzbank herrschte panikartige Stimmung. Sie hätten doch dem Chef die beiden Leberkäswecken nicht wegessen sollen.

»Chef, sind mir auf der Flucht, oder klemmt das Gaspedal?«, schrie Haible mit schriller Stimme. Der Daimler neigte sich bedrohlich in die nächste Kurve.

»Saumäßig Hunger« war die einzige Erklärung von Grießinger. Er kurbelte heftig am Lenkrad. Die letzte Kurve war geschafft. Das Ortsschild von Bad Urach löste Erleichterung auf der Rücksitzbank aus.

»Haible, weißt du eigentlich, was das für Hubbel am Burrenhof sind und warum der Heidengraben ein Erdwall und kein Graben ist? Du kennst dich doch aus. Deine Verwandtschaft ist doch von dort oben, oder?, fragte Grießinger nach hinten.

»Die Hubbel am Burrenhof, das sind keltische Grabhügel, Chef. Und dort oben, zwischen Erkenbrechtsweiler, Grabenstetten und Hülben lebten früher ein Haufen Kelten in der größten keltischen Siedlung Europas. Aber mehr weiß ich auch nicht. Der Erdwall ist für manche so unnötig wie ein Kropf und steht manchmal einfach im Weg«, presste der Gefragte, noch etwas gestresst von der halsbrecherischen Fahrt, hervor.

Baisch bestätigte eifrig die Ausführungen Haibles. Er galt als wandelndes Heimatbuch und brannte darauf bei allen möglichen und unmöglichen Gelegenheiten sein Wissen an den Mann oder die Frau zu bringen. Eifrig führte er aus, dass der Heidengraben früher aus einem Graben und einer Wallanlage bestanden habe. Irgendwann brauchte die Landbevölkerung dann den Boden, und der Graben wurde einfach zugeschüttet. Deshalb heiße der Erdwall aber immer noch Heidengraben. Stolz ergänzte Baisch, dass die Älbler wenn sie sich an etwas gewöhnt hatten, nicht so schnell für etwas Neues zu begeistern waren. Baisch zögerte etwas. Er war der Meinung, dass Juliana Buck ganz bewusst an den Durchlass von einem Zangentor gelegt wurde. So viele gäbe davon nämlich nicht. Die musse man schon suchen. Außerdem bemerkte er, dass die Tote fast wie aufgebahrt dagelegen habe. Da musse sich jemand richtig viel Mühe gemacht haben.

Grießinger zuckte zusammen als sein Assistent den Begriff ›aufgebahrt‹ verwendete. Die Lage der Toten erinnerte auch ihn an eine Aufbahrung. Bisher jedoch hatte er diese Beobachtung für sich behalten.

Sie bogen in den Hof der Polizeidirektion in Reutlingen ab. Grießinger parkte seinen Daimler mit Schwung ein. Im Büro angekommen führte sein erster Weg zum alten Aktenschrank, der von ihm und seinen Kollegen zum Vesperschrank umgebaut worden war. Im unteren Teil hatten sie einen kleinen Bürokühlschrank eingebaut, der bei geschlossener Schranktür von außen nicht sichtbar war. Darüber befanden sich mehrere Regalböden mit Platz für Vesperbretter und Messer, ein Bereich für Sauerkonserven, Schnapsgläsle, Mostkrüge, Viertelesgläser, Vesper-Büchsen, ein Brotkasten und ein kleines Weinlager. Alles fein säuberlich geordnet und akkurat platziert. Beim Vesper verstanden die Herren von der Mordkommission keinen Spaß.

Grießinger holte sich ein Vesperbrett und sein Vespermesser. Mit einem erleichterten Seufzer setzte er sich an den Besprechungstisch und betrachtete genussvoll das noch geschlossene Päckle aus Hülben. Bedächtig holte er die Würste aus der Metzgerstüte, fühlte, roch und grinste spitzbübisch in Vorfreude auf das wohlverdiente Vesper.

Haible und Baisch hatten es nicht eilig gehabt, ihm ins Büro zu folgen. Sie wussten nur zu gut, dass die Laune ihres Chefs erst mit nachlassendem Hunger besser werden würde.

»Herrschaften, die gerauchte Schinkenwurst von dem Frech & Stricker ist einfach sensationell, sage ich euch.« Dabei zeigte Grießinger mit dem Vespermesser auf den kleinen Wurstzipfel, der noch übriggeblieben war.

*

Ohne Hast kaute er das Brot und den Speck. Er genoss es besonders, ohne Zeitdruck und in Stille zu essen. Brot und Speck schmeckten nach Geborgenheit. Nie wieder wollte er zurück. Zu-

rück hieß Dunkelheit, Verzweiflung. Bilder, Menschen, Gesichter begannen sich in seinem Kopf zu drehen. Er durfte nicht zurück. Mit beiden Händen hielt er seinen Kopf fest und stöhnte. Die Kiefermuskeln begannen unkontrolliert zu zucken. Ruckartig stand er auf und warf dabei den Stuhl um. Zum Waschbecken. Schnell. Der kalte Wasserstrahl tat ihm gut. Er half ihm wieder in die Gegenwart zurück zu kommen.

*

Haible und Baisch schauten sich zufrieden an. Manchmal war ein Opfer durchaus lohnenswert, auch wenn ihnen bei dem Gedanken an die verpasste Wurst das Wasser im Mund zusammenlief.

9 Der Kaffee tat gut am frühen Morgen. Grießinger liebte diese erste halbe Stunde vor acht, wenn noch kaum jemand im Büro war. Die meisten kamen zwischen acht und halbneun. Er setzte sich gemütlich an seinen Schreibtisch, warf vielleicht noch einen Blick in die Zeitung oder ordnete seine Papiere. Ungut, wenn dabei dann das Telefon klingelte.

»Grießinger, Josef, Kriminalpolizei Reutlingen am Apparat«, ein freundlicher Grießinger klang anders.

»Einen wunderschönen Mittwochmorgen, Herr Grießinger, hier spricht Emilie Berta Lämmle. Was gibt es Neues aus Hülben? Haben Sie endlich mit Frau Buck gesprochen?«

Der Kriminalhauptkommissar zog ein wenig den Kopf ein, als er die ihm gut bekannte Stimme am Telefon hörte. Dieser Tag fing ja schon gut an.

»Ja, Frau Lämmle, das ist aber schön, dass Sie so an unserer Arbeit interessiert sind. Mir waren schon längst bei der Frau Buck in Hülben.«

»Mehr haben Sie mir nicht zu erzählen, Herr Kriminalhauptkommissar?«

Grießinger stutzte für einen kurzen Augenblick. Konnte sie bereits etwas vom Tod Juliana Bucks erfahren haben? Eigentlich unmöglich. Dann schlug er sich mit der freien Hand gegen die Stirn. Lichtner! Sie wusste es natürlich vom Leiter der KTU. Dieser Allmachtsseggel. Grießinger entschloss sich in Sekundenbruchteilen für Angriff.

»Wir haben eine tote Frau gefunden.«

Emilie spürte, wie unbändiger Zorn in ihr aufstieg.

»Werter Herr Grießinger, hätten Sie eventuell die unendliche Güte mich etwas ausführlicher bezüglich der toten Frau zu informieren?«

»Ja, haben Sie denn kein Radio gehört? Im SWR4 wird es seit fast zwei Stunden gesendet.« Die Nachrichten im Radio ließ sich der Kriminalkommissar selten entgehen. Meist schaltete er zu jeder vollen Stunde kurz das alte Kofferradio auf der Fensterbank im Büro an und lauschte konzentriert den Neuigkeiten. Außerdem mochte er die Musik des Senders. Eine Mischung aus Schlager und Volksmusik. Besonders genoss er es, während längerer Autofahrten mit zu pfeifen.

»Nein, ich habe heute Morgen *ausnahmsweise* noch kein SWR4 gehört, sonst würde ich ja nicht fragen.« Emilie hingegen liebte Klaviermusik. Grießinger wusste genau, dass sie kein SWR 4 hörte. Sie musste sich nun aufs Äußerste beherrschen, um bei diesem Hefdlesmacher und Bruddler vor dem Herrn, geduldig zu bleiben.

»Sie wissen es doch eh schon, warum fragen Sie mich dann so scheinheilig? Juliana Buck haben wir gefunden.«

Wieder spürte Emilie diese Ohnmacht. Lichtner hatte sie gestern spät abends angerufen. Die Nachricht von Julianas Tod hatte Ihr den Boden unter den Füßen weggezogen. Hinter ihr lag eine fürchterliche Nacht mit Selbstvorwürfen und Grübeleien. Warum hatte sie nicht gleich bei Grießinger angerufen und sich nicht mehr bei Julianas Eltern gemeldet?

»Hallo, Frau Lämmle? Sind Sie noch dran? Wenn Sie glauben das war einfach am Heidengraben, dann haben Sie sich geschnitten. Das Gespräch mit den Eltern war grausig, das sag ich Ihnen.«

Grießinger hoffte immer noch in diesem Fall ohne die Beteiligung von Emilie Berta Lämmle ermitteln zu können.

»Es war Juliana Buck, Herr Grießinger, verstehen Sie? Ich hätte gleich hinfahren müssen. Bereits vor einigen Tagen! Vielleicht würde sie dann heute noch leben.«

Grießinger verdrehte die Augen.

»Wenn, wenn, wenn: Wenn dr Hund edd gschissa hett, denn het'r dr Has verwischd. Wir wissen alle, dass es manchmal so saudumm hingeht, und wir können doch nichts tun. Wenn es Ihnen hilft, dann kommen Sie doch morgen bei mir im Büro vorbei und informieren sich quasi aus erster Hand und nicht über dubiose Kanäle.«

Grießinger musste schadenfroh grinsen. Das hatte gesessen. Außerdem hoffte er inständig, dass seine Einladung überzeugend geklungen hatte. Er wollte jeglichen Verdacht ausräumen, dass er womöglich die Zusammenarbeit mit Frau Lämmle verweigerte. Sein Chef hatte ihm mehr als einmal zu verstehen gegeben, dass er große Stücke auf diese *Profilerin* hielt, und er hatte sie mehrfach für die Mitarbeit beim Mordfall Schäfer Lamparter gelobt.

Emilie war vollkommen überrumpelt vom Angebot des Kommissars, wollte sich jedoch nichts anmerken lassen.

»Wann tät es Ihnen denn passen, Herr Kriminalhauptkommissar?«

»Wann können Sie auf sein, Frau Lämmle?«

»Morgen, neun Uhr in Ihrem Büro!«

»Gut. Um halb neun Uhr bei mir im Büro, sehr gerne Frau Lämmle. Ade, Frau Lämmle!«

Das war zuviel. Grießinger provozierte sie, wo er nur konnte. Dieser Glufamichl, Sturbock und Dickschädel von einem Älbler. Sie kochte innerlich vor Wut. Auf dem Weg in die Küche übersah sie den Korb mit nassen Hemden und stolperte darüber. Nun war es vollends um ihre Fassung geschehen.

»Theeoooo, warum steht dieser Scheißwäschekorb hier rum?«

Emilie musste Dampf ablassen, und da kamen ihr Theo und die nassen Hemden gerade recht. Theo kannte das. Er blieb locker und vermied es tunlichst weiteren Zündstoff zu liefern.

»Die Hemden habe ich nicht aufgehängt, damit du dich heute darüber ärgern kannst!«

Emilie befand sich in einer mörderisch schlechten Stimmung und schwankte für einen Moment zwischen betäubendem Obstler aus dem Medizinschrank oder einem strammen Marsch mit Laika, dem Hütehund, der nach dem Tod des Schäfers bei ihr geblieben war. Für heute entschied sie sich für den Marsch. Theo atmete erleichtert auf.

Kaum hatte Grießinger den Hörer mit einem durchaus zufriedenen Gesichtsausdruck aufgelegt, betraten Baisch, Haible und Lichtner sein Büro.

»So, der Herr Lichtner ist auch schon im Büro. War gestern noch einiges los am Telefon, oder? Bei mir hat es die ganze Zeit geschellt, Kollege.«

Der Leiter der KTU lächelte vollkommen unschuldig und nickte anerkennend. Der Grießinger war halt schon ein Fuchs, mit allen Wassern gewaschen.

»Also bei mir war es heute ruhig, Kollege Grießinger. Geklingelt hat das Telefon eigentlich gar nicht.«

»Schon recht, Herr Lichtner. Aber diese Indiskretion hätten Sie sich sparen können, weil ich hab für morgen früh die Frau Lämmle in mein Büro eingeladen.«

Um ihn herum herrschte vollkommene Verblüffung. Er genoss seinen Triumph in vollen Zügen.

»Respekt, Herr Kollege, Respekt. Hätte ich Ihnen nicht zugetraut. Dann hat sich mein Besuch wohl erledigt.«

Lichtner nickte ein weiteres Mal anerkennend in Richtung Grießinger und verließ mit einem Grinsen im Gesicht das Büro. Haible und Baisch hingegen waren eher entsetzt. Was hatte ihren Chef bewogen dieses Hexenweib einzuladen? Eine Zusammenarbeit mit dieser Frau würde nur Ärger und Stress bedeuten.

10

Emilie stand vor der Bürotür der Mordkommission in Reutlingen. Es war viertel vor Neun. Sie zögerte anzuklopfen. Wollte dieser bruddlige Ermittler wirklich mit ihr zusammenarbeiten oder führte er etwas anderes im Schilde? Grießinger hatte sie beim ersten gemeinsamen Fall mehr als einmal vor dem gesamten Team lächerlich gemacht. Theo hatte sie gewarnt, und in der vergangenen Nacht hatte sie ziemlich schlecht geschlafen. Ihr Bauch sagte mehr als deutlich nein zu diesem Treffen. Andererseits konnte sie die verzweifelte Stimme der Mutter am Telefon nicht vergessen. Emilie machte sich Vorwürfe und wollte jetzt zumindest helfen, den Täter zu finden.

Der Kommissar hatte sie noch nicht einmal verständigt, als der Tatort untersucht worden war. Es wäre wichtig gewesen, dass sie sich selbst ein Bild von der Leiche und der Umgebung gemacht hätte. Zu viele »wäre«, »hätte« und »würde« plagten Emilie vor der Tür von Grießingers Büro. Vermutlich hatte der Kriminaler sie nicht freiwillig angerufen, sondern sein Chef hatte es angeordnet. Sie wusste nur zu gut, dass er nichts von diesen modernen Ermittlungsmethoden hielt.

Aber sie hatte den Telefonanruf bekommen und nichts unternommen.

Deshalb klopfte sie beherzt an die Bürotür, drehte ihren Kopf leicht zur Seite und horchte, ob ein »Herein« zu hören war. Gerade als sie den Türgriff hinunterdrücken wollte, öffnete sich plötzlich die Tür, und vor ihr stand Grießinger.

»Ja Grüß Gott, Frau Lämmle, Sie sind ja fast pünktlich. Können Sie scho auf sein?«

Emilie fühlte sich vollkommen überrumpelt und ärgerte sich, als sie das Büro betrat. Wieder hatte er sie auflaufen lassen und sprachlos gemacht. Sie konnte diese Sprüche und seinen eigenwilligen Humor einfach nicht ab.

Vermutlich würde jetzt noch die abfällige Bemerkung über ihre Kleidung folgen. Dabei hatte sie ganz bewusst auf allzu ausgefallene Mode zu diesem Termin verzichtet. Ihre kubanische Revolutionsmütze in olivgrün, eine tarnfarbene Stoffjacke und die modern-zerschlissene Jeans sowie die gelben Lederglogs schienen ihr angemessen dezent.

»Heimatsocken, Sie sehen ja aus, als ob Sie direkt aus einer Kampfeinheit kämen.«

Grießinger war sich wieder schlagartig bewusst, was ihn an dieser Frau so störte. Ein Zumutung für sein katholisch erzogenes Auge.

Emilie beschloss, Grießingers Bemerkung fürs Erste zu ignorieren. Wie immer, wenn sie unterwegs war, hatte sie ihren Korb mit ihrem Lieblingstee, einer Chai-Mischung, dabei. Demonstrativ stellte sie ihn mitten auf den Vespertisch, zog einen Stuhl zu sich her und setzte sich mit einem Seufzer hin.

»Der Herr Grießinger, immer noch der Alte, frei von jeglichem Charme und dafür messerscharf in der Beobachtung! Schön, Sie wieder einmal zu sehen! Was hat mir eigentlich die Ehre dieser Einladung verschafft?« Grießinger grinste hämisch.

»Ich wollte Sie halt informieren. Sie sind doch die Profilerin in unserer Abteilung. Vielleicht verstehen sie mehr vom Ermittlungsgeschäft, oder? Meine Frau, die Martha, sagt ja immer, dass die weibliche Eingebung nicht zu unterschätzen sei.« Griesinger blickte sie an, sogar ohne rot zu werden.

»Sie haben doch jetzt eigentlich sagen wollen, dass Ihr Chef Ihnen nahegelegt hat, mich doch noch zu informieren, nachdem Sie ja, vermutlich ganz aus Versehen, vergessen haben, mich in die Ermittlungen am Tatort einzubeziehen?« Emilie Berta Lämmle war schließlich nicht auf den Mund gefallen. Aber Grießinger schüttelte verneinend den Kopf.

»Also, ganz so war das nicht. Ich habe Sie bisher nicht verständigt, weil alles auf einen ganz gewöhnlichen Mordfall hindeutet. Erste Ermittlungen weisen auf ein Beziehungsdrama hin. Ein Student, dessen Liebe von Juliana Buck nicht erwidert wurde, hat vermutlich die Nerven verloren. Wir ermitteln bereits.«

Emilie stutzte. Wieso verstieg sich der Kommissar zu einem so frühen Zeitpunkt der Ermittlungen bereits zu solchen Aussagen über den Täter? Ausgerechnet er, der sture und akribische

Ermittler. Zögernd legte der Kommissar eine vergrößerte Aufnahme des Tatorts auf den Tisch.

Emilie ahnte, dass Grießinger den Fall herunterspielte, um nicht mit ihr zusammenarbeiten zu müssen. So leicht würde sie es ihm allerdings nicht machen. Sie beugte sich darüber und studierte aufmerksam die Aufnahme vom Fundort der Toten. Jetzt wurde ihr klar, warum Grießinger versuchte, alles auf einen gewöhnlichen Mordfall herunterzuspielen. Alles, was sie auf der Fotografie sah und was ihr Lichtner bereits berichtet hatte, deutete eher auf einen außergewöhnlichen Mordfall hin. Die Haltung, die Kleidung, das Amulett, der Fundort. Emilie war aufgewühlt. Was bedeuteten alle diese Zeichen? Nichts an der Toten war zufällig. Alles wirkte bewusst arrangiert, akribisch geplant.

»Wissen Sie, Herr Kriminalhauptkommissar, wenn Sie mich bei diesem Fall nicht brauchen, ist mir des schon recht«, sagte Emilie betont gleichgültig. Sie stand auf und ging zum Wasserkocher, füllte ihn und schaltete ihn an. Aus ihrem Weidenhenkelkorb holte sie ihre Teemischung.

Grießinger verzog das Gesicht. Diesen Geruch konnte er überhaupt nicht leiden. Ihm war das Aroma von Rauchfleisch, Schwarzwurst und das Bouquet eines ordentlichen Trollingers deutlich lieber.

»Wollen Sie sonst noch was wissen, Frau Lämmle. Ich sollte nämlich noch arbeiten. Jeden Moment müssten meine Mitarbeiter eintreffen. Sie wissen ja: Termine, Termine, Termine.« Der Kommissar drückte zuckersüß sein Bedauern aus. Emilie ignorierte seinen Zynismus, wusste jedoch, dass sie verloren hatte. Sie wollte nicht um eine Zusammenarbeit betteln. Doch ihre Neugier siegte.

»Mich würde schon interessieren, warum Juliana Buck ausgerechnet am Heidengraben gefunden wurde und dann auch noch exakt im Eingangsbereich eines ehemaligen Zangentores. Dahinter muss doch der kranke Kopf eines Täters stecken, der sich dabei etwas gedacht hat. Warum hätte er sonst diesen Aufwand betreiben sollen?«

»Gute Frau Lämmle, jetzt sind Sie nur so gut und hören auf in irgendetwas einen tieferen Sinn hineinzuinterpretieren. Es war leider *nur* ein grausiger Mord. Wir würden ja mit unserer Arbeit niemals fertig werden, wenn wir bei jedem Mordfall erst einmal ein ausführliches Täterprofil anfertigen müssten und hinter jeder Leiche ein Opfer esoterischer Machenschaften vermuten würden. Das ginge also wirklich zu weit.«

Der väterliche, leicht ironische Tonfall Grießingers, brachte Emilie an den Rand ihrer Beherrschung.

»Grießinger, ich pfeif auf den Mist mit der *Profilerin*. Sag deinem Chef, dass er sich für diesen Job jemand anderes suchen muss. Die werten Herren können mich mal am Allerwertesten. Ich will dir weder in deine Arbeit pfuschen noch alles anders machen, aber auch du Ignorant musst begreifen, dass es zwischen Himmel und Erde Dinge gibt, die du nicht in der Vesperpause aufklären kannst.«

Kurz vor ihrem ersten gemeinsamen Fall mit dem toten Schäfer am Sternberg hatte nämlich Grießingers Chef, Thomas Reitzle, nach einer Lesung von Emilie mit ihr gesprochen. Er wollte neue Ermittlungsmethoden entwickeln, um insbesondere bei Beziehungstaten auf immer komplexere Tatmotive reagieren zu können. Die Albkennerin mit psychologischen Vorkenntnissen, schamanistischer Ausbildung und einem Gästehaus, war zudem weithin bekannt für ihre Bücher, in denen es um Kraftorte und Kraftplätze auf der Alb ging. In Polizeikreisen wurde Reitzle manchmal für seine Ideen und Methoden belächelt, aber letztendlich hatte ihm der Erfolg im Mordfall am Sternberg recht gegeben. Grießinger sah in Emilie Berta Lämmle einen Störfaktor und er ärgerte sich noch immer über die Bevormundung durch seinen Chef. In den letzten dreißig Jahren hatte er sich grundsätzlich seine Teammitglieder selbst ausgesucht. Außerdem war er der festen Überzeugung, dass seine »konservativen« Ermittlungsmethoden keiner Erneuerung bedurften. Diese Lämmle war mehr als eine »Störung« seiner Arbeit, sie war eine »Bedrohung« und er ahnte, dass die letzten Jahre seiner Dienstzeit unruhig werden könnten. Zusätzlich wurmte ihn immer noch die Niederlage bei den Ermittlungen im ersten gemeinsamen Fall. Grießinger konnte auch ziemlich ehrenkäsig sein.

Emilie bebte. Zornig, mich hochroten Backen blickte sie den Kriminalhauptkommissar an. Grießinger hingegen saß sprachlos hinter seinem Schreibtisch. Er hatte sogar aufgehört, mit seinem Bleistift auf den Tisch zu klopfen. Mit so einer heftigen Reaktion hatte er dann doch nicht gerechnet. Und geduzt hatte sie ihn auch noch.

Emilie stand auf, griff wütend nach ihrem Korb und verließ das Büro des Kommissars. Die Bürotür knallte zu.

11

Das Kapitel Grießinger und Profilerin war für sie beendet. Endgültig.

Offiziell würde sie von Grießinger keinerlei Ermittlungsdetails mehr erfahren und ob Lichtner Ermittlungsergebnisse ohne weiteres herausgab, war fraglich. Lichtner war gegenüber seinen Kollegen hundertprozentig loyal. Was sie bisher von ihm erfahren hatte war ziemlich oberflächlich gewesen.

Emilie saß in ihrem Auto auf dem Parkplatz der Polizeidirektion Reutlingen und überlegte. Wie sollte es jetzt weiter gehen? Sie konnte diesen Fall nicht einfach abhaken. Immer wieder stellte sie sich die Frage, was passiert wäre, wenn sie schneller gehandelt hätte. Ihr wurde klar, dass sie selbst etwas unternehmen musste. Vielleicht konnte sie am Tatort weitere Spuren finden, die ein Grießinger und ein Lichtner mit ihren wissenschaftlichen Methoden nicht entdecken konnten.

Am Burrenhof stellte Emilie ihr Fahrzeug ab. Das kurze Stück zum ehemaligen Zangentor, wo Juliana gefunden worden war, wollte sie zu Fuß gehen und die frische Luft genießen. Die Bewegung tat ihr gut. Noch ganz in Gedanken versunken erreichte sie das Absperrband am Fundort der Leiche. Sie bestieg den früheren Schutzwall und verschaffte sich einen Überblick. Warum war Juliana genau hierher gebracht worden? Das ehemalige Zangentor lag an einem beliebten Wanderweg. Die Gefahr, beim Transport der Leiche gesehen zu werden, war groß. Oder hatte der Täter Juliana gar nicht hier herbringen müssen? Aber was wollte Juliana hier? Emilie spürte nichts an diesem Ort. Keine besonderen Störungen oder Kräfte, kein Wasser. Nur der Schutzwall der Kelten war an dieser Stelle etwas Besonderes.

Lichtner hatte ihr berichtet, dass der Täter Juliana Buck vollkommen entkleidet und gründlich gewaschen hatte. Wollte er seine Spuren beseitigen oder steckte irgendeine rituelle Handlung dahinter? War das auffällige Amulett auch ein Teil des Rituals, oder gar eine Botschaft des Täters?

Auf dem Tatortfoto in Grießingers Büro war Emilie der Schmuck sofort aufgefallen. In der keltischen Mythologie galt die Triskele als ein Zeichen für Vergangenheit, Gegenwart und Zukunft, aber auch für Geburt, Leben und Tod. Vor ein paar Jahren, bei einer nordirischen Mordserie an jungen Frauen, hatte der Täter jedem Opfer eine Keltennadel ins Haar gesteckt. Die Polizei hatte herausgefunden, dass er mit diesem Schmuckstück eine große enttäuschte Liebe verband. Hatte die Triskele eine ähnliche Bedeutung? Dann hätte Grießinger mit seiner Vermutung recht, und es handelte sich vielleicht tatsächlich um einen Mord aus enttäuschter Liebe. Emilie war ratlos.

Die Albgemeinde Hülben liegt malerisch auf der Albhochfläche der Vorderen Alb. Oberhalb von Bad Urach ist der Ort umgeben von der typischen Alblandschaft mit Feldern, Wiesen, Hecken und Buchenwäldern und den Hangschluchten des Albtraufs. Sogar ein kleines Stück des Heidengrabens gehört zu Hülben. Der weitaus größere Teil des ehemaligen Schutzwalls verläuft auf Erkenbrechtsweiler und Grabenstetter Gemarkung. Emilie ließ ihren Blick über die Landschaft schweifen. Schön war es hier. Der Blick auf die Uhr ließ sie allerdings erschrecken. Sie musste noch einkaufen. Theo würde sonst einen Aufstand machen.

Als sie den Dorfladen betrat, standen ein paar Frauen an der

Kasse und unterhielten sich angeregt. Emilie ging auf der Suche nach Nudeln und etwas Käse in den hinteren Teil des Ladens.

»Du Rosa, ich hab gehört, dass da so ein verrückter Spinner mit ein paar Leuten in den Wäldern hier herumspringen soll, ein ganz Seltsamer soll das sein. Der hat doch bestimmt was mit der Sache zu tun.«

Emilie hielt gebannt inne.

»Gewiss, Berta, mein Hubbe, hat erzählt, dass diese Seggel große Steine hinstellen und sich nachts treffen. Wer weiß, was da alles passiert. Einmal hat er sogar zwei Mädle miteinander in einem Zelt am Kienbein erwischt hat, ganz nackig. Und das obwohl es ja noch ziemlich frisch ist. Ich wollt ja gar nicht wissen, was die miteinander getan haben.«

Die Meierin beugte sich hinüber zu den anderen Frauen, um ihren Worten die gewünschte Nachdringlichkeit zu geben. »Des sind doch alles Verrückte, die nichts zum Schaffen haben. Der eine soll ja so herumlaufen wie früher dieses Keltenvolk. Ihr wisset schon, die haben hier oben einmal gelebt, hat mein Hubbe gesagt.«

Emilie suchte eilig die benötigten Lebensmittel zusammen und ging zur Kasse. Noch vor einer Stunde war sie frustriert und ratlos. Jetzt hatte sie in ein paar Minuten durch einen Zufall einen völlig neuen Ermittlungsansatz bekommen. Es gab hier in der Gegend vermutlich eine Gruppe sogenannter »Neokelten« die ihre Jahresfeste und andere rituelle Handlungen in den Wäldern rund um Hülben feierten. Was sie stutzig gemacht hatte war der Hinweis auf eine gleichgeschlechtliche Beziehung oder Handlung. Wenn es stimmte, was die Dorffrauen sich erzählt hatten, dann musste sie unbedingt herausbekommen wer diese beiden Frauen waren. Emilie hatte irgendwo gelesen, dass gleichgeschlechtliche Liebe bei den Kelten zutiefst verachtet wurde und und die Todesstrafe bedeutete. Galt das auch für die Neukelten?

12

Auf dem Tisch stand eine Flasche Neuffener Täleswein und daneben lag eine verfuhrerische Havanna. Lichtner brachte gerade seinen barocken Körper in Sofaposition, als das Telefon klingelte.

»Fritz Lichtner, guten Abend«, tönte sein sonorer Bass in die Sprechmuschel.

»Guten Abend, allerliebster Fritz!«, säuselte Emilie.

»Emilie, welch niederträchtiges Anliegen treibt dich dazu, mich zu so vorgerückter Nachtstunde anzurufen? Es werden doch nicht leidenschaftliche Gefühle sein, Liebste?« Lichtner schmunzelte.

»Weder die Niedertracht noch die Leidenschaft trieben mich dazu, du Seggele. Es war die pure Neugier.« Emilie wusste nur zu gut, dass sie Lichtner nichts vormachen konnte. »Ich interessiere mich dafür, wann Juliana Buck beerdigt werden kann und ob du mich auch sonst mit ein paar Ermittlungsergebnissen versorgen würdest.«

»Emilie, vergiss es. Mit mir gib es keine Extratouren mehr. Grießinger ist vielleicht manchmal etwas anstrengend, aber interne Ergebnisse an Außenstehende weiterzugeben ist eine ganz andere Nummer. Und du bist seit heute draußen, Emilie. Oder hat Grießinger da irgendetwas falsch verstanden?«

Schweigen am anderen Ende der Leitung.

»Liebste Emilie, was hältst du von einem Besuch beim Fallenschütz und einer entspannten Aussprache bei einem Essen?«

Emilie musste lächeln. Ihr schmeichelten die Verführungskünste von Fritz Lichtner durchaus, noch dazu, weil er sich dabei von seiner charmantesten Seite zeigte und niemals aufgab. Über die Aussichtslosigkeit seiner Bemühungen war sich Emilie allerdings längst nicht mehr so sicher.

»Am Samstagabend um acht Uhr auf ein Ochsenkotelett beim Fallenschütz, lieber Fritz. Aber ohne Hintergedanken! Ein rein geschäftliches Treffen!«

Das Kribbeln im Bauch bei diesen Worten ignorierte Emilie.

»Wann wird eigentlich die Leiche von Juliana Buck freigegeben, Lichtner?«

»Diese Woche schon. Mir ist ganz schwindelig geworden, als ich vom Meyer aus der Rechtsmedizin gehört habe, wie schnell die dieses Mal sind. Vermutlich hat der Grießinger Druck gemacht. Mehr kann ich dir, zu meinem allergrößten Bedauern nicht sagen, holde Emilie. Warum willst du das wissen?«

»Die Beerdigung könnte doch mit Sicherheit interessant werden? Nicht selten nimmt der Täter daran teil und genießt diesen Moment. Oder was meinst du, Fritz.« Emilies säuselte regelrecht ins Telefon, was Lichtner aber ausnahmsweise völlig kalt ließ.

»Ich meine, dass du dort nichts verloren hast, Emilie. Du bist offiziell raus. Reitzle weiß bereits Bescheid!«

13

Am Tag der Beerdigung von Juliana Buck ging Theo bereits um sechs Uhr morgens in sein Büro. Emilie war klar, dass sie eine besondere Strategie anwenden musste, um Theo zur Begrüßung der Gäste im Lautenschlagerhaus zu überreden. Der einfachste Weg war, ihn zu überrumpeln und möglichst schnell mit ihrem Auto vom Hof kommen. Sonst drohte ihr mit Sicherheit eine längere Diskussion.

»Theo, die Gäste wollen um zwölf Uhr abreisen, und um vier kommt die neue Belegung fürs Wochenende. Die Putzfrau weiß Bescheid. Ihr schafft das locker alleine. Die Abrechnung habe ich bereits gemacht. Der Hund muss noch Gassi. Getränke werden heute Vormittag angeliefert. Bitte unterschreibe den Lieferschein und hinterlasse bei unseren Gästen einen guten Eindruck. Ich muss auf eine Beerdigung und bin spätestens gegen sechs zurück, tschüss mein Schatz und frohes Schaffen.«

Emilie hatte schnell gesprochen, warf Theo einen Kuss zu und verschwand. Sie eilte zur Haustür, flitzte zum Auto und warf ihren Korb auf den Beifahrersitz. Da hörte sie bereits die aufgehende Haustür und Theos scharfes »Emilie, warte gefälligst!«

Zu spät.

Die Hülbener Trauergäste rückten an diesem grauen, kühlen

Tag näher zusammen. Bald stand eine große Menschenmenge auf dem Friedhof, die still und betroffen wartete, bis die Trauerfeier begann. Emilie hielt sich etwas abseits und beobachtete die Szenerie. Grießinger stand mit seinen Kollegen neben dem Eingang der Trauerhalle und hatte sie offensichtlich noch nicht gesehen.

Plötzlich wurde es unruhig auf dem Friedhof. Tuscheln und dumpfer Protest breiteten sich aus. Ein auffällig gekleideter Mann betrat den Friedhof. Sein karierter Umhang erinnerte Emilie an die Kleidung schottischer Clans. Dazu trug er eine seitlich gebundene Lederhose und ein weites weißes Hemd. Um seinen Hals hing ein Lederband mit einem auffälligen Amulett, einer Triskele. Das musste der Keltenspinner sein, von dem die Frauen im Dorfladen gesprochen hatten. Begleitet wurde er von rund einem Dutzend Gefolgsleuten die mit ihren karierten Hosen und Umhängen wie Fremdkörper auf dem Friedhof wirkten. Die Gruppe blieb am Rand der Trauergemeinde stehen. Unwillkürlich wich die Menge etwas zurück. Niemand wollte mit diesen Gestalten etwas zu tun haben.

Plötzlich stürzte ein junger Mann von der Seite auf die Gruppe zu. In Sekundenbruchteilen hatte er den Anführer erreicht und riss ihn um. Er versuchte, ihn am Hals zu packen. Beide wälzten sich auf dem Boden, bis endlich die Begleiter des Mannes aktiv wurden und den Angreifer wegzogen. Grießinger, der einige Meter von Emilie entfernt stand, hatte den Zwischenfall beobachtet und war mit seinen Kollegen zu der seltsamen Gruppe geeilt. Den Angreifer hatte Grießinger längst erkannt. Es war Alexander Schänzle, der Student aus dem Ausgrabungscamp.

»So, waren Sie auf Ihrem persönlichen Rachefeldzug, oder?«

Schweratmend, den Blick starr auf den Boden gerichtet, stand er vor dem Kriminalhauptkommissar.

»Haible und Baisch, passt auf diesen stürmischen jungen Mann auf, ich kümmere mich um die Fasnetsgesellschaft.« Grießinger grinste schief.

»Kriminalhauptkommissar Grießinger, Josef. Ich täte gern ihre Ausweispapiere sehen.«

Der Reihe nach hielten ihm die Mitglieder der Gruppe ihre Ausweise hin und Grießinger glich die Bilder mit den vor ihm stehenden Personen ab. Bei einem Ausweis stockte er, las nochmals den Namen, blickte den Ausweisinhaber prüfend an.

»Sind sie dieser Ludwig, der auch so ›unterhaltsame Bücher‹ über die Kelten schreibt und Einladungen an junge Frauen verschickt? Sie wollte ich schon länger kennen lernen.«

Ludwig nickte etwas unsicher. Vermutlich hatte er die Ironie in Grießingers Worten herausgehört.

»Ich habe da ein Buch von Ihnen gefunden mit einer sehr persönlichen Widmung für Juliana Buck.

Wegen der sind sie doch hier, oder? Kannten sie die nähers?«

Ludwig blieb äußerlich gelassen. Die übrigen Mitglieder der Gruppe tauschten fragende Blicke aus.

»Möglich, dass ich Juliana Buck kannte.«

»Wissen Sie, wenn sie jetzt nicht schwätzen wollen, dann halt später. Aber sie können sicher sein, irgendwann reden sie alle. Auch die ganz Cleveren.« Grießinger notierte sich die Personalien von Falk Ludwig.

Falk Ludwig sah den Kriminalhauptkommissar mit spöttischem Grinsen an.

»Ihr armseligen Menschen seid unwissend, kennt eure eigenen Wurzeln nicht, verleugnet die Götter eurer Vorfahren.« Grießinger blieb vollkommen gelassen.

»Man sieht sich immer zweimal im Leben. Und Sie brauchen sich gar nicht so aufblasen, weil: De Domme send onserm Herrgott seine liebschde Kinder.«

Ohne ein weiteres Wort wendete sich Ludwig mit seinen Gefolgsleuten ab und verließ den Friedhof.

Grießinger wandte sich wieder Alexander Schänzle zu.

»Das hast du super gemacht, Bürschle. Zum einem gibt das eine saftige Anzeige und dein Herr Professor wird es bestimmt auch erfahren. Es haben ja genug zugeschaut. Du bleibst in den nächsten Tagen im Grabungscamp und hältst dich für ein Gespräch mit mir zur Verfügung. Haben wir uns verstanden, Schänzle. Und ich glaube auch, des warsch auch du mit den herausgerissenen Seiten im Kalender von der Juliana, oder?«

Schänzle blickte immer noch starr auf Boden, nickte dann kaum merklich, drehte sich zur Seite und verschwand. Haible und Baisch sahen ihren Chef erstaunt an.

»No keine Sorgen, der springt direkt zu seinem Professor. Haible ruf auch an und sag dem Grabungsleiter Bescheid. Das mit dem Kalender war doch klar. Da stand bestimmt irgendwas drin, was den Ludwig entlaschtet, da könnte ich wetten.«

Gerade als Emilie den Friedhof verlassen wollte, bemerkte sie zwei junge Frauen die aufgeregt miteinander tuschelten.

»Gini, jetzt sei doch nicht so hart mit dem Pfarrer. Des mit der Sünderin Juliana Buck hat doch gestimmt. Wir alle sündigen doch, und dass Juliana kein Kind von Traurigkeit war, das haben alle gewusst. Und dann die Sache mit dem Typen, der hier in den Wäldern herumspringt.«

Die Frau hatte sich so richtig in Rage geredet. Ihre Freundin versuchte durch Handzeichen auf die Leute drumrum hinzuweisen. Für eine Beerdigung war Moni deutlich zu laut. Aber ihre Freundin, die Gini, konnte das so nicht stehen lassen.

»Moni, du bist ja so was von spießig. Irgendein Schwein hat Juliana ermordet, und mir ist es wurscht, ob sie in ihrem Leben gesündigt hat oder nicht! Was soll das Gelaber von dem Pfaffen? Was ist heut schon Sünde?«

Interessiert lauschte Emilie Berta Lämmle dieser hitzigen Diskussion. Denn nun antwortete die entrüstete Freundin:

»Gini! So etwas ist Gotteslästerung! Ohne Gott bist du verloren. Wir sollten uns am Tag der Beerdigung nicht so versündigen.«

Nachdenklich ging Emilie weiter. Sie bemerkte den Mann nicht, der hinter Gini stand und den Mädchen aufmerksam zuhörte. Und sie sah Grießinger nicht, dem sie quasi direkt in die Arme lief.

Der Kriminalhauptkommissar war nicht wirklich erstaunt,

Emilie hier anzutreffen. Deshalb beließ er es bei einem »Grüß Gott Frau Lämmle, sind Sie auch da« und ließ Emilie stehen.

Überrascht und erleichtert blickte sie ihm hinterher. Diese Juliana Buck gab ihr immer mehr Rätsel auf. Auf der einen Seite das behütete Elternhaus mit einer besorgten Mutter und auf der anderen Seite eine lebenslustige Frau, die offensichtlich das eine oder andere Herz gebrochen hatte und dann eine Beziehung zu diesem Keltenguru eingegangen war. Sie musste unbedingt mehr über diese Kelten herausfinden.

*

In seinem Zimmer angekommen schloss er die Augen und lehnte sich gegen die Zimmertür. Er atmete schwer. Alles schien sich in seinem Kopf zu drehen. Die Bilder seiner Kindheit, sein Vater, die fleißige Mutter, die Beerdigung, immer schneller, immer mehr. Alles war anders geworden. Er war wütend und traurig. Unvorstellbar, was auf dem Friedhof geschehen war. Erst die Störung der Trauerfeier und dann diese junge Frau, die Gott verleugnete. Jedes einzelne Wort hatte ihn getroffen. Wie konnte man den Gottesdienst in Frage stellen? Den Herren musste man loben.

Stumm faltete er seine Hände, presste sie zusammen, bis die Fingerknöchel weiß hervortraten.

*

14

Emilie sah an diesem Samstagabend unverschämt gut aus. Ihr hennarotes Haar spielte mit den Farben der orangeroten Bluse, die einen atemberaubenden Ausschnitt hatte. Dazu trug sie einen grünen Minirock über einer orangenen Spitzenleggins. Ihre Haare wurden von einem grünen Seidenschal gebändigt. Lichtner war fast die Luft weggeblieben, als Emilie den Landgasthof betrat und auf seinen Tisch zukam. Beinahe hätte er vergessen, sie zu begrüßen. Voll Bewunderung stand er auf und zog sie an sich.

»Du sündige Verheißung meiner schlaflosen Nächte, Gespielin

meiner wildesten Sehnsüchte, du siehst unverschämt gut aus. Komm, lass dich herzen und drücken!«

Gegen 2,05 Meter schwergewichtigen Charme konnte und wollte Emilie sich nicht ernsthaft zur Wehr setzen. Lichtner wies ihr galant einen Platz auf der bequemen Bank zu, während er selbst sich beschwingt auf einen Stuhl setzte. Sie saßen in einer gemütlichen Nische, die ein wenig vor neugierigen Blicken schützte. Einer der Gründe, abgesehen vom Rostbraten, warum der Leiter der KTU den Landgasthof in Gächingen so gern besuchte.

Auf dem Tisch standen ein Häfele mit Frankfurter Streichwurst, Griebenschmalz und und ein Korb mit frisch gebackenem Bauernbrot. Dazu gesellten sich zwei halb gefüllte Gläser mit Metzinger Hofsteige Spätburgunder und eine Karaffe mit Mineralwasser. Am Rand des Tisches stand ein imposanter Strauß Rosen. Emilie war sprachlos und steckte ihre Nase tief in eine der Blüten hinein. Sie liebte den betörend-schweren Duft. Lichtners Rosen dufteten immer.

»Fritz, du bist verrückt« war alles, was ihr dazu einfiel. Für einen kurzen Moment zweifelte sie, ob es eine gute Idee gewesen war, mit ihm Essen zu gehen. Er schien sich ernsthafte Hoffnungen für diesen Abend zu machen. Emilie hingegen lag vor allem daran, Lichtner um seine Unterstützung und seinen Rat zu bitten. Sie war sich nicht mehr so sicher, ob es richtig gewesen war, die Zusammenarbeit mit Grießinger aufzukündigen. Wegen dem Kriminalkommissar bereute sie ihren Entschluss nicht, sondern eher, weil sie jetzt nur auf Umwegen an Ermittlungsergebnisse gelangte. Allerdings wollte sie sich das Essen mit Lichtner nicht verderben. Sie genoss seine charmante Art und das Werben um sie. Unter anderen Umständen hätte sie vielleicht durchaus nichts gegen ein bisschen flirten.

Fritz Lichtner spürte, dass mit ihr etwas nicht stimmte.

»Emilie, hat dich der Duft der Rosen betäubt oder etwa meine Gegenwart in Verlegenheit gebracht? Du siehst bei aller Schönheit doch ziemlich angespannt aus.«

»Lichtner, du Dommerle. Du bist es bestimmt nicht, der mich

plagt. Es ist vielmehr dieser Mordfall. Ständig mache ich mir Gedanken. Ich brauche deine Hilfe, Fritz. Ohne dich komme ich nicht weiter.«

Lichtner verzog etwas enttäuscht das Gesicht. Insgeheim hatte er sich tatsächlich mehr Chancen an diesem Abend ausgerechnet. Auch wenn ihn Emilies Einwilligung zu einem gemeinsamen Essen durchaus überrascht hatte. Er ahnte jetzt, was eigentlich dahinter steckte. Aber so leicht würde er es Emilie nicht machen.

»Liebste Emilie, ich denke, die beste Hilfe wäre, wenn du bei der Suche nach dem Mörder offiziell mithelfen könntest. Bisher sind wir mit den Ermittlungen nicht wirklich weitergekommen. Der Grießinger sieht nach wie vor eine Beziehungstat und bringt aber keine Beweise. Was ist, wenn wir es doch mit einem Verrückten zu tun haben? Denkst du der mordet weiter, Emilie? Überlege dir doch, ob du nicht wieder zurückkommen willst?«

Sie wurden von der Bedienung unterbrochen, die nun den Hauptgang servierte. Auf zwei großen Holzbrettern lagen stilvoll drapiert zwei gewaltige Ochsenkoteletts, verziert mit einer zierlichen Kirschtomate auf einem knackfrischen Kopfsalatblatt. Dazu gehörte ein Salatteller, der seine schwäbische Herkunft nicht verleugnete, sondern, ganz im Gegenteil, sie geradezu zelebrierte. Der Kartoffelsalat, zubereitet von der Seniorchefin, bildete das Geschmackszentrum, begleitet vom würzigen Gurkensalat, den fein geraspelten Karotten, etwas Krautsalat mit Kümmelspuren und gekrönt von knackig frischem, mundgerecht zerpflücktem Blattsalat.

»Einen recht guten Appetit wünsche ich«, sagte Lichtner und hatte schon ein Stück Ochsenkotelett im Mund.

»Ebenfalls«, meinte Emilie nur, aber auch ihr lief schon das Wasser im Mund zusammen. Sie aßen ein Weilchen genüsslich, aber dann musste Emilie ihren Gedanken Ausdruck verleihen:

»Du meinst, ich soll einfach wieder zu Grießinger ins Büro spazieren, mich entschuldigen und dann so tun, als ob nie etwas gewesen wäre? Lieber Fritz, dieser Fall hat mit einem Beziehungsdrama soviel zu tun wie mein Chai mit Grießingers Geschmacksnerven. Da wäre Ärger vorprogrammiert. Du weißt doch, dass er mich nicht ernst nimmt. Und dann immer das blöde Geschwätz und diese Anspielungen wegen der Profilerin. Ich bin doch nicht Grießingers kleine Idiotin. Der behandelt mich doch wie das Letzte.«

Emilies Augen funkelten angriffslustig. Lichtner war immer wieder aufs Neue vom Temperament dieser Frau fasziniert.

»Es gäbe vielleicht noch eine andere Möglichkeit, Emilie. Wenn Grießinger weiter im Dunkeln tappt, wird es ziemlich schnell eine Sonderkommission geben. Es wäre dann durchaus denkbar, dass Grießingers Vorgesetzter, der Reitzle, den du ja bestens kennst, die Leitung dieser Soko übernimmt. Damit hätte dir Grießinger nichts mehr zu sagen. Allerdings kannst du in diesem Fall deine Alleingänge vergessen. Reitzle legt allergrößten Wert auf Transparenz und Teamarbeit.«

»In so einer Soko könnte ich mir vielleicht die Mitarbeit schon vorstellen, aber bis dahin kann ich nicht einfach tatenlos herumsitzen. Du, Fritz, meinst du, es wäre vielleicht möglich, dass du mich bis auf Weiteres quasi privat über den Stand der Ermittlungen informierst? Das Ochsenkotelett ist übrigens ganz vorzüglich.«

Lichtner hatte Emilie natürlich durchschaut, war aber bereit das Spiel mitzumachen.

»In der Tat, der Ochse ist ein fleischlicher Hochgenuss. Und was hattest du davor gemeint? Ich weiß nicht, ob ich dich richtig verstanden habe?«

Lichtner grinste nun durchaus etwas anzüglich und Emilie ärgerte sich, dass er sie durchschaut hatte.

»Dann eben auf die harte Tour, lieber Fritz! Ich brauche Informationen und bin im Gegenzug wieder dabei, wenn ich nicht direkt Grießinger unterstellt bin. Außerdem halte ich dich auf dem Laufenden, wo ich gerade herumstöbere. Apropos fleischlicher Genuss. Ist dir bei den Ermittlungen irgendein Hinweis auf gleichgeschlechtliche Liebe im Umfeld von Juliana Buck oder Falk Ludwig aufgefallen?«

»Aber Hallo, Emilie. Welche pikanten Gedanken treiben dich um? Die sanfte Tour wäre mir dann aber doch lieber, du Versuchung meiner geheimsten Träume. Für ein nochmaliges »Du, Fritz« aus deinem Munde würde ich morden.«

Dabei schnitt er sich ein ordentliches Stück von seinem Kotelett herunter. Roter Fleischsaft lief auf das Holzbrett. Genüsslich schob er sich den Brocken Fleisch in den Mund und lehnte sich zufrieden zurück. Er blickte Emilie ziemlich herausfordernd an.

Emilie musste lachen. Dieser Lichtner mit seinen Sprüchen tat ihr hin und wieder unverschämt gut. Lichtner kaute mit Wonne weiter, spülte mit einem ordentlichen Schluck Rotwein nach, beugte sich dann über den Tisch und sah Emilie tief in die Augen.

»Denkst du nicht, Emilie, es wäre an der Zeit, den Abend mit einer zweisamen Flasche Rotwein auf meiner Chaiselongue ausklingen und dabei vielleicht ein wenig die alten Zeiten aufleben zu lassen?«

Und wieder fühlte Emilie dieses Kribbeln im Bauch. Ihre Knie zitterten, und ihr wurde es ziemlich warm. Sie murmelte eine Entschuldigung und verließ den Tisch eilig in Richtung Toilette. Auf Lichtners Gesicht machte sich ein schamloses Grinsen breit. Er hatte bemerkt, was er mit seinem Vorschlag bei Emilie angerichtet hatte. Voll Vorfreude schenkte er sich noch einen Rotwein ein, trank einen kräftigen Schluck, nahm den Kotelettknochen vom Brett und nagte ihn hingebungsvoll ab. Da Emilie nicht am Tisch saß, leckte er genüsslich seine Finger ab.

Emilie stand einigermaßen fassungslos vor dem Spiegel in der Damentoilette. Sie hatte kaltes Wasser über ihre Handgelenke fließen lassen und versuchte nun, ihre Gefühle zu sortieren. Mehr als fünfzehn Jahre war sie mit Theo zusammen. Sicherlich, er war kein Ausbund an Leidenschaft, sondern eher ein Kopfmensch, für den Spontaneität und Romantik eher Fremdworte waren, aber er hatte eine wohltuende Bodenständigkeit und Ruhe in Emilies Leben gebracht. Sie liebte ihn dafür mit ganzem Herzen. Und was war das dann jetzt plötzlich mit Lichtner? Warum bekam sie bei seinen Anspielungen und Neckereien Herzklopfen? Oder hatte sie sich all die Jahre etwas vorgemacht mit Theo? Hat ihr nicht manches Mal etwas mehr Leidenschaft und Verrücktheit an diesem Mann gefehlt? Sie wollte Theo nicht verletzen. Emilie schüttelte den Kopf und sah sich prüfend im Spiegel an. Sie musste jetzt zurück zu Lichtner an den Tisch, und sie würde versuchen, die Kontrolle über den Verlauf des restlichen Abends zu behalten.

Lichtner sah sehr entspannt und zufrieden aus, als sie den Tisch erreichte. Emilie dachte fieberhaft nach. Solange sie beim Fallenschütz waren, konnte nichts weiter passieren. Also würde sie versuchen, fürs Erste möglichst lange hier zu bleiben.

»Du, Fritz, was hältst du von einem kleinen Dessert und dann vielleicht noch etwas Käse, bevor wir aufbrechen?« Diesen Vorschlag würde er nicht ablehnen. Dazu war er zu sehr Feinschmecker und Genießer.

»Ein trefflicher Gedanke, liebste Emilie. Ich würde eine oder zwei Kugeln cremiges Bauernhofeis aus dem Lautertal und im Anschluss etwas Ziegenfrischkäse mit Albkräutern, ein wenig milden Albkäs und noch ein kleines bisschen Wacholderkäse dazu nehmen. Als krönenden Abschluss lassen wir uns einen Dettinger Apfelbrand kommen.«

Dabei schnalzte Lichtner genießerisch mit der Zunge.

»Fantastisch, Fritz, das klingt außerordentlich lecker.«

Emilie war sichtlich erleichtert.

Das Eis war ein Erlebnis, und Emilie genoss jeden Löffel. Ein versteckter Blick auf die Uhr machte ihr Hoffnung. Es war bereits kurz nach 23 Uhr. Sie gähnte dezent, und Lichtner reagierte sofort.

»Langweile ich dich, liebste Emilie, oder sehnst du dich vielleicht nach meiner Chaiselongue?«

»Ersteres bestimmt nicht, liebster Fritz, und Zweiteres wird sich noch zeigen.«

Dabei lächelte sie ihn vielsagend an. In diesem Moment klingelte ihr Handy in der Handtasche. Theo war am anderen Ende der Leitung, und seine Stimme klang aufgebracht. Ganz zufällig schaltete Emilie den Lautsprecher ihres Handys ein.

»Emilie, wo bleibst du? Deine Gäste brechen hier die Bude ab und machen einen Höllenlärm.«

Im Hintergrund hörte man lautes Gelächter und Gegröle.

»Diese Rüpel um mich herum singen germanische Trinklieder und beginnen gerade, mit unserem Kaminholz ein Freudenfeuer zu veranstalten. Ich glaube, es wäre angebracht, dass du möglichst zügig nach Hause kommst und dem Gelage Einhalt gebietest. Ich fürchte ernsthaft um unsere Einrichtung.«

Lichtner sah ziemlich betreten aus. Ihm schwante, was kommen würde, und seine Vorfreude war einer offensichtlichen Enttäuschung gewichen.

»Du, Fritz, wie du mitbekommen hast, ruft leider die Pflicht, meine Gäste machen Randale, und Theo ist vollkommen überfordert. Ich muss leider ein anderes Mal auf dein Angebot mit der Chaiselongue zurückkommen.«

»Und der Käse?«

Da war Emilie bereits aufgestanden, hatte ihm einen dicken Kuss auf den Mund gedrückt und sich winkend vom Tisch entfernt.

Lichtner bemerkte erst als Emilie bereits vom Parkplatz fuhr, dass sie die Blumen vergessen hatte.

»Die Rosen, Emilie.«

Die Bedienung, von allen Tante Gertrud genannt, brachte anstatt dem Albkäs einen dreifachen Apfelbrand.

*

Und dieser Gotteslästerer mit seinem Gefolge. Er hatte nach Unzucht gestunken. Widerlich. Mit den Fäusten schlug er gegen die Zimmertür in seinem Rücken. Diese Wut drohte ihn zu zerreißen. Wieder faltete er mit zittrigen Fingern die Hände, er atmete schwer.

Die Mutter hatte ihm immer Friedfertigkeit befohlen.

»Deine Stärke ist dein Glauben.«

Er lächelte traurig.

Die Menschen mussten endlich umkehren.

*

15 Am nächsten Morgen wachte Emilie mit einem schlechten Gewissen auf. Gestern war es spät geworden, und Theo ging noch immer davon aus, dass sie mit einer Freundin Essen gewesen war.

Hinter Emilie lag eine ziemlich unruhige Nacht. Im Wohnzimmerregal piepste ihr Handy. Irgendeine Nachricht wollte gelesen werden. Emilie war übermüdet und genervt. Widerwillig stand sie auf und öffnete die SMS: »Liebste Emilie, es wird eine Soko Heidengraben mit dir geben. Kuss, Lichtner.«

Emilie rätselte noch, was Lichtner mit der SMS genau meinte, als das Telefon klingelte.

»Emilie Berta Lämmle, guten Morgen.«

»Thomas Reitzle. Einen wunderschönen Sonntagmorgen, Frau Lämmle. Schön, Sie wieder einmal zu sprechen. Wir haben ja lange nichts mehr voneinander gehört.«

Zu mehr als einem »ja, stimmt« kam Emilie nicht, Reitzle war in Fahrt und sprach schnell weiter.

»Ich möchte direkt auf den Punkt kommen. Leider muss ich Sie damit am Sonntag stören. Mein Anliegen duldet keinen Aufschub.«

Wieder kam nur ein müdes »Ja, gut« als Antwort, aber Emilie ahnte bereits, was kommen würde.

»Frau Lämmle. Könnten Sie sich vorstellen, in einer Sonderkommission mitzuarbeiten? Ich beschäftige mich soeben mit der Planung einer Soko Heidengraben und würde gerne auf ihre Unterstützung zählen können. Dringend! Sie wären mir direkt unterstellt. Ihr leicht gespanntes Verhältnis zu Kriminalhauptkommissar Grießinger bliebe damit außen vor. Was meinen Sie dazu?«

Erwartungsvolle Stille. Emilie war sprachlos. Trotz der Vorankündigung von Lichtner überraschte sie doch der Zeitpunkt des Anrufes und die drängende Freundlichkeit des Leiters der Kriminalpolizei Reutlingen. Grießinger würde über die erneute zwangsweise Zusammenarbeit mit ihr keineswegs erfreut sein, noch dazu, wenn das Ganze unter der Leitung seines Chefs im Rahmen einer Soko stattfand.

»Leider kann ich Ihnen nicht lange Bedenkzeit geben, Frau

Lämmle. Wir müssen davon ausgehen, dass weitere Morde folgen werden. Die Zeit läuft gegen uns. Kann ich auf Ihre Mitarbeit zählen?«

»Ja, aber …«

»Ich danke Ihnen vielmals für Ihre Zusage. Hervorragend, ganz hervorragend, Frau Lämmle. Sobald klar ist, wann die Soko starten kann, werden Sie umgehend informiert.«

Bevor Emilie ihren Satz zu Ende sprechen konnte, hatte Herr Reitzle aufgelegt. Sie mochte solche Gespräche um diese Uhrzeit nicht. Reitzle hatte sie perfekt überrumpelt und am richtigen Hebel gezogen. Die Angst vor weiteren Morden machte auch ihr Sorgen.

Jetzt musste sie Theo schon zwei unangenehme Dinge beichten: das Essen mit Lichtner und die Mitarbeit in der Sonderkommission. Emilie war in der vergangenen Nacht bewusst geworden, dass sie Theo nicht weiter belügen konnte.

Das andere Problem war die Zeit, die sie für die SoKo-Arbeit und zusätzlich für Recherche und Ermittlungen benötigte. Sie stützte ihren Kopf schwer in die Hände und wollte sich gerade ein wenig selbst bemitleiden, als Theo gefolgt von Laika durch die Küche zum Essplatz kam. Kein Zeichen eines Grußes oder der Freude, weder von Theo noch von Laika.

»Und, gut geschlafen? Du warst ja ziemlich früh zu Hause.«

Sagte Theo mit einem leicht aggressiven, beleidigten Unterton. Emilie musste jetzt hellwach sein. Sie wollte keinen Ehekrach heraufbeschwören.

»Lieber Theo, ich bin wieder da, und das alleine zählt.«

Theo war verblüfft. Kein Widerstand und keine Rechtfertigungen. Er ahnte, was passiert war. Seit sie diesem Lichtner am Sternberg begegnet war, verhielt sich Emilie seltsam.

Emilie stand auf und gab ihm einen leidenschaftlich-liebevollen Kuss.

»Möchtest du einen Kaffee oder lieber Tee?«

Überrascht lächelte Theo zaghaft und setzte sich an den Tisch. Als er Zucker in seinen Kaffee löffelte, wagte Emilie einen ersten Versuch, die neuesten Entwicklungen zu klären.

»Theo, du, ich war nicht mit meiner Freundin beim Essen, sondern mit ...«

»Lichtner, oder? Du warst mit deinem Ex-Liebhaber beim Essen!«

»Ach Theo, das mit Lichtner ist doch schon ewig vorbei.« Emilie versuchte ihn zu beruhigen.

Doch Theo klang jetzt richtig sauer. Für ihn war dieser Lichtner noch immer ein rotes Tuch.

»Und, hat es wenigstens geschmeckt? Vermutlich habt ihr euch köstlich amüsiert, während hier deine Gäste die Bude fast abgebrochen hätten!«

»Theo, es tut mir ja leid, aber es gibt noch etwas anderes, was du wissen musst.«

Theo zuckte zusammen. Er hatte es geahnt, das dicke Ende kam noch.

»Reitzle, der Leiter der Kriminalpolizei Reutlingen, hat angerufen. Sie brauchen mich für eine Sonderkommission zu dem Mordfall am Heidengraben. Sie befürchten, es könnte weitere Morde geben.«

»Ab wann?«

»Er ruft wieder an, wenn es los geht. Ich denke in der kommenden Woche.«

»Komm, Laika, wir gehen. Noch mal mache ich hier nicht gleichzeitig den Hausvater, Bürohengst und Hundeaufpasser!«

Mehr sagte Theo nicht und verließ sichtlich sauer den Tisch. Die Küchentür fiel mit einem scharfen Knall ins Schloss. Dann herrschte Stille, bedenkliche Stille.

Mit einem Seufzen erhob sich Emilie vom Tisch und begab sich auf die Suche nach Theo. Ihr erster Weg führte ins Büro, wo er sich wie erwartet hinter dem Schreibtisch verschanzt hatte und schmollte. Sein Blick war starr auf den Computerbildschirm gerichtet. Keine Reaktion. Emilie setzte sich auf den Sessel am Holzofen.

»Theo, verstehst du nicht, dass ich bei diesem Fall mitarbeiten muss? Die Mutter von Juliana Buck hatte bei mir angerufen, und ich habe es nicht wirklich ernst genommen. Wenn ich schneller reagiert hätte, würde Juliana vielleicht noch leben. Außerdem bat mich der Leiter der Mordkommission persönlich um meine Mitarbeit!«

»Lichtner!«, presste Theo hervor und starrte weiter auf den Bildschirm.

Das war also des Pudels Kern, dachte sich Emilie.

»Ich werde mit Lichtner und vermutlich zwanzig anderen Mitgliedern der Sonderkommission zusammenarbeiten und sonst nichts, Theo. Lichtner war vor zwanzig Jahren. Aber vielleicht würde es ja helfen, wenn ihr mal zusammen ein Bier trinkt und aufhört mit eurem Gegockel.«

Jetzt war Theo sprachlos. Er hatte alles erwartet, aber keinen Gegenangriff. Mit Gegockel hat das wohl nichts zu tun, wenn Emilie eine Verabredung mit Lichtner verschwieg. Er war verletzt, und er fühlte sich hintergangen. Was hatte dieser dicke, nach Zigarren stinkende Mops an sich? Vielleicht sollte er Emilie mal wieder zum Essen einladen. Genau genommen konnte er sich nicht daran erinnern, wann sie das letzte Mal gemeinsam etwas unternommen hatten. Romantische Arrangements gehörten zwar nicht unbedingt zu Theos Stärken, aber gegen eine hervorragende Küche und einen ebenso guten Wein hatte auch er nichts einzuwenden. Er würde Emilie in den Goldenen Eber einladen. Mitten in Sonnenbühl-Erpfingen wurde auf Sterneniveau gekocht, und nach einem mehrgängigen Menü konnte man in einem der stilvoll eingerichteten Zimmer übernachten. Kampflos wollte er Emilie nicht an diesen dicken Spurenheini verlieren.

Langsam wendete er seinen Blick vom Computerbildschirm ab, schob seinem Schreibtischstuhl zurück und sah Emilie mit einem aufmunternden Lächeln an.

»Mach es, Emilie! Du musst den Job in der Soko machen!«

»Und das Gästehaus? Putzen, Gäste begrüßen, freundlich sein, und so?«

Emilie sah ihn entgeistert an. Hatte er das ironisch oder ehrlich gemeint?

»Na ja, vielleicht ist es ja möglich, dass mir deine wunderbare Nachbarin Alessa hilft. Die kennt sich doch hervorragend aus, und wenn du sie nett fragst, könnte sie ja im nächsten Monat ein paar Stunden mehr machen. Was meinst du?«

Jetzt wusste Emilie, dass er sein Angebot nicht ironisch meinte. Sie stürmte aus dem Sessel und warf sich so stürmisch auf Theo, dass dieser mitsamt dem Stuhl fast umkippte. Laika jaulte erschrocken auf, und Emilie drückte ihrem Mann heute zum zweiten Mal einen leidenschaftlichen Kuss mitten auf den Mund. Dieser schnappte nach Luft.

Emilie jubelte innerlich vor Erleichterung. Bestimmt könnte Alessa ihr helfen. Außerdem war Theo, wenn er sich etwas bemühte, durchaus ein Menschenfreund und durchaus umgänglich.

Den Rest des Tages verbrachte Emilie mit Vorbereitungen für die nächsten Tage. Solange es keine Soko gab, würde sie sich noch ein wenig im Umfeld von Juliana umsehen. Es konnte nicht schaden, gut vorbereitet zu sein.

Theo tauchte erst gegen Abend in der Küche auf. Gemeinsam tranken sie noch ein Viertele Neuffener Täleswein und besprachen die morgige Anreise einer Schulklasse im Gästehaus. Emilie bekam bei dem Gedanken an die bisweilen sehr stimmungsvollen Auftritte der Teenager ein etwas flaues Gefühl im Magen. Doch an diesem Abend sah ihr Mann die nächsten Tage sehr gelassen.

16

Traurig blickte er aus dem Fenster. Was war geschehen? Wo waren die glücklichen Tage seiner Kindheit und Jugend? Jetzt schien alles anders. Am ersten Tag war er durch seinen Ort gegangen. Niemand hatte ihn erkannt. Dreißig Jahre hatten ihn gezeichnet, seine Seele unkenntlich gemacht. Gab es ihn noch? Sein Glauben war seine Rettung. Seinem Gott konnte er vertrauen, nie hatte er ihn in dreißig dunklen Jahren allein gelassen. Er war sein Licht, seine Hoffnung. Doch sein Ort war anders. Die Menschen waren anders. Nach dem ersten Tag hatte er das Haus tagsüber nicht mehr verlassen. Die meiste Zeit verbrachte er in seinem Zimmer. Tag für Tag wurde im klarer, dass er etwas tun musste.

»Und Jesus begann seine Mission
mit dem Aufruf zur Buße:
›Tut Buße, denn das Himmelreich
ist nahe herbeigekommen!‹«
(Matth. 3,2; Matthäus 4,10).

*

Der frühe Morgen war nicht ihre Zeit, aber schließlich war sie wie immer, wenn sie Frühschicht hatte, mit ihrer Freundin aus Grabenstetten am Wanderparkplatz in der Nähe des Burrenhofs verabredet. Beide arbeiteten in der gleichen sozialen Einrichtung in Reutlingen auf dem Gaisbühl. Eugenie stieg aus dem Auto und zündete sich eine Zigarette an. Das Radio spielte »I Kissed a Girl«, ihr Lieblingslied. Eugenie Kächele, von den meisten Gini genannt, hatte die Diskussion auf dem Weg zum Friedhof mit Monika Rauscher längst vergessen.

Langsam, fast lautlos, näherte er sich. Die Dunkelheit gab ihm Sicherheit und Schutz. Er wusste, dass die Musik und die Geräusche der Kreisstraße das Knirschen des Schotters unter seinen Schuhen übertönten.

Der Lederriemen schlang sich stramm um seine Hand, seine Anspannung wuchs ins Unerträgliche. Die Finger fühlten sich bereits taub an. Vorsichtig löste er den Lederriemen und spürte das Kribbeln, als das Blut in seine Hand zurückkehrte.

Leise stöhnte er auf. Jetzt durfte kein Fehler mehr passieren.

Blitzschnell legte er ihr von hinten den Riemen um den Hals und zog zu. Erbarmungslos. Seine Muskeln zitterten vor Anstrengung. Er wusste, dass ihre Freundin in wenigen Minuten den Wanderparkplatz erreichen würde. Er hatte das einige Tage lang beobachtet. Die Worte Eugenies auf der Beerdigung von Juliana Buck klangen ihm noch immer schmerzhaft in den Ohren. Er fühlte wieder die Wut, die Enttäuschung und Trauer, aber kein Mitleid. Es musste nur schnell gehen. Am meisten fürchtete er sich vor den Augen.

Mit aller Kraft zog er das Lederband weiter zu. Ginis Beine begannen unkontrolliert zu zappeln. Vermutlich hörte sie die leise eindringliche Stimme an ihrem Ohr. Sie roch den Schweiß, der über sein Gesicht rann. Sie spürte den Druck auf ihrer Brust. Noch einmal, nur noch ein einziges Mal wollte sie tief einatmen. Doch dann wurde ihre Hand schlaff und ihre Knie gaben nach. Eugenie spürte nichts mehr.

Mit einer Hand ließ er den Riemen los, legte ihr einen Arm um die Brust und hielt sie fest. Tränen rannen über sein Gesicht. Fast verlor er das Gleichgewicht und musste zwei Schritte zurücktreten. Ihre Füße streiften über den Schotter. Er hob sie hoch und brachte sie weg vom Parkplatz. Unter der Hecke war sie sicher. Jeden Moment würde ihre Freundin kommen. Das wusste er.

Erschrocken sah er durch die Hecke zu Eugenies Wagen. Die Autotür stand offen. Das Radio lief noch immer. Der Schlüssel steckte. Er wurde blass und nervös. Wie konnte ihm so ein Fehler passieren. Die Freundin seines Opfers würde sofort merken, dass hier etwas passiert sein musste. Es blieb keine Zeit mehr, dachte er noch, als Scheinwerferlicht den Parkplatz erhellte.

Direkt neben Eugenies Wagen hielt ein zweites Fahrzeug. Eine junge Frau stieg aus. Verwundert sah sie sich um. Sonst stand ihre Freundin immer neben ihrem Auto und rauchte. Monika Rauscher begann zu rufen, ging dabei ein Stück in Richtung Straße. Außer dem Verkehrslärm war nichts zu hören. Sie rannte zu ihrem Fahrzeug zurück, stieg ein und zog die Tür mit einem lauten Knall zu. Fahrig suchte sie nach ihren Zigaretten. Mit zittrigen Händen fingerte sie eine aus der Schachtel, zündete sie an und machte eine tiefen Zug. Sie hatte Angst. Der Tod von Juliana Buck machte allen Angst. Eine Zeitung hatte geschrieben, dass es sich vielleicht um einen wahnsinnigen Serientäter handeln könnte. Hastig verriegelte sie die Türen ihres Wagens. Der Parkplatz war gespenstisch einsam. Die einsetzende Morgendämmerung verstärkte die unheimliche Stimmung. Sie musste die Polizei anrufen und weg hier, schnell.

Er hörte, wie sie ihre Tür zuschlug. Dann herrschte Stille. Endlose Minuten vergingen. Sein Haar klebte schweißnass an seiner Stirn. Dann endlich startete sie ihr Auto. Kies knirschte unter den Reifen. Zügig rollte sie zur Ausfahrt des Parkplatzes. Es begann zu dämmern. Als sie auf die Straße abbog, zog er sein Opfer unter der Hecke hervor und trug sie die kurze Strecke bis zum Unterholz, am Fuße des Heidengrabenwalls.

Schnell fand er Wasserkanister und Rucksack, die er bereits gestern Nacht versteckt hatte. Behutsam legte er Eugenie Kächele an einer freien Stelle im Unterholz auf den Boden und strich ihre Haare aus dem Gesicht. Die leblosen Augen schimmerten feucht in der Dunkelheit. Ohne sie anzusehen, versuchte er, ihre Augen zu schließen. Der Tod war jetzt ganz weit weg.

Fast zärtlich wanderte sein Blick über ihren Körper. Er begann sie zu entkleiden. Gründlich reinigte er den nackten Körper, trocknete sie ab, nahm aus seinem Rucksack ein weißes Leinenkleid und zog es ihr an. Es war nicht einfach gewesen, der Frau in der Änderungsschneiderei zu erklären, warum er ein weißes Leinenkleid wollte. Er musste wie beim ersten Mal genau erklären, wie das Kleid geschnitten sein sollte.

Es war viele Jahre her, dass seine Mutter ein solches Kleid getragen hatte. Immer wenn sie in der Waschküche stand, am dampfenden Waschkessel.

Die Kleidungsstücke seines Opfers packte er hastig ein. Er würde sie später sorgfältig zusammenlegen und in Ehren halten. Die beiden leeren Wasserkanister band er mit einem Riemen zusammen. Dann nahm er seinen Rucksack und brachte alles hinauf auf den Heidengrabenwall. Eilig ging er ein paar Meter auf dem Wall vom Grillplatz weg, bis er das Gefühl hatte, einen sicheren Platz gefunden zu haben. Hier konnte ihn vom Parkplatz und Grillplatz niemand mehr sehen. Er legte die Kanister und den Rucksack ab und ging schnell zu ihr zurück. Fast andächtig ließ er sich auf die Knie herab, griff unter ihren leblosen Körper und hob sie behutsam hoch. Mit schweren Schritten stapfte er den

Wall hinauf und weiter zu dem Platz, an dem er seine anderen Sachen abgelegt hatte. Der Weg war an dieser Stelle etwas breiter. Es blieb keine Zeit, den richtigen Platz zu finden.

Er legte die Tote in Wegrichtung ab. Sanft drückte er ihre Arme an den Körper und achtete darauf, dass sie mit ausgestreckten, geschlossenen Beinen dalag. Sorgfältig zupfte er Blattreste und kleine Zweige von dem Leichnam und strich das Leinenkleid glatt. Plötzlich tanzten für einen Moment Scheinwerferlichter durch den Wald über den Heidengraben. Er warf sich zu Boden und wartete angespannt. Wieder knirschte Kies unter Reifen. Autotüren knallten und Stimmen drangen zu ihm herüber.

*

Hinter dem Streifenwagen bog das Fahrzeug von Ginis Freundin auf den Parkplatz. Gemeinsam gingen die Polizisten und die junge Frau zum Auto von Eugenie Kächele. Einer der Beamten zog sich dünne Gummihandschuhe an und schaltete das Radio aus. Sein Kollege ging um das Fahrzeug herum, prüfte, ob sich der Kofferraum öffnen ließ, während er selbst die Handtasche des Opfers auf dem Beifahrersitz durchsuchte. Kurze Zeit später hielt er Führerschein, Fahrzeugschein, Geldbeutel und Personalausweis der Fahrzeughalterin in der Hand. Er stieg aus, gab seinem Kollegen ein Zeichen und kontrollierte mit der Taschenlampe die Papiere aus dem Wagen.

»Schorsch, das Fahrzeug ist auf eine Eugenie Kächele zugelassen.«

Der ältere Polizist blickte seinem jungen Kollegen über die Schulter und nickte dann anerkennend.

»Klasse Arbeit, Martin. So lange ich telefoniere, suchst du bitte die Umgebung ab, gehst mal am Heidengrabenwall entlang. Vielleicht findest du irgendwelche Spuren von Frau Kächele.«

Es war noch immer dämmerig, als Heuschle sich bewaffnet mit einer starken Stabtaschenlampe auf den Weg machte. Sorgfältig leuchtete er auffällige Stellen an, ging in die Knie, sah unter die Büsche. Auf Höhe der Grillstelle umrundete er die Hecke und schritt sie genauso gewissenhaft auf der andern Seite ab. Die frischen, abgebrochenen Zweige übersah er. Mehrmals rief er den Nachnamen der jungen Frau. Keine Antwort, kein Geräusch war zu hören.

Auf dem Rückweg kam Heuschle an der Grillstelle vorbei und ging weiter in Richtung Straße zum Waldstreifen auf dem Heidengraben. Er entdeckte eine offene Stelle im Unterholz, durch die er zum ehemaligen Befestigungswall gelangte. Oben angekommen wandte er sich nach rechts und folgte dem schmalen Weg, der sich zwischen Wurzeln und Grenzsteinen durchschlängelte. Immer wieder duckte er sich, um herabhängenden Buchenästen auszuweichen. Da entdeckte er sie. Am Fuße dreier Buchen lag sie mitten auf dem Pfad, eine Frau in einem weißen Kleid.

Erschrocken sah sich der junge Polizist um. Plötzlich erschien ihm jedes Geräusch bedrohlich. Ein knackender Ast. Das Kreischen einer Krähe. Das Rascheln der Blätter im leichten Wind. Zögerlich näherte er sich der Frau. Mit geschlossenen Augen, fast friedlich lag sie da. Er fühlte Panik in sich aufsteigen. Was musste er jetzt tun? Ihren Puls fühlen? Aber sie war tot, das wusste er genau.

Noch zögerte er. Nur nichts falsch machen. Vorsichtig ging er ein paar Schritte zurück. Versuchte ruhiger zu werden. Nur keine Spuren am Tatort zerstören. Dann hielt er es nicht mehr aus und rannte los, den Wall hinunter, durch das Unterholz, schlug Äste und Brombeerranken zur Seite. Nur noch wenige Meter, bis er Georg erreichte.

»Schorsch, schnell, komm, los komm.«

Schwer atmend stützte er sich am Dachholm des Dienstwagens ab und beugte sich hinunter zu seinem Partner.

»Mensch, Kerle, mach langsam. Ist dir ein Geist erschienen? Du bist ja weiß wie eine Wand.«

»Ein Frau tot, auf dem Heidengrabenwall, dort drüben. Komm, schnell.«

Georg Haffner sah seinen Kollegen ungläubig an. Dann steckte er sein Mobiltelefon ein, stieg aus dem Wagen, verschloss ihn sorgfältig und ging auf die Freundin von Eugenie Kächele zu. Eingeschüchtert und verzweifelt stand sie neben ihrem Wagen. Fassungslos verfolgte Martin Heuschle die routinierten Bewegungen seines Kollegen.

»Schorsch, dort liegt eine Tote, komm jetzt doch bitte, schnell.«

»Kerle, mach langsam. Eine Leiche kann uns nicht mehr davon springen. Aber die jungen Frau sollte vielleicht zur Arbeit oder nach Hause können.«

Haffner ging hinüber und bedankte sich bei der jungen Frau, kontrollierte nochmals kurz die bereits aufgenommenen Personalien und sagte ihr, dass er sich eventuell in den nächsten Tagen bei ihr melden werde. »Ist sie wirklich tot?« Monika Rauscher zitterte noch immer vor Aufregung.

»Wir kümmern uns jetzt darum, fahren sie am besten nach Hause und kommen zu Ruhe. Oder soll sie mein Kollege fahren?«

»Danke das geht schon.« Sie hatte Tränen in den Augen.

Haffner wartete, bis die junge Frau ihr Fahrzeug gestartet hatte und drehte sich dann zu seinem Kollegen um.

»Martin, sag mal, liegt die Frau eigentlich genau in der Mitte vom Wall, oder mehr zur L250 hin?«

Der Angesprochene stutzte und blickte Haffner fragend an.

»Wenn Sie näher zur Straße hin liegt, dann ist das im Zuständigkeitsbereich unserer Kollegen von der Polizeidirektion Reutlingen. Oben auf dem Wall verläuft die Landkreisgrenze.«

»Vielleicht sollten wir einfach Reutlingen und Esslingen verständigen. Zur Sicherheit. Soll ich anrufen, Schorsch?«

»Nein, zuerst mache ich mir selbst ein Bild von der Frau auf dem Wall.«

Er ging zu der Frau, beugte sich hinunter und erkannte sofort Eugenie Kächele. Er fühlte ihren Puls und schüttelte den Kopf. »Martin, mach bitte die Tatortsicherung. Ich telefoniere kurz selber mit der Kriminalpolizei. Im Wagen hinten ist das rotweiße Band.«

Der Streifenbeamte Haffner alarmierte den Notarzt und die

Kriminalpolizei in Esslingen. Der Grenzverlauf und der Fundort der Leiche waren eindeutig auf der Esslinger Seite. Er verließ dabei den Wall und ging zur Zufahrt des Parkplatzes. Wenig später hörte er das Signalhorn eines Rettungsfahrzeuges. Er sah kurz auf seine Uhr und pfiff anerkennend. Beruhigend, wie schnell die Helfer reagierten.

Bald bogen die Retter in den Parkplatz ein. Als sie Haffner sahen, hielten sie an. Er informierte sie kurz und zeigte in Richtung Heidengrabenwall. Das Notärzteteam parkte und eilte zum Wall. Als sie die junge Frau erreichten, begannen sie routiniert ihre Untersuchungen. Nach wenigen Augenblicken schüttelte der Arzt den Kopf und sah dabei mit ernstem Blick Haffner an, der ihnen gefolgt war.

»Unnatürliche Todesursache. Eindeutig. Näheres erzählen euch dann die Kollegen von der Rechtsmedizin. Wir können hier leider nichts mehr tun.« Der Arzt war aufgestanden und wandte sich an den Polizeibeamten: »Macht's gut. Ich möchte nicht in eurer Haut stecken. Vor ein paar Tagen gab es hier doch schon mal so eine Tote, vorne am Burrenhof. Hatte die nicht auch so ein weißes Kleid an?«

Der ältere Polizeibeamte verdrehte die Augen und winkte ab. Er ahnte, dass unruhige und hektische Zeiten auf sie zukommen würden. Noch mehr Überstunden. Tag und Nacht Streifenfahrten. Präsenz zur Beruhigung der Bürger zeigen. Ausgerechnet jetzt, mit zwei Kollegen im Krankenstand. Es gab Tage, da sehnte er sich nach einem ruhigeren Job.

Bis Möhrle und sein Team endlich eintrafen, dauerte es fast eine dreiviertel Stunde. Es war inzwischen hell geworden. Mit präzisen Fragen erkundigte sich der Kriminalhauptkommissar bei Haffner über den aktuellen Sachstand und dankte ihm für sein umsichtiges Verhalten. Es folgten knappe Anweisungen an das Ermittlungsteam und alle machten sich an ihre Arbeit. Dieses Mal war Möhrle zuerst am Fundort der Leiche, und sie befanden sich eindeutig im Landkreis Esslingen.

Telefonisch forderte Möhrle Suchtrupps für das Gelände in der Umgebung an. Zwei Rechtsmediziner nahmen die Leiche der jungen Frau in Augenschein. Möhrle war es innerhalb kürzester Zeit gelungen, ein eingespieltes Team aufzubauen, in dem jeder wusste, was er zu tun hat. Bei ihm liefen alle Spuren, Erkenntnisse und Beweisstücke zusammen. Souverän behielt er den Gesamtüberblick. Als er die Tote selbst genauer betrachtete, fielen ihm sofort die offensichtlichen Parallelen zum Mordfall am Burrenhof auf. Das weiße Kleid, die Körperhaltung, der Fundort am Heidengraben. Es fröstelte ihn bei diesem Gedanken. Möhrle griff zum Telefon und wählte die Nummer von Grießinger.

»Kriminalkommissar Möhrle, Polizeidirektion Esslingen. Ja guten Tag, Herr Kollege Grießinger. Wir haben eine zweite Leiche am Heidengraben. Dieses Mal eindeutig im Landkreis Esslingen.« – »Ach, Sie wissen schon?« – »Der Haffner. Ein tüchtiger Mann. Denkt mit. Also dann bis gleich Herr Kollege. Sie sollten sich das hier unbedingt ansehen.«

Möhrle steckte das Mobiltelefon wieder in seine Mantelinnentasche und richtete sich auf. Man begegnete sich immer zweimal im Leben.

17

Die Reutlinger Ermittler trafen zusammen mit Lichtner um 9:58 Uhr am Fundort der Leiche ein. Der Leiter der KTU Reutlingen hatte seine Kollegen auf dem Parkplatz der Polizeidirektion getroffen und sie zu einer Probefahrt mit seinem neuen Q7 eingeladen. Mit sichtbarer Bewunderung stiegen Haible und Baisch in das imposante Fahrzeug ein. Nur Grießinger schien dieses Ungetüm von einem Auto nicht weiter zu beeindrucken. Ganz selbstverständlich setzte er sich neben Lichtner, während seine beiden Kollegen freiwillig hinten Platz nahmen. Interessiert musterte er die Innenausstattung. »Neumodisches Klump«, dachte er sich und schwieg. Lichtner amüsierte sich königlich. 500 PS, eine halbe Havanna und eine freie Hülbener Steige später erreichten die Reutlinger ihr Ziel. Bis auf den Leiter der KTU waren alle käsweis im Gesicht.

Der hintere Teil des Parkplatzes war mit rotweißem Band

abgesperrt. Dort untersuchte die Esslinger KTU Eugenie Kächeles Fahrzeug. Nach einer kurzen Begrüßung wurden die Reutlinger Beamten zum Heidengraben geschickt, wo die Ermittlungsarbeiten auf Hochtouren liefen. Rainer Möhrle stand auf dem Grillplatz und telefonierte. Als er die Reutlinger Kommissare erblickte, winkte er ihnen zu und rief erfreut:

»Jetzt guten Tag, die Reutlinger Kollegen, willkommen im Landkreis Esslingen.«

Grießinger zuckte zusammen und verzog das Gesicht. Er erinnerte sich nur zu gut an die Abfuhr, die er seinem jungen, ehrgeizigen Kollegen am Burrenhof erteilt hatte. Nun war Grießinger in der eindeutig schwächeren Position und musste wohl oder übel mit seinem Esslinger Kollegen zusammenarbeiten. Er würde sich beherrschen und ausgesucht freundlich sein. Seinen beiden Mitarbeitern Haible und Baisch warf er einen Blick zu, der ihnen deutlich zu verstehen gab: Seid freundlich und zuvorkommend bis euch der Kamm schwillt und des Fiedle schmerzt! Seine Kollegen verstanden ihn ohne Worte und nickten zustimmend.

»Grüß Gott, Herr Kollege Möhrle. Danke vielmals, dass Sie uns gleich verständigt haben.«

»Sparen wir uns die Floskeln, Herr Kollege Grießinger. Kommen Sie, ich zeig Ihnen, warum ich denke, dass wir in nächster Zeit sehr eng zusammenarbeiten werden.«

Mit diesen Worten führte Möhrle seine Kollegen durch einen bereits kriminaltechnisch untersuchten Geländekorridor zum Heidengraben.

»Jonger Vadder, hat der einen Zacken drauf«, dachte sich Grießinger und folgte Möhrle hinüber zu der Stelle auf dem Erdwall, die durch eine Plane vor den Blicken Neugieriger geschützt war. Mehrere Beamte der KTU Esslingen in Schutzanzügen gingen konzentriert ihrer Arbeit nach.

Als Grießinger die Plane zur Seite schob, wurde er etwas blass. Unübersehbar gab es Parallelen zum Mordopfer Juliana Buck. Nur das Amulett fehlte. Dieser Unterschied ließ ihn erleichtert aufatmen. Seine Kollegen standen dicht gedrängt hinter ihm und versuchten, sich ebenfalls einen Überblick zu verschaffen.

»Zefix, hier sieht es aus wie beim Burrenhof. Schon wieder so ein junges Mädle im weißen Kleid.«

Baisch sah man das Entsetzen deutlich an. Grießinger versuchte, Gelassenheit zu demonstrieren und bemerkte fast beiläufig:

»No langsam, Herrschaften. Noch fehlen uns die Fakten. Dieser Mord könnte genauso gut das Werk eines Trittbrettfahrers sein. Die Presse hat sich ja ausgiebig über die Details des Mordfalles Buck ausgelassen.«

Lichtner unterhielt sich bereits mit seiner Esslinger Kollegin. Er nickte bei der angeregten Unterhaltung mehrfach bedächtig mit gerunzelter Stirn und sorgenvollem Blick. Dann wandte er sich von ihr ab und ging zurück zu Grießinger.

»Herr Kriminalhauptkommissar, meine Kollegin aus Esslingen und ich meinen, dass alles auf ein und denselben Täter hindeutet. Die Würgemale scheinen identisch zu sein. Diese Leiche wurde wie Juliana Buck gewaschen. Aber der Fundort ist vermutlich nicht gleich der Tatort. Die Körperhaltung, die penibel sauberen Füße, keine Kampfspuren, alles passt. Beide Frauen waren ungefähr in demselben Alter und vom Typ her ähnlich. Wieso dieser Aufwand mit dem weißen Leinenkleid und warum wurden die Frauen so akkurat hingelegt, fast schon aufgebahrt? Dieses Mal muss es übrigens für den Täter ziemlich knapp gewesen sein. Mein KTU-Kollege meinte, dass die zwei Polizisten, die zuerst am Fundort waren, dem Täter fast begegnet sein müssen. Eugenie Kächele fühlte sich noch sehr warm an, als sie untersucht wurde!

Es wäre also durchaus möglich, dass wir es mit ein und demselben Täter bei beiden Mordfällen zu tun haben. Dann sollten wir allerdings jede verfügbare Kompetenz ins Team holen. Insbesondere auch Frau Lämmle, Herr Grießinger.«

Bei den letzten Worten hörte sich Lichtners Stimme deutlich lauter an. Ein vorwurfsvoller Blick unterstrich seinen dröhnenden Bass. Kriminalhauptkommissar Möhrle war der Disput nicht entgangen. Neugierig gesellte er sich zu den Reutlinger Polizisten.

»Jetztle nur langsam Lichtner, die Suppe wird nicht so heiß gegessen, wie sie gekocht worden ist, und Frau Lämmle als *Kompetenz* zu bezeichnen ist vielleicht a bissle übertrieben, verehrter Kollege. Wenn wir hier schon von einem gemeinsamen Mörder sprechen, dann sollten zumindest die wichtigsten Spuren übereinstimmen, oder?«

Grießinger schwieg für einen Moment und sah mit einem knitzigen Lächeln in die Runde.

»Das Amulett um den Hals fehlt bei der zweiten Leiche! Oder wurde das von Ihren Mitarbeitern bereits sichergestellt, Herr Möhrle? Meiner Meinung nach wusste außer unserem Ermittlungsteam niemand von dem Anhänger. In der Zeitung stand zwar alles über den Fundort und die Todesumstände, aber weder auf dem offiziellen Polizeifoto konnte man den Schmuck sehen noch wurde er im Polizeibericht erwähnt. Ein Serientäter, der einen solchen Aufwand mit dem Waschen, dem weißen Kleid, der Körperhaltung und dem Fundort betreibt, würde mit Sicherheit auf das Amulett achten. Bei der ersten Leiche lag es nicht zufällig auf der Brust von Juliana Buck.

Ich denke, Juliana Bucks Mörder ist ein anderer. Sie dürften vermutlich genügend Spuren im Gebüsch, am Fahrzeug der Toten und hier oben auf dem Wall finden. Wir haben Fußabdrücke und vielleicht sogar Fingerabdrücke am Fahrzeug. Also wenn Sie mich fragen, dann sollten wir nach alle Seiten hin ermitteln und sowohl die Annahme eines Serientäters, wie auch die Möglichkeit, dass es sich um zwei Einzeltäter handeln könnte, in Betracht ziehen.«

Haible und Baisch hatten eifrig auf ihren Notizblöcken mitgeschrieben, während Lichtner noch düsterer in die Runde blickte. Einzig Rainer Möhrle blieb freundlich und sachlich.

»Ein hervorragender Ansatz, Herr Kollege Grießinger. Ich denke, es wäre in der Tat noch zu früh, die Ermittlungen so weit einzugrenzen. Wir sollten die detaillierten Ergebnisse der Spurensicherung und Rechtsmedizin abwarten und uns dann gemeinsam an einen Tisch setzen, um das weitere Vorgehen abzustimmen. Ihr Chef hat mich bereits informiert, dass er eine Sonderkommission einberufen will.«

Der Reutlinger Kriminalhauptkommissar zuckte zusammen und musste schlucken. Was hatte sein Chef vor? Warum war er nicht informiert worden?, fuhr es ihm durch den Kopf. Er mochte keine Sonderkommission. Ein Haufen Leute, ein Haufen Geschwätz und die endlos langen Lagebesprechungen passten nicht zu seiner Arbeitsweise. Grießinger war bestimmt kein Einzelgänger, sondern eben ein Schaffer, der mit Präsentationen, Flipcharts und Mindmaps nichts anzufangen wusste. Trotzdem bemühte er sich, freundlich zu bleiben. Er würde insgeheim schon einen Weg finden, wie er ohne diese neumodischen Ermittlungsmethoden den Täter auf seine Art fassen konnte. Und Grießinger mochte keine Heimlichkeiten. Mit einem etwas verzwungenen Lächeln antwortete er:

»Aber sicher, Herr Kollege Möhrle, eine wirklich hervorragende Idee. Mein Chef wird wissen, was er tut. Was halten Sie von *Soko Heidengraben*?«

Grießingers Tonfall klang ätzend-süß.

Haible und Baisch sahen sich fassungslos an. Hatten sie gerade richtig gehört? Äußerte sich ihr Chef positiv zur Einrichtung einer Soko? Unvorstellbar!

Lichtner hingegen grinste zufrieden in die Runde. Er würde sich auf jeden Fall für die Gründung einer Soko Heidengraben aussprechen. Außerdem musste er jetzt dringend telefonieren. Unter diesen Umständen würde Emilie nicht nein sagen können.

Rainer Möhrle hielt Grießinger seine Hand hin und störte ihn damit in seinen Gedanken.

»Hervorragend, Kollege, ganz ausgezeichnet. Gemeinsam führen wir den Vorsitz der Soko Heidengraben. Ich könnte die Gesamtleitung, die Pressearbeit und Koordinierung der Abteilungen im Innendienst übernehmen, und Sie sind für die Ermittlungsarbeit vor Ort zuständig. Auf gute Zusammenarbeit!«

Bei diesen Worten griff er Grießingers Hand und schüttelte sie heftig. Der Reutlinger Kriminalhauptkommissar brummelte etwas vor sich hin, das als Zustimmung gedeutet werden konnte, und verschränkte seine Hände auf dem Rücken. Dann nickte er mühsam freundlich in die Runde und verabschiedete sich.

»Wir täten dann telefonieren, Kollege Möhrle. Vermutlich am besten gleich morgen früh, wegen der weiteren Abstimmungen, oder? Ansonsten wünsche ich Ihnen noch erfolgreiche Ermittlungen und einen guten Tag, die Herren.« Mit diesen Worten drehte er sich um und verließ den Erdwall. Jetzt sah Rainer Möhrle etwas verdattert aus. Haible beruhigte ihn jedoch hastig: »Des dürfet Sie nicht falsch verstehen. Vermutlich verspürt mein Chef nur einen ordentlichen Hunger. Um diese Uhrzeit pflegt er sonst sein Vesper einzunehmen.«

Baisch musste bei den etwas gestelzten Worten seines Kollegen grinsen. Rainer Möhrle erwiderte: »Das geht schon in Ordnung, meine Herren.«

Lichtner klopfte ihm in Vorübergehen kollegial auf die Schulter und meinte abschließend: »Nehmen Sie bei dem Grießinger alles Ernst, aber nichts persönlich, und stören Sie ihn nach Möglichkeit niemals beim Vespern.«

Möhrle blieb mit vielen Fragen und leicht verstört zurück. Dieser Grießinger schien doch etwas speziell zu sein.

18

»So ein Allmachtsscheiß, so ein glombiger!« Grießinger fluchte wie ein Bierkutscher, kaum dass er im Wagen von Fritz Lichtner saß. »Jetzt will dieser Granadaseggl eine Soko! Was glaubt der eigentlich?«

»Werter Herr Kollege Grießinger! Diese Worte aus Ihrem Munde verwundern mich nun doch sehr. Vorher klang das eher nach Zustimmung. Sogar einen Namen haben Sie gleich vorgeschlagen. Mit Verlaub, Commissario, Ihren Namensvorschlag *Soko Heidengraben* finde ich übrigens sehr gelungen.«

»Einen Dreck hab ich, Lichtner! Zwischen ja und ja gibt es im Schwäbischen durchaus einen hörbaren Unterschied. Mit mir wird es auf keinen Fall eine Soko geben.«

Baisch versuchte behutsam zu vermitteln.

»Jetzt beruhige dich, Josef. Noch gibt es offiziell keine Soko, und der Kollege Lichtner wollte nur deine Worte wiedergeben.«

Grießinger schwieg während der gesamten Fahrt nach Reutlingen. Still trauerte er den Zeiten nach, in denen er sich weder mit einer Frau Lämmle noch mit irgendwelchen Sonderkommissionen herumärgern musste. In mehr als dreißig Jahren Dienstzeit gab es an seiner Erfolgsquote nichts auszusetzen. Sein alter Chef hatte ihm immer die komplizierten Fälle gegeben. Warum sollte dies jetzt plötzlich anders sein? Nur weil sein neuer Chef neumodische Ermittlungsmethoden wollte? Die Mordmotive waren heute die gleichen wie vor hundert Jahren. Eifersucht, Habgier und Macht.

Auf dem Parkplatz der Polizeidirektion stiegen Grießinger, Baisch und Haible aus, während Lichtner zur Pathologie nach Tübingen weiterfuhr. Die drei Kommissare gingen in ihr Büro, holten ihre Vesperutensilien aus den Schränken und richteten sich auf eine gemütliche Mittagspause ein. Grießinger schnitt gerade hoch konzentriert von einem Stück Rauchfleisch möglichst dünne Scheiben herunter, als plötzlich die Bürotür aufgerissen wurde.

»Himmel, Arsch und Zwirn, welcher Seggel kommt hier rein und kann noch nicht einmal anklopfen. Ich hätte mir fast in den Finger geschnitten.« Fluchte Grießinger und hielt sich den Daumen. Als er allerdings seinen Blick vom Rauchfleisch in Richtung Tür hob, erschrak er. Dort stand Thomas Reitzle, der Leiter der Reutlinger Kriminalpolizei und hinter ihm der Oberstaatsanwalt.

Beide schienen nicht auf ein unterhaltsames Schwätzle vorbeigekommen zu sein, sondern nach dem hochroten Kopf Reitzles zu schließen, eher um ordentlich Dampf abzulassen.

»Grießinger, reißen Sie sich zusammen. Warum erfahre ich von Ihrem Esslinger Kollegen, dass es wieder eine Tote am Heidengraben gegeben hat? Und warum sitzen Sie hier beim Vesper, während mich die Presse mit Fragen bombardiert und ich von nichts, aber auch von gar nichts weiß? Im Übrigen hätte der Herr Oberstaatsanwalt nach einer Woche gerne zumindest einen Zwischenbericht vom Stand der Ermittlungen. Sind wir hier eigentlich eine Vesperstube und Mostbesen?«

So hatten Baisch und Haible ihren obersten Chef noch nicht

erlebt. Im Allgemeinen war Thomas Reitzle ein zurückhaltender, stets elegant gekleideter und freundlicher Mensch. Er hielt ihnen für ihre Arbeit den Rücken frei und hatte immer ein offenes Ohr für die Sorgen und Wünsche seiner Mitarbeiter.

Die beiden Kommissare verschwanden möglichst unbemerkt an ihre Schreibtische und blätterten mit eingezogenen Köpfen mehr oder weniger interessiert in ihren Akten. Grießinger blieb vollkommen ruhig. Als ob nichts geschehen wäre, säbelte er weiter an seinem Rauchfleisch herum.

»Jetzt erst mal guten Mittag, Herr Reitzle, guten Mittag, Herr Doktor Pfisterer. Nehmen Sie bitte Platz, und wir klären das in Ruhe miteinander.«

Eine von Grießingers Stärken war es, immer ruhiger zu werden, je lauter und turbulenter eine Situation sich entwickelte. Er wartete, bis sein Chef und der Oberstaatsanwalt sich geräuschvoll hingesetzt hatten. Sie wirkten noch immer sehr aufgebracht.

»Darf ich Ihnen ein hervorragendes Rauchfleisch von der Metzgerei Schenk & Weiler aus Hülben anbieten, oder lieber einen Albschinken vom Fallenschütz? Mit diesen Worten schob er ihnen ein Holzbrett mit feinen Streifen Rauchfleisch hin.

Reitzle und Pfisterer winkten unwirsch ab.

»Kommen wir zur Sache, Herr Kriminalhauptkommissar Grießinger. Wir erwarten eine Erklärung von Ihnen!«

»Also, meine Herrschaften«, begann Grießinger, »der Esslinger Kollege ist eben ein ganz zackiger und dynamischer, der am Heidengraben den großen Fall wittert. Wir wissen selber erst seit heute Morgen um 09:15 Uhr, dass es am Heidengraben eine zweite Tote gab. In Anbetracht der Kürze der Zeit fehlen uns die hieb- und stichfesten Beweise für den gleichen Täter. Meiner Meinung nach war es dieses Mal ein Trittbrettfahrer, der sich an den ersten Mord drangehängt hat. Einen Bericht gibt es noch nicht, weil wir gerade erst gekommen sind. Neue Erkenntnisse haben wir seit der Beerdigung am Freitag. Ich tät Ihnen empfehlen, der Presse zu erklären, dass die Vermutung mit dem Serienmörder am Heidengraben bis auf Weiteres vollkommener Unfug ist. Und überhaupt sollte man aus Rücksicht auf die laufenden Ermittlungen eine Nachrichtensperre verhängen.«

Er machte eine Pause und griff nach einem Streifen Rauchfleisch.

»Und im Übrigen schaffen wir mit einem Loch im Ranzen nicht halb so gut, wie wenn wir gut gevespert haben. Wollen Sie wirklich nicht das hervorragende Rauchfleisch probieren, meine Herren?«

Grießinger lehnte sich entspannt zurück und wartete auf eine Reaktion seines Chefs und des Oberstaatsanwalts.

»Grießinger, so einfach kommen Sie mir dieses Mal nicht aus der Sache raus. Ich erwarte Ergebnisse und keine Ausflüchte. Von der KTU habe ich in einem Gespräch erfahren, dass es durchaus besorgniserregende Anhaltspunkte für einen Serientäter gibt. Der Herr Oberstaatsanwalt und ich sind uns deshalb einig, dass eine Sonderkommission gegründet werden muss, um mit allen verfügbaren Kräften die Ermittlungen voranzutreiben. Wir haben uns diesbezüglich bereits mit den Esslinger Kollegen abgestimmt, die unseren Vorschlag in vollem Umfang unterstützen.«

Reitzle verschränkte die Arme vor der Brust und blickte jetzt fast triumphierend in die Runde. Der Oberstaatsanwalt pflichtete ihm durch Kopfnicken bei. Grießinger ließ sich nichts anmerken. Nur wer ihn lange kannte, sah wie sein Lächeln versteinerte und er innerlich bebte. Aber wenigstens erwähnte Reitzle diese Frau Lämmle bisher nicht.

»Schon recht, Chef, wenn Sie meinen, dann stellen wir halt eine Soko zusammen.«

Grießingers Augen blitzen kurz auf, äußerlich wirkte er noch immer sehr ruhig.

»Na, sehen Sie, es geht doch, Herr Grießinger, dann packen wir es an.«

Dabei blickte Reitzle triumphierend zum Oberstaatsanwalt.

»Ich werde sofort alle notwendigen Schritte in die Wege leiten. Als Namen für die Sonderkommission schlage ich vor *Soko Heidengraben*. Das ist doch sehr passend?«

Lichtner, du Verräter, du Seggel, so ein Mostkopf, so ein elendicher. Grießinger fluchte lautlos in sich hinein. Er hatte bereits geahnt, dass dieser KTU-Fritze dahinter steckte. Jetzt wusste er es sicher. Baisch und Haible ahnten, dass turbulente und ungemütliche Zeiten auf sie zukommen würden und zogen quasi präventiv den Kopf ein.

Wohl oder übel stimmte Grießinger den Vorschlägen Reitzles zu und bekräftigte scheinheilig, wie passend auch er den Namen der Soko fand. Allerdings konnte er sich die Bemerkung nicht verkneifen, dass momentan eher zwei Sonderkommissionen angebracht seien, weil ja noch kein beweisbarer Zusammenhang zwischen beiden Verbrechen bestehe.

»Jetzt sind Sie mal nicht so kleinlich, werter Herr Grießinger. Aber auch dafür habe ich bereits eine Lösung gefunden. Ich werde Ihren Kollegen Rainer Möhrle als Leiter Gesamtkoordination und Pressearbeit der Soko vorschlagen und Sie als Zuständigen für die Ermittlungen vor Ort. Ist das nicht brillant?«

Reitzle griff jetzt doch nach dem Schinkenbrett und schob sich genüsslich mehrere der feinen Rauchfleischstreifen in den Mund.

»Mmmh, vorzüglich, Grießinger, dieser geräucherte Schinken ist wirklich ganz hervorragend!«

Grießinger gab sich für den Moment geschlagen, war jedoch noch längst nicht besiegt. Für heute hatte er allerdings genug eingesteckt. Es wartete noch viel Arbeit auf Grießinger und seine Kollegen.

»Wenn wir jetzt in Ruhe vespern könnten, dann täten wir auch gleich wieder schaffen.«

Der Kriminalhauptkommissar verstand beim Rauchfleisch keinen Spaß, und seine zwei Vorgesetzten schienen auf den Geschmack gekommen zu sein. Er wollte sie möglichst schnell los werden.

»Soll ich Ihnen was einpacken?«

Haible und Baisch zuckten zusammen. Sie fanden, ihr Chef übertrieb es manchmal und erwarteten ein erneutes Donnerwetter von Reitzle.

Dieser blieb erstaunlich gelassen. Grießingers Tonfall und seine Provokation waren ihm nicht entgangen, aber er wusste durchaus auch, was er an dem Kommissar hatte. Reitzle gab Dr. Pfisterer ein Zeichen, und ohne großes Aufheben verließen sie das Büro der Mordkommission. Als die Tür fast geschlossen war, drückte Reitzle nochmals seinen Kopf durch den Türspalt.

»Meine Herren, einen Guten, und das nächste Mal könnten Sie mir auch ein Rauchfleisch mitbringen! Übermorgen habe ich dann endlich einen Bericht auf meinem Schreibtisch!«

Die Tür fiel ins Schloss und die drei Kommissare sahen sich an. So ganz ohne war er ja nicht, dieser Reitzle. Grießinger schob sich genüsslich einen weiteren Streifen Rauchfleisch in den Mund.

»Und jetzt?«

Baisch war verblüfft, angesichts der demonstrativen Gelassenheit seines Chefs.

»Haible, du hast doch eine Schwester in Hülben, oder?«

Haible nickte: »Schon. Die Roswitha wohnt im Haus unserer Eltern.«

Haible war verunsichert. Was interessierte den Chef seine Familie?

»Mensch, Haible, du bist doch sonst auf Zack. Deine Schwester, die Roswitha, lebt schon immer in Hülben. Da müsste sie doch wissen, was im Ort läuft, oder?«

»Schon.« Wieder nickte Haible. Manchmal war er ein wenig schwer von Begriff.

»Hast du nicht einmal erzählt, dass deine Schwester das Backhaus betreut?«

Baisch sah seinen Kollegen fragend an.

»Wegen?«

Haible wollte seine Schwester eigentlich aus der Sache heraushalten.

»Haible, jetzt sei doch nicht so stur! Als Backfrau ist sie bestens informiert, und genau so jemanden brauchen wir. Meinst du, sie tät uns heute Abend noch kurzfristig auf ein Bierle einladen? Ich tät dann auch zwei, drei Büchsle Wurst dazu spendieren.«

Grießinger blickte Haible unschuldig an.

»Besser, mr denkt ällas, was mr sagt, als mr sagt ällas, was mr denkt«, grummelte Haible. »Ich frag sie. Aber bloß einmal. Sonst ruft sie mich am Tag fünfmal an, und will wissen, ob wir den Mörder schon haben. Die Roswitha ist keine Gewöhnliche.«

Jetzt grinsten Baisch und Grießinger gemeinsam um die Wette. Das Vesper schmeckte gleich doppelt so gut. Haible ging in sein Büro und wählte die Nummer seiner Schwester. Es dauerte eine Weile, bis sie endlich den Hörer abnahm.

Grießinger und Baisch hörten ihm beim Telefonieren zu. Seine Schwester schien gleich Feuer und Flamme zu sein, bei einer Mordermittlung mitzuarbeiten.

Haible fragte: »Könnten wir vielleicht heute noch bei dir vorbeikommen, Schwester? Möglicherweise kannst du uns wichtige Hinweise geben.« – »Ein bissle dauert es schon noch, Roswitha. Ich denk, zum Vesper schaffen wir es. Also bis später!« Haible verdrehte die Augen und legte auf.

»Sie richtet ein Vesper her, und sie steht uns für alle Fragen selbstverständlich zur Verfügung.«

Haible hatte einen leidenden Blick, als er seinen Kollegen von dem Telefonat berichtete. Er wusste nur zu gut, was sich jetzt in Hülben abspielen würde. Roswitha, seine altledige Schwester, würde die gesamte Nachbarschaft, die Metzgersfrau, die Friseurin, die Bäckersfrau, den gesamten Kirchengemeinderat und vermutlich auch den Bürgermeister informieren. Haible war sich sicher, dass der Bürgermeister es zuerst erfahren würde. Eine Sensation im kleinen Ort Hülben: Die Kriminalpolizei zu Besuch bei der wichtigen Zeugin Roswitha Haible. Das würde sich wie ein Lauffeuer verbreiten. Und tatsächlich dauerte es nicht lange, bis das Telefon klingelte.

»Kriminalhauptkommissar Grießinger, Josef am Apparat.«

»Grüß Gott, hier spricht Bürgermeister Wölfle.«

»Ich sage nur Roswitha Haible! Haben Sie die losgelassen, Herr Kriminalhauptkommissar?«, fragte der Bürgermeister. Grießinger gluckste und versuchte ernst zu bleiben.

»Auweh, dann sind Sie also bereits informiert.«

»Ausgiebig, Herr Kriminalhauptkommissar Grießinger. Ausgiebig und lautstark noch dazu. Aber das ist ein anderes Thema.

Kann ich Sie irgendwie bei Ihren Ermittlungen unterstützen? Sie wissen doch, welchen Schaden unsere Region durch diese unsäglichen Mordfälle nimmt. Und ausgerechnet am Heidengraben wurden die Toten gefunden. Ein Kulturdenkmal erster Güte. Aber das ist auch ein anderes Thema. Wir müssen dringend handeln, Herr Kriminalhauptkommissar. Meine Hülbener halten nicht mehr lange still.«

Grießinger war von diesem Hilfsangebot angenehm überrascht.

»Dankeschön, Herr Wölfle, sehr freundlich. Gerne tät ich in den nächsten Tagen auf Sie zukommen. Falls es etwas Neues gibt, werden Sie natürlich umgehend informiert. Auf Wiederhören, Herr Bürgermeister Wölfle. Vielen Dank nochmals, ja, auf Wiederhören.«

Bernd Wölfle, der Hülbener Bürgermeister, gehörte zur Generation der Alb-Bürgermeister, die bereit waren etwas zu wagen und Neues anzustoßen. Die Hülbener konnten manchmal seinem Tatendrang kaum folgen, obwohl die Einheimischen weithin als tatkräftige, fleißige Schaffer bekannt waren.

Baisch hatte unterdessen das Vesper abgeraumt. Er sah auf die Uhr. Fast viere. In etwa zwei Stunden sollten sie schon in Hülben sein. Zum Vespern und Fragen stellen. Mit kreisenden Bewegungen strich er über seinen Bauchansatz. Manchmal war dieser Job saumäßig anstrengend.

19

Die drei Kriminalkommissare trafen kurz nach sechs in Hülben bei Roswitha Haible ein. Sie betraten die große Wohnküche, in der sich eine Sitzgruppe mit Eckbank, Stühlen und einem großen Küchentisch befand. Dieser Tisch bot ein eindrucksvolles Bild. Haible, Baisch und Grießinger blickten ungläubig auf die Unmengen Wurstsalat, Rauchfleisch, Fleischsalat, Schinkenwurst geraucht, Schwarzwurst, Pfefferbeißer, Griebenschmalz, Essiggurken und Albkäs und einen Krug Most.

»Zwick mich Baisch, ich glaub, ich bin in einem schwäbischen Vesperparadies gelandet.« Grießinger machte große Augen.

»Noi, Chef, du träumst nicht, du musst dich nur hinsetzen und zugreifen«, sagte Baisch mit einer einladenden Handbewegung zur Eckbank hin. Grießinger rieb sich die Hände und setzte sich als erster gemütlich hin. Baisch und Haible nahmen auf der langen Seite nebeneinander Platz. Roswitha Haible stemmte ihre Hände in die Hüften und überblickte zufrieden das Szenario.

»So, meine Herren, ich hoff, das Vesper ist recht und wünsch einen guten Appetit, lassen Sie es sich nur recht gut schmecken.«

Das ließen sich die Kommissare nicht zweimal sagen. Obwohl die letzte Mahlzeit im Büro noch nicht allzu lange zurücklag, griffen sie beherzt zu. Genüssliches Kauen, Schmatzen und Mostschlürfen erfüllte die Küche.

»Schmeckt's, meine Herren?«, fragte Roswitha Haible.

»Ed gschumpfa ischt genug globt, Schwesterherz«, sagte ihr Bruder mampfend.

»Ausgezeichnet, ganz ausgezeichnet, Frau Haible, wirklich ausgezeichnet!«, Grießinger kam aus dem Loben kaum heraus und nahm sich nochmal von der herrlich würzigen Schwarzwurst.

Roswitha Haible stocherte selbst eher lustlos im Wurstsalatberg auf ihrem Teller herum. Ihre Neugier ließ sie fast platzen. Unruhig rutschte sie auf ihrem Stuhl hin und her.

»Roswitha, juckts Fiedle oder warum musst du so rumhibbla?«

Ihr älterer Bruder sah sie mit genervtem Blick an.

»Jetzt fraget doch endlich, ob i was über die Mordfälle weiß.«

Grießinger erbarmte sich ihrer. Behäbig lehnte er sich mit einem Stück Schwarzwurst in der Hand zurück. Nach den Hemdknöpfen zu urteilen, spannte sein Ranzen heftig, aber aufgeben wollte er noch nicht. Schlimmstenfalls würde er pausieren.

»Frau Haible, das Vesper, vorzüglich, wie schon gesagt. Einfach bloß gut. Sagen Sie, wissen Sie etwas von einem gewissen Falk Ludwig?«

»Den Spinner im Wald meinen Sie? So ein Verrückter, der mit

seine Leut zwischen den Bäumen herumspringt und einen Blödsinn rausschwätzt, dass die Wildsauen davonrennen? Meinen Sie den?«

Grießinger lächelte.

»Des ist ein ganz krummer Hund. Die Frau Beierle hat mir erzählt, dass der mit mehreren Frauen zusammenleben soll. Der Hubbe Meier, der Waldarbeiter hat sie mal gesehen, wie sie nackig durch den Wald gesprungen sind, und hinten am Kienbein, im Wäldle vor der Karlslinde, haben sie Steine so hoch wie der Tisch aufgestellt. Und dann hat der Hubbe noch zwei Frauen nackig im Zelt gesehen.«

Frau Haible kam in Fahrt und redete ohne Punkt und Komma. Als sie das erste Mal Luft holte, ergriff Grießinger die Gelegenheit.

»Stooopp! Machen Sie langsam, gute Frau, eins nach dem andern bitte.«

Roswitha Haible zuckte zusammen und unterbrach ihren Redeschwall.

»Wo wohnt denn der Meier Hubbe?«

Grießinger hatte sein Notizheft geöffnet.

»In Grabenstetten…«

Grießinger blieb dran und schob, bevor sie wieder loslegen konnte, die nächste Frage hinterher.

»Hat dieser Hubbe Meier, der Frau Beierle auch erzählt, wo der Falk Ludwig wohnt?«

»Im Wald, die schlafen alle draußen, hat die Frau Beierle erzählt. Egal ob es seucht oder saukalt ist. Die Klara sagt aber, dass der ein Zimmer in Hülben haben soll. Bei der alten Amtsbotin.«

»Hervorragend, Frau Haible. Das hilft uns bestimmt weiter. Können Sie uns auch etwas über das erste Opfer, die Juliana Buck, erzählen. Wie war denn die?«, fragte Grießinger weiter.

»Was soll ich da sagen? Ein freundliches Mädle war's. Hübsch mit ihre blonde Haar. Die Eltern sind Schaffer und der Vater ist im Kirchengemeinderat.«

Haibles Schwester war plötzlich ziemlich einsilbig. Grießinger spürte, dass er jetzt nicht nachlassen durfte.

»Sonst wissen Sie nichts, Frau Haible? Schade aber auch. Vielleicht täten Sie noch einmal genau überlegen.« Aus der Freundlichkeit des Kriminalhauptkommissars konnte man durchaus eine gewisse Schärfe heraushören.

»Herr Oberkriminalinspektor, über Tote sollte man nichts Schlimmes erzählen, oder? Das gehört sich nicht.«

Grießinger war sich nicht sicher, ob Frau Haible sich tatsächlich immer an diese Grundsätze hielt.

»Frau Haible, jetzt sind Sie nur so gut. Es geht um einen Mordfall, und ihre Aussagen könnten helfen, den Mörder festzunehmen. Auf, was war mit der Juliana?«, drängte Grießinger.

»Ha, wissen Sie, recht herumgetrieben hat sie sich halt. Ein richtiger Springsinsfeld eben. Manchem Buben verdrehte sie den Kopf und ließ ihn dann sitzen. Die Eltern mussten einiges mitmachen mit der Juliana. Am schlimmsten hat es aber den Marco getroffen, den Sohn vom Hülenbauer. Da hat man schon von der Hochzeit gschwätzt. Bis dieser Keltenseggel aufgetaucht ist. Ab dem Tag war es vorbei mit der großen Liebe. Die Juliana ist dem wie ein Hundle hinterhergesprungen. Der Vater von ihr hat alles versucht, aber ab dem Tag war das Mädle ein anderer Mensch.

Der Marco leidet noch immer. Der versteht die Welt nicht mehr. Einmal hat er sie auf einem Fest getroffen. Da kam es zu einem Zwischenfall. Er wollte, dass sie wieder zu ihm zurückkommt und hatte vermutlich zu viel Schnäpsle getrunken. Als sie ihn einfach stehen ließ, hat er ihr ordentlich eine gelangt. Ich war ja nicht dabei, aber die Leut sagen, das wär nicht ganz verkehrt gewesen.«

Baisch hatte aufmerksam zugehört.

»Hätten Sie mir vielleicht einen Nachnamen und eine Anschrift von diesem Marco vom Hülenbauer?«

»Der wohnt draußen, auf dem großen Bauernhof. Den können Sie nicht verfehlen.«

»Gab es noch andere gebrochene Männerherzen, die aufgefallen sind?«

»Noi, mir ist sonst nichts bekannt.«

Roswitha Haible überlegte kurz.

»Oder warten Sie mal! Die Ladnerin hat mir erzählt, sie hätte das Fräulein Buck mit so einem jungen Studenten gesehen. Des war wohl so ein ganz Zarter. Anscheinend hat sie den wie einen Knecht behandelt, als die beiden im Lädle waren.«

Grießinger sah seine Kollegen vielsagend an. So allmählich zeichnete sich ein deutlicheres Bild von Juliana Buck ab.

»Waren dieser Falk Ludwig und die Juliana ein Paar?«

»Ha, die Meierin hat sie doch gesehen. Besser gesagt ihr Mann, der Hubbe. Frühmorgens sind die zwei nackig aus so einem alten VW-Bus ausgestiegen. Das isch dem Seggel sei Liebesnest, hat der Mann von der Meierin gesagt. Ich sag's Ihnen: ein gottwidriges Luder! Nackig ist sie aus dem Bus gestiegen, und der ganze Arbeitstrupp vom Hubbe hat sie gesehen!«

»Roswitha, jetzt mach nur langsam. Gottwidrigkeit ist schon starker Tobak. Des sagt man nicht so leicht.«

Roswitha Haible machte eine wegwerfende Handbewegung.

»Was wahr ist, muss man auch sagen dürfen, oder? Herr Oberkriminalinspektor, was meinen Sie?«

»Schon recht, verehrte Frau Haible, erzählen Sie nur.«

Ihrem Bruder hingegen dappte er unter dem Tisch heftig ans Schienbein.

»Wissen Sie auch was von der Eugenie Kächele, dem zweiten Mordopfer?«

»Des war ein Blitz, ich sag's Ihnen. An der ist ein Bub verloren gegangen. Die hat kein Fest ausgelassen und konnte mit den Burschen mittrinken, dass einem fast Angst geworden ist.«

»Hat sie auch Männergeschichten gehabt?«

»Noi, ganz bestimmt nicht, Herr Kriminaloberinspektor. Vor der hatten die Burschen doch viel zu viel Respekt. Eine Zeit lang hat es geheißen, die wär andersrum. Sie wissen schon.« Roswitha Haible redete sich so langsam richtig in Rage. Aber Grießinger beruhigte sie.

»Ich denk, ich versteh schon, was Sie meinen. Hat der Hubbe Meier die nackigen Frauen im Zelt eigentlich erkannt?«

»Des hat seine Frau auch wissen wollen. Aber er hat gesagt es sei noch zu dunkel gewesen. Und sie haben ihre Gesichter gleich versteckt.«

Und sonst, gab es sonst nichts? Kein Streit, keine Feinde, keine pikanten Details?« Grießinger wollte jetzt alles wissen.

»Man hat geschwätzt, dass sie sich nie in der Kirch hat blicken lassen. Und in der Stund war sie auch nirgends. Aber ihre Leut haben es auch nicht viel besser gehalten. Es sind halt auch Hereingschmeckte. Früher hätte es so was nicht gegeben!«

»Die Stund hat sie geschwänzt, so, so. Könnte es Leute geben, die sie wegen so was umbringen täten?« Grießingers Frage klang ein wenig ironisch.

Roswitha Haible lächelte und sagte: »Ha, direkt umbringen nicht, aber ordentlich eine auf die Backen hauen schon. Bei uns ist das Schaffen mehr wert, wie dumm rausschwätzen und faulenzen. Wer schafft, kommt schon nicht auf dumme Gedanken. Und am Sonntag gehen hier alle in die Kirch.«

Grießinger nickte und seine Kollegen stimmten Frau Haible ebenfalls zu. Eine Diskussion über Glauben und Rechtschaffenheit wollten sie unbedingt vermeiden.

»Frau Haible, ich denke, Sie haben uns sehr geholfen. Ganz besonders herzlichen Dank für das hervorragende Vesper und den Most. Selten habe ich so eine angenehme Zeugenbefragung erlebt.«

»War's das schon?« Roswitha Haible klang beinahe enttäuscht. Und das, obwohl es inzwischen weit nach acht Uhr war.

»Wollen Sie nicht noch wissen, was der Keltenseggel bei der Ladnerin eingekauft hat. Und übrigens, von dem Marco brauchen Sie nichts wollen. Das ist ein ganz Lieber. Der schafft sein Sach und hilft seinem Vater.«

»Ein ganz Lieber, der gern seine Exfreundin ohrfeigt, oder?«

Grießinger stand auf und seine Kollegen folgten ihm. Gerade wollten sie die Küche verlassen, da holte Grießinger eine Visitenkarte aus seiner Kitteltasche und legte sie auf die Küchenarbeitsplatte.

»Sollte Ihnen doch noch etwas einfallen, dann rufen Sie mich ruhig an.«

Haible war sichtlich erleichtert. Damit blieben ihm zumindest weitere Telefonate mit seiner neugierigen Schwester erspart.

20

Am nächsten Morgen im Büro in Reutlingen legte Grießinger seine karierte Schiebermütze sorgfältig auf die Hutablage, hängte seine Allwetterjacke an den Kleiderhaken und ging gut gelaunt zu seinem Schreibtisch. Die Informationen von Haibles Schwester gestern Abend klangen sehr vielversprechend. Endlich zeigten sich greifbare Ermittlungsansätze. Mit Bedacht nahm er die Vesperdose aus seiner braunen Aktentasche. Er freute sich bereits auf die harte Pfefferschwarzwurst, die ihm seine Martha eingepackt hatte.

Das Telefon klingelte. Thomas Reitzle wollte den Kriminalhauptkommissar an die heutige Gründung der Sonderkommission erinnern.

»Wir sehen uns dann um halb zehn zur ersten großen Lagebesprechung, Herr Grießinger.«

»Eher nicht, Herr Reitzle.«

Am anderen Ende der Leitung herrschte gespannte Stille. Grießinger rückte seine Vesperbüchse noch etwas mehr nach rechts und wartete.

»Kriminalhauptkommissar Grießinger, Sie sollten mir jetzt sehr gute Gründe nennen, warum Sie eine Dienstanweisung nicht befolgen wollen«, sagte Reitzle in einem Ton, der Grießinger signalisierte, dass es jetzt ernst wurde.

»Gefahr im Verzug, Chef. Wir haben eine heiße Spur und sollten eigentlich schon unterwegs sein. Die SoKo muss leider vorerst auf mich verzichten. Und der Bericht wird auch noch etwas brauchen, Chef.«

Stille. Reitzle schien nachzudenken und fragte dann: »Und das soll heißen, Herr Kriminalhauptkommissar?«

»Wir brauchen noch bis Anfang nächster Woche.« Sagte Grießinger ruhig und wartete die Antwort seines Chefs ab.

»Am Montag habe ich neue Ermittlungsergebnisse und den Zwischenbericht auf meinem Schreibtisch. Unaufgefordert! Dienstag nächster Woche ist spätestens um 9:00 Uhr große Lagebesprechung mit der Soko Heidengraben. Mit oder ohne Sie. Habe ich mich deutlich genug ausgedrückt?«

Grießinger freute sich diebisch.

»Hanoi, Chef, alles verstanden. Selbstverständlich liegt am Montag der Bericht auf Ihrem Tisch. Könnten Sie eventuell dem Esslinger Kollegen noch die kurze Verzögerung mitteilen? Sagen Sie ihm auch einen schönen Gruß und dass es mir schon saumäßig leid tät, dass wir nicht ab sofort gemeinsam ermitteln können«, sagte Grießinger und wusste, wie weit er sich dabei aus dem Fenster lehnte. Schließlich war Reitzle sein Vorgesetzter.

»Montag, und keinen Tag länger, Herr Grießinger. Viel Erfolg für Ihre neuen Ermittlungen.«

Bevor sich Grießinger verabschieden konnte, hatte Reitzle aufgelegt. So kurz angebunden kannte Grießinger seinen Chef bisher nicht.

Erleichtert atmete der Kriminalkommissar auf. Die Vorstellung mit einer großen Soko ermitteln zu müssen, hatte ihm schwer im Magen gelegen. Fürs Erste war dieses Problem gelöst.

Die Bürotür öffnete sich. Haible und Baisch betraten beschwingt das Büro und schmetterten gemeinsam ein »Guten Morgen, Chef!« in Richtung Grießinger.

»Schon recht, Herrschaften. Fast pünktlich heut. Es tät einen Haufen Arbeit geben. Packen wir es an!«

Haible und Baisch verdrehten die Augen. Eigentlich waren sie heute auf die erste große Lagebesprechung der Soko Heidengraben eingestellt.

»Josef, ist dir der Termin mit der Soko entfallen?«, fragte Baisch.

»Abgesagt!«, antwortete Grießinger kurz und knapp.

Grießinger blickte von Haible zu Baisch und guckte so unschuldig, wie es nur ein Grießinger aus Upflamör konnte.

Haible und Baisch erblassten etwas bei der Vorstellung, dass ihr Chef den Soko Termin einfach verschoben haben könnte. Grießinger sah die besorgten Fragezeichen in ihren Gesichtern.

»Nur keine Sorgen, Herrschaften. Der Chef hat den Termin heute abgesagt und auf Dienstag verschoben, nachdem ich ihm gesagt habe, dass wir dringend noch ermitteln müssen. Unaufschiebbar, quasi.« Grießinger konnte sich ein Lächeln nicht verkneifen.

»Sackzement, bist schon ein Fuchs, Josef«, meinte Haible.

»Jetzt müssen wir es aber auch laufen lassen: Haible, ruf auf dem Forstamt an, wo wir den Waldarbeiter Hubert Meier heute finden. Dann würde ich noch gern zu dem Marco Strecker, dem Sohn vom Hülenbauer, den rufst du aber nicht an. Im Anschluss statten wir unserem stürmischen Freund Schänzle im Grabungscamp noch einen Besuch ab.«

»Und dieser Falk Ludwig. Sollten wir bei dem nicht auch ein Bsüchle machen? Ich mein bloß, Chef, wenn wir sowieso auf der Alb sind. Der soll doch bei der alten Amtsbotin wohnen, oder?«, fragte Baisch.

»Schon recht, Baisch. Ich glaub zwar nicht, dass der daheim ist, aber einen Versuch ist es wert. Es gäbe da ein paar Dinge, die er uns erklären müsste.«

Während Haible telefonisch den Waldarbeiter ausfindig machte, packte Grießinger sein Vesper wieder sorgfältig in die braune Aktentasche. Dieses Mal würde er nicht hungern. Egal, was da käme.

21

Emilie stand vor dem Spiegel im Bad und fragte sich, warum die erste große Lagebesprechung der Soko bereits um halb neun stattfinden musste? Emilie hatte keine Lust auf die Fahrt nach Reutlingen, keine Lust auf Grießinger und keine Lust auf eine stundenlange Sitzung in einem stickigen Raum. Nicht einmal die Aussicht auf die obligatorischen Butterbrezeln, dem urschwäbischen Sitzungsbackwerk, konnte sie locken. Im Gegensatz zu professionellen Sitzungsmenschen wie beispielsweise Theo, konnte sie dem Laugengebäck durchaus noch etwas abgewinnen. Erst vor ein paar Tagen hatte ihr Mann eine interessante These zu Sitzungsbrezeln aufgestellt. Er war zu der Überzeugung gelangt, dass die Wichtigkeit und Qualität einer Sitzung an der Qualität des Backwerks gemessen werden konnte. Außerdem hatte er festgestellt, dass die Butter auf den Brezeln ein deutliches Indiz für die Wertschätzung des Sitzungsleiters gegenüber den Sitzungsteilnehmern darstellt. Der schlimmste Fall – fast schon eine persönliche Beleidigung – war demnach eine Brezel vom Vortag, furztrocken, natürlich ohne Butter. Andererseits war es ein Zeichen größter Wertschätzung, eine Laugenbrezel zu servieren, deren Teig mit Schmalz geknetet, dann wohldosiert gebacken und maßvoll mit grobem Salz bestreut wurde.

Emilie war amüsiert, als sie an Theos Sitzungsbrezeltheorie dachte. Allmählich wurde sie richtig wach. Die Neugierde auf die erste große Lagebesprechung in ihrem Leben besiegte ihre morgendliche Unlust. Das Telefon klingelte, und Emilie zuckte unwillkürlich zusammen. Telefonate um diese Uhrzeit bedeuteten grundsätzlich nichts Gutes.

»Emilie Berta Lämmle.«

»Reitzle, Polizeidirektion Reutlingen, guten Morgen, Frau Lämmle.«

In kurzen Worten unterrichtete der Leiter der Kriminalpolizei Emilie über den verschobenen Soko-Termin. Was dann folgte, erstaunte Emilie.

»Ich möchte mich mit Ihnen, Herrn Lichtner, seiner Kollegin aus Esslingen und Herrn Möhrle heute trotzdem treffen. Sagen wir um zehn Uhr in meinem Büro. Ich denke, es wäre gut, wenn alle Beteiligten auf dem gleichen Ermittlungsstand sind und wir quasi aus externer Sicht den Fall beurteilen.«

»So, wäre das gut. Und was meint der werte Herr Kriminalhauptkommissar Grießinger zu dieser Informationsveranstaltung?«

»Nun ja, der von mir überaus geschätzte Kollege stellt derzeit eigene Ermittlungen an. Deshalb sollten wir versuchen, ihn von allen Seiten zu unterstützen. Verstehen Sie, Frau Lämmle?«

»Unsere Abmachung gilt noch immer, Herr Reitzle? Ich werde nicht direkt mit Grießinger zusammenarbeiten. Sie bleiben mein Ansprechpartner, und ich habe vollen Zugriff auf alle Ermittlungsergebnisse?«

»Meine Zusage gilt, und ich freue mich, Sie um Punkt zehn in meinem Büro zu sehen. Auf Wiederhören, Frau Lämmle.«

Emilie hörte das Klicken in der Leitung, bevor sie sich verabschieden konnte. Etwas verwirrt legte sie den Hörer auf. Was war denn das für ein Anruf? Wollte der Chef von Grießinger auf eigene Faust, ohne den Kriminalhauptkommissar, ermitteln? Oder brauchte er nur eine Bestätigung, dass die bisherigen Ermittlungen ihre Richtigkeit hatten und mit baldigen Ergebnissen zu rechnen sei? Reitzle schien ein größeres Problem zu haben.

Emilie rannte fast. Es war schon acht Minuten nach zehn Uhr. Am Ende des Ganges, vor der letzten Tür links, legte sie eine Vollbremsung ein und klopfte etwas außer Atem an die Bürotür von Kriminalrat Thomas Reitzle. Ab und zu gab es Momente, in denen sie ihren flexiblen Umgang mit dem Beginn von Terminen bereute. Sie mochte diesen Reitzle und seine direkte Art. Außerdem sah er gut aus, mit seinen stahlblauen Augen und der durchtrainierten Figur.

»Herein, Frau Lämmle.«

Verlegen öffnete sie die Tür. Vermutlich saßen alle da und warteten bereits auf sie. Pünktlichkeit hatte noch nie zu ihren Stärken gehört. Sie versuchte, mit guter Laune den möglicherweise vorhandenen Ärger über ihre Verspätung zu vertreiben. Emilie wollte also einen wunderschönen guten Morgen wünschen, als sie beim Anblick einer Sitzungsteilnehmerin vollkommen überrascht innehielt.

»Regine Oswald, du alte Kräuterhexe, Schamanin und Wunderheilerin!«, kreischte sie förmlich heraus. Sie stürzte auf ihre Bekannte zu, umarmte sie und drehte sich mit ihr ausgelassen im Kreis. Alle anderen Sitzungsteilnehmer schüttelten sichtlich irritiert ihre Köpfe. Nur Lichtner, der Gemütsmensch und *Emilie-Kenner*, genoss »Emilie live« in vollen Zügen.

Nach einer Weile beendeten die beiden Frauen ihren Freudentanz.

»Was machst du hier, Regine Oswald? Das letzte Mal haben wir uns auf einem Kräuterkurs im Odenwald gesehen.«

Das Räuspern von Thomas Reitzle war nicht zu überhören.

Regine Oswald flüsterte hastig: »Später, Emilie, lass uns im Anschluss an die Besprechungen einen Kaffee trinken gehen. Ich freu mich riesig, dich wiederzusehen. Herr Reitzle ist vermutlich etwas ungeduldig.«

Emilie drehte sich erschrocken um und blickte schuldbewusst in die Runde.

»'tschuldigung, ich wollte Sie nicht warten lassen. Könnt ich mir trotzdem noch einen Chai kochen?«

Dabei lächelte sie das unschuldigste Lächeln, zu dem sie fähig war. Wohl wissend, dass in den allermeisten Fällen die Wirkung nicht ausblieb.

Reitzle verdrehte die Augen und nickte schicksalsergeben.

Bald erfüllte der Duft von Zimt, Kardamon, Ingwer und Nelken den Raum. Emilie bot allen Anwesenden ein Tasse Chai an, die allerdings von den meisten dankend abgelehnt wurde. Nur Regine genoss das ungewohnte Sitzungsgetränk.

Der Leiter der Kriminalpolizei in Reutlingen stellte zunächst in knappen Worten den derzeitigen Ermittlungsstand dar. Noch knapper und ziemlich schmallippig fiel seine Erklärung für die Verschiebung der Soko aus. Dann lehnte er sich zurück, lockerte etwas seine Krawatte und blickte einen nach dem anderen in der Runde an. Stille. Emilie hielt es für klüger, jetzt nicht an ihrem Tee zu schlürfen.

»Meine Damen und Herren, wir haben ein Problem.«

»Grießinger!«

Lichtner blickte Reitzle offen an.

»So habe ich das nicht gemeint, Herr Lichtner. Kriminalhauptkommissar Grießinger hat mein vollstes Vertrauen, auch wenn er manchmal einen anderen Ermittlungsansatz als ich verfolgt. Die Erfolge geben ihm recht.«

»Warum sitzen wir dann hier?«

Lichtner ließ nicht locker, und Emilie verfolgte gespannt den Dialog der beiden Kriminaler.

»Wir sitzen hier, weil ich die Mordfälle für so brisant halte, dass eine zusätzliche Betrachtung durch sie als Experten nicht schaden kann. Insbesondere unser Esslinger Kollege, Herr Kriminalhauptkommissar Möhrle, hat sich in einem ähnlich gelagerten Fall bestens bewährt.«

Möhrle blickte ihn überrascht an.

»Sie sehen, Kollege Möhrle, ich bin bestens informiert. Zusätzlich verfügen wir hier mit Frau Oswald und Frau Lämmle über zwei ausgewiesene Expertinnen, wenn es sich, sagen wir es einmal vorsichtig, um Taten mit abnormen Tätermotiven handeln könnte. Die Fundorte und die Aufmachung der Leichen sprechen meiner Meinung nach eindeutig für einen sehr komplexen Tathintergrund.« Lichtner schüttelte den Kopf und sagte dann: »So sicher bin ich mir da nicht, Herr Kriminalrat Reitzle. Der Kollege Grießinger liegt möglicherweise doch nicht so falsch mit seinen Ermittlungen. Anfangs habe ich ja durchaus an einem Eifersuchtsmotiv oder einer anderen Beziehungstat gezweifelt. Die Untersuchungen meiner liebenswerten Kollegin Oswald und die meiner eigenen Wenigkeit haben jedoch ergeben, dass bei allen Parallelen zwei unterschiedliche Täter durchaus plausibel wären.«

Reitzle sah Lichtner fassungslos an. Er hatte Lichtners ersten Bericht gelesen und seine Zweifel gehört – und jetzt dieser Meinungsumschwung. Der Leiter der KTU spürte die Zweifel des Kriminalrats deutlich. Emilie sah Lichtner überrascht an. Wie konnte der Dicke so einen Unfug daherreden. Sie suchte den Blick von Regine Oswald. Diese blätterte jedoch konzentriert in ihren Unterlagen. Was wird hier gespielt, dachte sich Emilie.

Lichtner fuhr fast schon entschuldigend mit seinen Erläuterungen fort.

»Mein bisheriger Bericht legte einen Zusammenhang der

Mordfälle nahe. Als ich die Ergebnisse meiner Kollegin zu Gesicht bekam, tauchten bei mir erste Zweifel auf. Glauben Sie mir, Frau Oswald und ich haben harte 48 Stunden hinter uns. Wir sind mehrmals sämtliche Untersuchungsergebnisse und Erkenntnisse durchgegangen. Letztendlich hat sich daraus auch für uns ein erstaunliches Bild dieser beiden Mordfälle ergeben.

Gegen einen gemeinsamen Mörder spricht beispielsweise der unterschiedliche Stoff für der beiden weißen Gewänder. Erst bei genauerem Hinsehen erkannten wir, dass beide Kleider auch anders genäht worden sind. Beim zweiten Opfer wurde kein Amulett oder andere keltische Symbole gefunden. Mal abgesehen von einem Tattoo am Oberarm, das an ein keltisches Muster erinnern könnte.

Beide Leichen wiesen im Halsbereich Spuren von Melkfett auf. Wir konnten allerdings keine Übereinstimmung in der Zusammensetzung feststellen, sprich: Es fanden zwei unterschiedliche Melkfette Verwendung. Fest steht, dass beide vermutlich mit einem Lederriemen erdrosselt wurden.

Die Tatsache, dass sich an den Opfern übereinstimmende DNA-Spuren befanden, führen wir auf eine Person zurück, die mit beiden näher bekannt war. Interessant ist, dass bei Eugenie Kächele DNA-Spuren von Juliana Buck und umgekehrt gefunden wurden.

Wir beschäftigten uns nochmals intensiv mit den Fundorten der beiden Opfer. Bei Eugenie Kächele gehen wir davon aus, dass sie zufällig am Heidengraben gefunden wurde. Im Gegensatz zum anderen Opfer können wir in diesem Fall den Tatort ziemlich genau bestimmen. Eugenie Kächele wurde auf dem Parkplatz erdrosselt. Von dort wurde sie ein sehr kurzes Stück geschleift und dann vermutlich Richtung Heidengraben weggetragen. Wir haben es mit einem ziemlich kräftigen Täter zu tun. Der Fundort der Leiche hat meiner Meinung nach keinerlei Bedeutung, außer dass er dem Täter genügend Sichtschutz bot, um sein grausiges Werk zu vollenden. Vermutlich hätte es einige Tage gedauert, bis das Opfer dort oben gefunden worden wäre.

Juliana Buck hingegen wurde unserer Meinung nach bewusst

im offenen Gelände, im Eingang des ehemaligen Heidengraben-Zangentores abgelegt. Ihr Kopf war nach Westen zum Sonnenuntergang ausgerichtet. Diese Umstände sprechen möglicherweise für eine gewisse Symbolik. Irritiert sind wir nach wie vor von der Tatsache, dass beide Opfer entkleidet, gewaschen und quasi aufgebahrt wurden.

Auffällig waren allerdings die feinen Unterschiede hinsichtlich der Körperhaltung der Toten. Auf den ersten Blick sah alles gleich aus. Die geschlossenen, ausgestreckten Beine, die Armhaltung, die Kopfhaltung. Erst auf den Bildern wurde deutlich, dass bei den Händen von Juliana Buck die Handflächen nach oben und bei Eugenie Kächele nach unten gekehrt waren. Ein Täter, der seine Opfer akribisch wäscht und neu einkleidet, der sie akkurat hinlegt, würde auf solche Details achten.

Abschließend möchte ich also nochmals eindringlich darauf hinweisen, dass die Spurenlage nicht eindeutig belegt, mit wie vielen Tätern wir es zu tun haben. Entgegen meiner ursprünglichen Untersuchungsergebnisse wäre es durchaus möglich, dass unterschiedliche Täter in Frage kommen.«

Lichtner lehnte sich zufrieden zurück. Seine Esslinger Kollegin und er hatten gute Arbeit geleistet. Ein wenig bedauerte er, dass Emilie seine Erkenntnisse nicht teilen würde.

Betretenes Schweigen erfüllte das Büro des Kriminalrats. Weder Reitzle noch Emilie hatten mit diesen neuen Erkenntnissen der KTU gerechnet. Möhrle schwieg vermutlich demonstrativ. Er war enttäuscht, weil die Soko Heidengraben vorerst ihre Arbeit nicht aufnehmen würde. Die Reutlinger sollen doch selbst sehen, wohin dieses Chaos führen würde. Ein Kommissar, der auf eigene Faust ermittelte, eine KTU, die offensichtlich im ersten Durchlauf schlampig gearbeitet hatte, ein Kriminalrat mit Führungsschwäche. Möhrle verdrehte die Augen. Reitzle schienen ähnlich düstere Gedanken durch den Kopf zu gehen. Fast beschwörend richtete er sich an die Anwesenden.

»Aufgrund der neuen Erkenntnisse der KTU sollten wir alle Kräfte darauf verwenden, Kriminalhauptkommissar Grießinger bei seinen Ermittlungen zu unterstützen. Herr Möhrle, wie ursprünglich geplant übernehmen Sie die gesamte Pressearbeit. Wir besprechen im Anschluss an diese Sitzung die nächste Pressekonferenz. Lichtner und Oswald, Sie bilden gemeinsam ein Kompetenzteam für alle kriminaltechnischen Untersuchungen. Jedes Untersuchungsergebnis wird von Ihnen beiden überprüft.«

Emilie konnte sich kaum mehr beherrschen. Sie rutschte unruhig auf ihrem Stuhl hin und her. Als Herr Reitzle mit seiner Stellungnahme fertig war, machte sie ihrem Ärger endlich Luft.

»Was hier passiert, ärgert mich maßlos. Lichtner, ich staune nur, dass du anscheinend unbedingt zwei Täter haben willst. Sie, Herr Reitzle, machen einen Riesenfehler, wenn Sie nur nach zwei Tätern suchen lassen. Warum kann beispielsweise nicht ein und derselbe Täter unterschiedliches Melkfett verwendet haben? Möglicherweise war die erste Dose leer. Was, wenn der Täter die weißen Gewänder selber angefertigt hat? Oder hat er sie vielleicht von unterschiedlichen Näherinnen anfertigen lassen? Das Einzige, bei dem ich Herrn Lichtner und Frau Oswald voll zustimme, ist die Einschätzung, dass der Täter sehr bald wieder zuschlagen wird. Natürlich nur, falls es sich tatsächlich um einen Serientäter handelt.«

Emilie hatte die letzte Worte durchaus ironisch gemeint.

»Meiner Meinung nach wurde der Mörder offensichtlich gestört und konnte weder die Leiche von Frau Kächele am richtigen Platz ablegen noch alles perfekt arrangieren. Oder aber, hinter der unterschiedlichen Ausrichtung der Handinnenfläche steht eine Botschaft, die wir nicht verstehen. Im Kreis der Personen, die im Zusammenhang mit den Opfern stehen, gibt es für mich derzeit zwei Menschen, die das Potential haben, solche Morde umzusetzen.«

Gespannt sahen die anderen Sitzungsteilnehmer Emilie an. Sie war sich nicht sicher und wollte zu diesem Zeitpunkt noch keine Namen nennen.

»Frau Lämmle, könnten Sie bitte konkreter werden.«

Emilie rang sich endlich durch und nahm ihren Mut zusammen.

»Dieser Alexander Schänzle und Falk Ludwig! Beide haben

ein starkes emotionales Motiv, und beide sind vermutlich Grenzgänger.«

Noch mehr Fragezeichen in den Gesichtern der anderen.

»Wie Regine Oswald mir sicherlich beipflichten wird, hat jeder Mensch eine Freifahrkarte in die Psychiatrie. Und bei manchen gibt es so etwas wie einen Schalter. Wenn durch irgendein gravierendes Ereignis der Schalter umgelegt wird, kann es passieren, dass diese Menschen Dinge tun, die sich niemand vorstellen konnte. Die Zeitungen sind voll mit diesen Tragödien.

Dieser Schänzle könnte auch Teil einer solchen Tragödie sein. Er musste erkennen, das Juliana Buck ihn nur benutzt hat. Herr Lichtner hat mich darüber freundlicherweise vor der Sitzung ausführlich unterrichtet. Der Schalter klappt um, als er seine hoffnungslose Lage erkennt. Sein Wahn ist, dass, wenn er Juliana nicht bekommt, sie niemand anderes bekommen soll. Der zweite Mord ist die Bestrafung einer Frau, die ebenso lebenslustig wie Juliana war. Im Übrigen gibt es Hinweise, dass beide Opfer lesbisch waren, oder zumindest eine gewisse Zeit ein gleichgeschlechtliches Verhältnis hatten. Bei den Kelten bedeutete dies, so weit wir wissen, die Todesstrafe. Falk Ludwig könnte irgendwann den irrsinnigen Gedanken entwickelt haben, dass er Herr über Leben und Tod ist und den das Vergehen der Frauen bestrafen musste. In den letzten Tagen holte ich bei Freunden weltweit Auskünfte über ihn ein. Immer wieder ist er an den bekannten esoterischen Treffpunkten aufgetaucht. Ob in Stonehenge, Chartre oder Goa: einige erinnerten sich an den ausgeflippten Deutschen, der sich als Druide und Hüter des Nementon bezeichnet. Bei den meisten löste er nur Kopfschütteln und Mitleid aus, aber ein paar Orientierungslose sind ihm überallhin gefolgt. Sein engster Zirkel wird auf 15 bis 20 Personen geschätzt. Immer wieder gab es Gerüchte, dass Falk Ludwig neukeltische Jahresfeste feiert, bei denen es ziemlich blutig zugehen soll. Die Gefahr bei solchen Fanatikern ist, dass sie irgendwann Realität und Esoterik durcheinanderbringen und beispielsweise Engel oder Gnome und Elfen sehen. Nicht, dass ich die Existenz dieser Wesen abstreite! Aber ich glaube, es können sie nur sehr, sehr wenige Menschen wahrnehmen. Die Sehenden müssen zudem Eigenschaften mitbringen, die diesem Falk Ludwig vollkommen fremd sind. Viele Augenzeugen haben mir von einem herrischen Menschen berichtet, der seinen Gefolgsleuten Wasser gepredigt hat und selbst Wein trank.

Die Frage ist, gab es tatsächlich eine Beziehung zwischen den beiden Frauen. Ein Täter der aus Eifersucht mordet, womöglich im Affekt, bahrt eine Tote nicht so auf, wie bei den beiden Frauen. Ich persönlich denke, Alexander Schänzle scheidet als Täter aus. Bleibt also Falk Ludwig. Er hat die Morde akribisch geplant und wie eine Ritualhandlung durchgeführt. Möglicherweise war der Auslöser, dass Juliana Buck aus seinem Zirkel raus wollte. Immerhin hat sie sich sehr ernsthaft und wissenschaftlich mit dem Thema Kelten beschäftigt. Es könnte ebenso sein, dass dieser Ludwig erkannt hatte, dass er nur ein Spielzeug für sie war und sie mit seinem Hüterkreis nichts mehr zu tun haben wollte. Eugenie Kächele musste Sterben, weil sie ein Verhältnis zu Juliana hatte. Möglicherweise hatte Falk Ludwig die Frauen irgendwo beobachtet. Wenn Juliana noch mit weiteren Frauen aus der Gegend liiert war könnte es durchaus weitere Opfer geben.«

Betretenes Schweigen. Die Fragezeichen in den Gesichtern der Anwesenden waren verschwunden. Lichtner nickte Emilie anerkennend zu, und Regine Oswald schenkte ihr ein Lächeln. Reitzle schien etwas überfordert. Möhrle arbeitete gedanklich bereits an der Pressemeldung.

»Frau Lämmle, Ihre Ausführungen weisen eine gewisse Logik auf, die mich beunruhigt. Ich möchte, dass Sie weitere Beweise für Ihr Täterprofil sammeln. Dafür werden Ihnen alle Ermittlungsergebnisse, die Sie benötigen, zur Verfügung gestellt. Achten Sie nur bitte darauf, dass Sie bei Ihrer Ermittlungsarbeit Herrn Kriminalhauptkommissar Grießinger nicht in die Quere kommen.«

Reitzle sah Emilie erwartungsvoll an. Diese blickte demonstrativ in ihre große Tasse mit Chai und ignorierte ihn. Sie war noch immer geladen.

Lichtner stupste Emilie mit seinem Fuß.

»Zier dich nicht so, holde Maid, wenn der Burgherr ruft!«, zischte er ihr zu. Emilie gluckste heftig.

»Herr Kriminalrat Reitzle, Sie können davon ausgehen, dass Frau Lämmle Ihnen vollumfänglich mit ihrem Wissen zur Verfügung stehen wird.«

Jetzt war es fast um Emilie geschehen. Prustend blickte sie noch tiefer in die Tasse. Reitzle war sichtlich ärgerlich.

»'tschuldigung, hab mich verschluckt.«

Emilie rang glaubhaft nach Luft.

»Wie Herr Lichtner schon sagte: Sie können auf mich zählen.«

22

Grießinger und seine beiden Kollegen fuhren auf den Hülenhof zu Marco Strecker. Der Jungbauer war von Juliana vermutlich wegen Falk Ludwig verlassen worden. Grießinger parkte direkt vor dem Wohnhaus, stieg aus und atmete tief durch. Die Gerüche des Bauernhofes erinnerten ihn an seine Kindheit auf der Alb in Upflamör. Die Haustür stand offen und Grießinger zog an der Glocke neben dem Eingang, um sich bemerkbar zu machen.

Nach kurzer Zeit kam eine alte, gebeugte Frau aus dem Raum rechts von der Haustür. Sie trug ein schwarzes, hochgeschlossenes Kleid mit einem schwarzen Schurz darüber. Ihre langen weißen Haare waren zu einem Zopf geflochten.

»S'Gott. Kann ich Ihnen helfen?«, fragte sie.

»S'Gott, Hülenbäuerin. Grießinger, Josef. Kriminalpolizei Reutlingen. Meine beiden Kollegen, Herr Haible und Herr Baisch«, Grießinger stellte die Mannschaft vor.

»Gehörst du zu dem Haible aus Hülben, an der Hauptstraße. Der Junge vom Haibles Schorsch?«

Haible nickte verlegen. Nicht, dass er sich seines Zuhauses schämte, aber eigentlich waren sie wegen etwas anderem da.

»Der Marco, wo können wir denn den Marco finden?«

»Hat der was angestellt? Herr Inspektor, der Marco sicherlich nicht. So ein Fleißiger, so ein Lieber.«

»Nur Routine. Wir müssen ihm bloß ein paar Fragen stellen.«

»Ihr solltet halt auch was schaffen, anstatt anderen Leuten die Zeit mit eurem Geschwätz zu stehlen.«

»Schon recht, gute Frau, sagen Sie uns doch, wo wir Ihren Enkel finden können.« Grießinger wurde ungeduldig.

»Ihre gute Frau bin ich noch lange nicht. Der Marco wollte heute Morgen am Silo die Lüftungsklappe reparieren. Dort drüben an dem Turm schafft der.« An dem Turm! Typisch, dachte Grießinger, gleich mal dem Täler eine mitgegeben, als ob er nicht wüsste, was ein Silo ist! Doch er ließ sich nicht aus der Ruhe bringen und dankte artig: »Dankschön, Hülenbäurin.«

Grießinger beeilte sich, zum Silo zu kommen, bevor sich die alte Frau noch weiter aufregte. Er wusste nur zu gut, was viele Landwirte auf der Alb über Beamte oder Büroangestellte dachten. Unvorstellbar, dass die Arbeit am Schreibtisch etwas mit *Schaffen* zu tun hatte. *Schaffen* war körperliche Arbeit, verbunden mit schwitzen und schnaufen. Am Schreibtisch sitzen war nichts *geschafft*, sondern nutzlose Zeitverschwendung. Eine recht einfache Ansicht, wie Grießinger fand.

Marco stand an einem Kettenzug und überprüfte die Funktion der Lüftungsklappe. Als er die drei Polizeibeamten kommen sah, unterbrach er seine Arbeit und blickte sie misstrauisch abwartend an.

»Sind Sie Marco Strecker? Grießinger, Josef, Kriminalpolizei Reutlingen. Ich hätte ein paar Fragen an Sie.«

»Ist es wegen dem Brand im Bauwagen?«

»Es ist wegen Juliana Buck!«

Marcos Gesichtszüge wurden hart und düster. Grießinger sah die Veränderung und konzentrierte sich. Haible und Baisch hatten sich unauffällig wegbewegt, um dem Verdächtigen den Fluchtweg abzuschneiden.

»So, die Buck? Das ist schon lang vorbei.«

»Sie sollen gewalttätig geworden sein, sagt man.«

»Die Schnalle hat es nicht anders wollen.«

Grießinger hörte hinter sich Schritte und drehte sich halb um, ohne dabei Marco Strecker aus den Augen zu lassen. Aha, da war der Vater im Anmarsch.

Der stellte Grießinger gleich zur Rede: »Was wollen Sie von meinem Sohn? Der muss schaffen. Der war jetzt fast vier Wochen auf einem Austauschbetrieb in Norddeutschland. Das ganze Geschäft ist liegen geblieben.«

Offensichtlich versuchte der Vater von Marco Strecker die Polizeibeamten möglichst schnell abzuwimmeln.

Grießinger ließ sich davon nicht beeindrucken: »Sie sind wohl der Vater? Gestatten, Grießinger, Kriminalhauptkommissar aus Reutlingen und das da sind meine Kollegen Baisch und Haible. Aber jetzt weiter im Text: Sie waren also in Norddeutschland. Da können Sie mir doch sicherlich eine Adresse nennen und genau sagen, von wann bis wann der Aufenthalt ging.«

»Kein Problem, Herr Kriminalhauptkommissar. Ich kann Ihnen die Bescheinigung mit der Unterschrift von Hennig Hinrichsen, dem Hofinhaber, bringen«, antwortete Marco Strecker eifrig.

»Haible, würdest du bitte unseren Jungbauern begleiten?«

Dann wandte sich Grießinger wieder an den Hülenbauer.

»Ihr Sohn war also vier Wochen weg. Hat er Sie in dieser Zeit besucht?«

»Das sind knapp tausend Kilometer.« Der Bauer war wohl der Ansicht, diese Entfernung sei Begründung genug.

»Kein Besuch? Er hätte ja fliegen können.«

Vollkommen entgeistert blickte ihn der Landwirt an.

»Der war dort oben zum Schaffen und nicht zum spazieren fliegen, Herr Kriminalhauptkommissar.«

»Schon recht, ich glaub es Ihnen ja«, lenkte Grießinger ein.

Haible kam mit Marco zurück und nickte seinem Chef zu, was so viel hieß wie: Alles okay, er hat die Wahrheit gesagt.

»Marco, können Sie sich vorstellen, wer die Juliana umgebracht haben könnte?«, fragte Grießinger den jungen Mann.

»Des war kein Hiesiger. Alle haben die mögen. Das war ja das Schlimme.«

»Und die Eugenie Kächele? War das auch kein Hiesiger? Wir haben gehört, die hat ganz gern gefeiert?«

»Genau, und deswegen hat sie auch keiner wollen. Wer will schon ein Mädle, das einen unter den Tisch trinkt und jedes Wochenende auf Tour ist? Vielleicht sollten Sie in Tübingen und Esslingen bei denen fragen, die andersrum sind. Sie verstehen?«

Marco klang etwas verlegen. Grießinger nickte. Er verstand, dass Eugenie Kächele nachgesagt wurde, sie hätte gleichgeschlechtliche Beziehungen.

Jetzt mischte sich der Vater wieder ein: »Suchen Sie woanders Ihre Täter, Herr Grießinger, und gehen Sie jetzt von meinem Hof. Wir sind ehrliche Leute und sollten heute noch was schaffen.«

Grießinger winkte Baisch und gab Haible ein Zeichen, dass ihre Befragung beendet war. Marco Strecker besaß ein erstklassiges Alibi. Wenn die Abfrage der Fluggesellschaften nichts ergab, galt der Jungbauer nicht mehr als verdächtig.

»Und, Herrschaften, was meint ihr?«, fragte Grießinger seine beiden Kollegen.

»Der ist sauber raus, Chef«, sagte Baisch. Er hatte keine Zweifel, und Haible pflichtete ihm bei. Der Kriminalhauptkommissar war mit dieser Einschätzung zufrieden.

»Dann fahren wir jetzt zu unserem Freund Professor Bühler und besuchen diesen Schänzle. Mal sehen, was der uns für ein Alibi zu bieten hat. Heute Abend seid ihr mit den Fotos von Juliana Buck und Eugenie Kächele in der Tübinger Schwulen- und Lesbenszene unterwegs. Vielleicht kann dort jemand das Geschwätz über Frau Kächele bestätigen.«

»Warum mit beiden Fotos, Chef? Meinst du die Juliana Buck war auch andersrum?«

»Mensch, Haible, jetzt schwätzt du genauso verklemmt daher. Das heißt lesbisch. Ich hab da so eine Idee. Was wäre denn, wenn Juliana und diese Eugenie eine Beziehung gehabt hätten? Den Ludwig sollten wir diesbezüglich unbedingt einbestellen. Möglicherweise war es tatsächlich ein Mord aus Eifersucht, aber ganz andersherum, als wir denken.«

»Chef, nicht andersherum, sondern lesbisch«, feixte Haible.
»Schafseggel!«
Jetzt grinste Baisch.

Gegen elf Uhr erreichten sie das Grabungscamp. Professor Bühler hielt seinen Studenten einen Vortrag, als Grießinger, Haible und Baisch den Rand der Grabungsfläche betraten. Eine Weile lauschten sie den Ausführungen des Professors, bis Grießinger genug von wissenschaftlicher Ausgrabungstechnik gehört hatte.
»Grüß Gott, Herr Professor Bühler.«
Im ersten Moment ignorierte Bühler die Polizisten, besann sich aber doch und unterbrach seinen Vortrag.
»Guten Tag, die Herren. Sie müssen einen triftigen Grund haben, dass Sie mich während meiner Vortrags so unhöflich stören.«
»Haben wir. Es handelt sich um ein dringendes Gespräch mit Ihrem Studenten Alexander Schänzle.«
»Schänzle? Sie meinen diesen Weichling und Versager?«
Die umstehenden Studentinnen und Studenten senkten beschämt die Köpfe.
»Wir meinen Alexander Schänzle.«
Grießinger überraschten die verächtlichen Worte des Professors.
»Dieser Versager wurde von mir nach seinem Auftritt bei der Beerdigung Juliana Bucks aus dem Camp geworfen. Der kann zukünftig bestenfalls im Sandkasten archäologisch tätig werden. Zwei Tage später hat er dann erst einmal in den Erholungsurlaub müssen. Zumindest hat das seine Mutter behauptet, die hysterisch in meinem Institut angerufen hat und wissen wollte, was im Camp mit ihrem Sohn passiert sei. Unverschämt! Kinder zu solchen Weichlingen zu erziehen und nachher anderen die Schuld geben wollen. Ich vermute ja, der ist sowieso in der Psychiatrie gelandet, der Wirrkopf.«
»No langsam, Herr Professor Bühler. Haben Sie eigentlich eigene Kinder? Sonst tät ich meinen Mund halten.«
Vereinzelt war Kichern aus den Reihen der Studenten zu hören.
»Mich täte vielmehr interessieren, ob sich jemand an den

Abend erinnert, als Juliana verschwunden ist. Weiß einer oder eine der Anwesenden, wo Alexander Schänzle an diesem Abend war?«

Eine Studentin meldete sich zögernd.

»Der Alex war sturzbetrunken. Ist vollkommen ausgetickt. Sein gesamtes Zelt hat er zerstört und wollte dann mit einer Zeltstange auf die Jagd nach diesem Sektentyp gehen. Der war irre. Ein paar Jungs haben ihn dann geschnappt und ihm einen Eimer kaltes Wasser über den Kopf gelehrt. Dann beruhigte er sich endlich. Später habe ich ein paar Mal nach ihm gesehen, ob noch alles ok ist. Nicht, dass er an Erbrochenem erstickt, oder so.«

»Und in den folgenden Tagen, seit diesem Donnerstag? Hat der Alex irgendwann im Camp gefehlt?«

»Na, hören Sie mal, das hätte ich ja als Erster bemerkt, Herr Kriminalhauptkommissar.«

Bühler war sichtlich aufgebracht.

»Genau. So wie bei Frau Buck, Herr Professor. Hat jemand was bemerkt?«

Grießinger ließ sich nicht aus der Ruhe bringen. Wieder antwortete die Studentin: »Seitdem Juliana weg war, hat der sich, glaube ich, jeden Abend die Dröhnung verpasst. Der litt doch wie ein Hund.«

»Kennen Sie den Alexander Schänzle nähers?«, wurde sie daraufhin von Baisch gefragt.

»Der tat mir halt leid. Eigentlich war der Alex ein ganz netter Kerl. Aber manchmal da war er komisch. Wenn es um Juliana ging ist er immer gleich ausgerastet. Niemand durfte ihr zu nahe kommen, niemand durfte sie kritisieren.«

»Wieso sind sich eigentlich alle Anwesenden so sicher, dass er nach Juliana Bucks Verschwinden das Camp nicht alleine verlassen hat?«, fragte nun Grießinger.

»Na weil er jeden Abend besoffen war und nicht mehr laufen konnte«, antwortete einer der Studenten. Grießinger blickte fragend zu Haible und Baisch. Die zuckten leicht mit den Schultern. Baisch zeigte seinen Notizblock, was so viel bedeutete wie Ich habe alles protokolliert, Chef.

»Herr Professor, bekamen Sie mit, dass einen Ihrer Studenten schwere persönliche Probleme plagten und er sich jeden Abend vollaufen ließ?«

»Nun, so direkt nicht. Ich pflege in der Regel meine Abende nicht mit den Studenten gemeinsam zu verbringen. Da würde schnell der nötige Respekt verloren gehen. Sie verstehen, was ich meine, Herr Kriminalhauptkommissar.«

»Verstehe ich nicht. Ist aber auch nicht so wichtig. Herr Professor Bühler, auf Wiedersehen und weiterhin viel Spaß beim Herumdreckeln.«

Wieder war Kichern zu hören. Grießinger verließ das Grabungsfeld, ohne einen Gegengruß abzuwarten. Er war narret. Dieses Mal nicht wegen Professor Bühler, sondern weil die bisherigen Verdächtigen alle ein Alibi für die Tatzeitpunkte vorweisen konnten. Insgeheim hatte er sich von diesem Vormittag mehr erhofft.

»Haible, tätest du gleich geschwind die Angaben von dem Bühler überprüfen. Frag in der Klinik nur nach, ob es einen Schänzle bei ihnen gibt oder nicht. Sonst haben wir wieder endlos Papierkram wegen der Schweigepflicht.«

Haible suchte in seinem Notizbuch nach den Personalien von Schänzle, die er bereits bei der ersten Vernehmung aufgenommen hatte. Zum Telefonieren ging er ein paar Schritte zur Seite und es dauerte nicht allzu lange, da kam er zurück und nickte Grießinger zu. Seinen langjährigen Kollegen verstand der Kriminalkommissar ohne große Worte. Schänzle war tatsächlich in der Psychiatrie gelandet.

»Jetzt bleibt uns noch der Waldarbeiter. Vielleicht kann der uns wenigstens erzählen, wo dieser Ludwig mit seinem Gefolge im Wald herumspringt. Andernfalls sind wir wieder da, wo wir bereits vor einer Woche waren. Der Reitzle reißt uns den Kopf runter, wenn wir am Montag mit leeren Händen dastehen.« Baisch fühlte sich bei diesem Gedanken nicht sehr wohl.

»Schon recht, Herrschaften. Ganz so schlimm wird es nicht werden. Jetzt kümmern wir uns um den Keltenspinner und ob es eine Beziehung zwischen Juliana und Eugenie gegeben hat.

Aber erst suchen wir uns ein nettes Plätzle zum Vesper machen. Haible, du kennst dich doch aus hier droben.«

»Ich hätte eine gute Idee: Im Gärtle von meinen Eltern, da ist es schön. Um die Mittagszeit sind wir dort sicherlich ungestört und weit zu fahren ist es auch nicht.«

Also setzten sich alle drei in den Daimler vom Grießinger und machten sich auf den Weg zu Haibles Garten.

Der Schlüssel zur Gartenhütte war noch immer an derselben Stelle versteckt. Haible holte ein paar Stühle und Sitzpolster heraus. Als Vesperbrett legte er für jeden eine der alten Zeitungen hin, die beim Brennholz neben dem Ofen gesammelt wurden. Grießingers Laune besserte sich erst wieder, als er endlich seine Pfefferschwarzwürste genießen konnte.

Nach einem ausgiebigen Vesper fuhren die Kommissare zum Bauhof der Gemeinde Hülben. Dort waren sie um halb zwei mit dem Waldarbeiter Hubert Meier verabredet, der mit seinen Kollegen in letzter Zeit immer wieder seltsame Beobachtungen am Heidengraben gemacht hatte.

Sie fuhren gleichzeitig mit Meier auf das Bauhofgelände, der vermutlich ebenfalls vom Mittagessen kam. Gemeinsam stiegen sie aus.

»Grüß Gott. Sind Sie der Meier, Hubert? Mein Name ist Grießinger, Josef. Kriminalpolizei Reutlingen. Dies sind meine Kollegen Baisch und Haible«, stellte sich der Kriminalhauptkommissar vor.

»Grüß Gott. Die meischte saget Hubbe zu mir«, antwortete Maier.

Dabei streckte er seine riesige Pranke zum Handschlag aus. Grießinger hielt tapfer dagegen, wohl wissend, dass gleich ein stechender Schmerz von seiner Hand hinauf zur Schulter schießen würde. Waldarbeiter, Landwirte und Schmiede hatten einen äußerst schmerzhaften Händedruck. Kurz darauf erwischte es Haible, der aufstöhnte und Baisch der sichtlich erblasste, aber keinen Ton von sich gab. Hubbe grinste breit und zog entschuldigend die Schultern hoch.

»Ihr hän halt zarte Büro-Fingerle, meine Herren«, sagte Hubbe lachend. Es war doch immer wieder eine Freude, wenn man diesen Sesselfurzern aus Reutlingen auf diesem Wege mal eine mitgeben konnte.

»Schon recht, Hubbe. Erzähl uns doch was von dene Kerle, die du im Wald gesehen hast«, fragte nun Grießinger. Der Waldarbeiter war Grießinger auf Anhieb sympathisch.

»Zuerst han i die Stoiner gseha. Hinta em Wäldle, am Kienbein, wos no zur Friedenslinde nomgôht. Anfangs hau I ed gseha, was die Stoiner zoiget, aber uf oimal sechd dr Fritz, die Stoiner send im Kreis ufgstellt. Na hemmer no scho gnauer gucket und no oin flacha Stoi am Rand von dem komischa Kreis gfunda. Der isch uf drei andre Stoi glega. Fascht en halba Metr em Durchmesser stark. Der Fritz hat no gmoint, da wär Blut uf dem flacha Stoi. Hehnerfedra ond Karnikelfell hen mir au gfonda. Des kennt abr au dr Fuchs gwäsa sei.

Ond no, I sags eich, blos a paar Tag spätr, früh am Morga send mir wiedr nauskomma zom Kienbein ond da hemmer se romschprenga sea. Dr Kappo von dene hot oim Gockl dr Kopf ragschlaga. Drbei war des an saumäßig scheenar Gockl gwä. A Weile hemmer zuguckt. Aber verzähla kasch des koim, so a Sauerei, was dia veraschtaltet hend.

Ond koine zwoi Dag später hau i ufm Grillplatz beim Planetaweg-Parkplatz Fuirholz narichta wella, damit die Schtuagerter ned emmr die Boscha omreißet. Do isch dr alte VW-Bus geschtanda ond dr hot saumäßig gwackled. I hau mr nix denkt drbei. I ka des scho vrschtanda. Warom sollet dia koi Freud et han? Erscht als na die Juliana Buck nackig aus dem Wagen gesprunga isch ond dr Kappo, der mit dem Gockl, hendadrei, hau I mr so denkt, wa will des schöne Mädle vo dem Buck mit soma Seggel. Dr Bus isch fei au scho bei dr alta Botin gschdanda.

Wiedr a paar Dag schpäter gang i mit dem Häberles Schorsch mittags am Molach vorbei, weil do en letzta Zeit emmer wiedr an Haufa Aschdzeugs neigworfa worda ischt. Wer hockt do? Dui Tochter vom Buck ond de jong Kächele. I sags euch, bin i vrschrocka. Boussierd hen dia zwoi. Dia send abr gnauso vrschrocka wie mir. D'Juliana woiß, dass i ihren Vadder recht guat kenn, ond plagt hoat se des beschdemd. ›Seischt meine Leut nichts, Hubbe.‹ Meh hoat se ed rausgbrocht. Ond na henn ses ganz eilig ghett, dia Mädle.«

»Und, hast du dem Vater was gesagt, Hubbe?«, fragte Haible, der den Waldarbeiter schon seit seiner Kindheit hier oben kannte.

»Hanoi, I han nix gsagt. Ihr Vadder hoat gnuag Sorga mit dr Firma. Da han I ehm des mit seinr Tochder erspara wella. Ond d'Leit vo dr kloina Kächele kenn i sowieso ned.«

»Hast du mitbekommen, wie oft sich diese Leute am Steinkreis treffen?«, fragte Haible weiter.

»I moin emmer donnschtigs odr freidigs. An andere Deg hemmer dort nemert gseha. I moin, mi stered dia Spenner ned. Die kenned mit nackte Mädle sovil romsprenga, wie sie welled, wega mir. Abr om den scheena Gockl, do isch scho arg schad gwä.«

»Mit ›nackte Mädle herumspringen‹, wie meinst du das, Hubbe?«

Auf diese Frage von Haible hin wurde der Waldarbeiter plötzlich einsilbig und brummte nur Unverständliches. Anscheinend hatte er am Steinkreis etwas gesehen, über das er nicht sprechen wollte oder konnte. Grießinger beschloss, dass Haible und Baisch anstatt in Tübingen nach einer bereits bestätigten Beziehung der zwei Frauen zu suchen, in der kommenden Nacht noch vor Sonnenaufgang am Kienbein sein sollten. In der Zwischenzeit würde er Lichtner besuchen und seine zwei Kollegen würden im Archiv alles über diesen Falk Ludwig und seinen Keltenzirkel recherchieren.

Bisher war Lichtner, soweit Grießinger wusste, ja von einem Täter ausgegangen. Heute Morgen hatte ein Zettel des KTU-Leiters auf Grießingers Schreibtisch gelegen, dass er sich unbedingt bei ihm melden solle. Es gäbe Neuigkeiten. Vielleicht hatte Lichtner ja Recht gehabt. Immer mehr Hinweise deuteten auf diesen Falk Ludwig und seine Gefolgsleute als Täter hin.

»Hubbe, du hast uns recht viel geholfen, Dankschön.« Grießinger vermied es, ihm erneut die Hand anzubieten.

»En scheena Dag no ond viel Erfolg. S'geit oifach zvil Verrickte uff dera Welt. Dia sottet mol recht was schaffa, no hettet se koin soen Bledsenn em Kopf!«

Mit diesen weisen Worten ging Hubbe Meier zu einem Rüttler, den er freihändig anhob und in den Lada-Geländewagen stellte. Dann stieg er ein und fuhr ohne weiteren Gruß vom Hof.

Grießinger war mehr als zufrieden. Seine Vermutung bestätigte sich. Juliana Buck und Eugenie Kächele waren ein Liebespaar gewesen. Gleichzeitig oder kurz davor hatte Juliana eine Beziehung zu Falk Ludwig. Der Schlüssel zu den Morden lag in den Beziehungsgeflechten, dessen war sich Grießinger jetzt sicher.

»Auf, Herrschaften, jetzt fahren wir zu der alten Amtsbotin. Vielleicht haben wir Glück und treffen diesen Ludwig dort an. Wenn nicht, dann geht ihr heute Nacht auf die Pirsch.«

Haible und Baisch sahen sich betroffen an und hofften inständig, dass sie Falk Ludwig bei der Amtsbotin antreffen würden.

*

Haible, als gebürtiger Hülbener, klingelte an der Tür der alten Frau. Er hatte ausgerechnet, dass sie weit über achtzig Jahre alt sein musste. Es dauerte eine ganze Weile bis sich schlurfende Schritte der Haustür näherten.

»Grüß Gott, was wünschen Sie?« Die alte Frau stellte sich demonstrativ in den Türrahmen.

»Ich bin der Haible, Eugen, der Sohn vom Haibles Schorsch, von der Hauptstraße. Erinnerst du dich, Fidelia«, stellte Haible sich vor. Worauf ein Lächeln über ihr Gesicht huschte.

»Der kleine Eugen, der immer seine Hosen kaputt gemacht hat. Deine Mutter hat es nicht einfach gehabt, Eugen.«

Haible guckte zum zweiten Mal an diesem Tag verlegen. Grießinger und Baisch grinsten bei der Vorstellung, wie Haible ein ums andere Mal mit kaputten Hosen nach Hause gekommen war.

»Die anderen sind mein Kollege Baisch und mein Chef, der Herr Grießinger. Dürfen wir hereinkommen? Und hast du noch einen zweiten Ausgang vom Haus?«

»Hintere zum Hühnerstall. Warum willst du das wissen, Eugenle? Laß mir nur meine letzte paar Hennen in Ruh. Irgendein Seggel hat mir meinen Gockel gestohlen, oder der Fuchs hat ihn geholt. Ich hab bloß nichts schreien gehört. Wenn der Fuchs kommt, schreien sie normalerweise alle.«

»Schon recht, Fidelia. Dürfen wir jetzt reinkommen?«

Baisch gab er ein Zeichen, dass er hinters Haus gehen sollte. Die alte Amtsbotin machte eine einladende Armbewegung und bat sie in ihre gute Stube. Tastend ging sie voran.

»Passet auf eure Köpfe auf. Die Türen sind vom Urgroßvater, da waren die Leute noch nicht so groß wie heut. Ihr müsst mich entschuldigen. Meine Augen wollen auch nicht mehr so recht.«

In der Stube saß bereits ein Mann, der ein Bauernbrot mit Erdbeergsälz bestrich. Die Rinde hatte er vorher feinsäuberlich abgeschnitten. Dann schnitt er die Scheibe Brot in mehrere mundgerechte Stücke.

»Guck, mein Junge. Erinnerst du dich an den Eugen Haible. Ihr müsstet eigentlich Schuler gewesen sein.« Haible dachte kurz nach und sah den Mann am Tisch prüfend an. Er konnte sich nicht erinnern, dass die Amtsbotin überhaupt Kinder hatte. Erschreckend, wie schnell man solche Dinge vergaß, dachte sich Haible. Der Mann erinnerte ihn an jemand. Im Moment interessierten ihn jedoch keine Jugendgeschichten, sondern Falk Ludwig.

»Könnten Sie uns bitte kurz alleine lassen?«

Grießinger wollte ohne den Jungen der ehemaligen Amtsbotin mit ihr sprechen.

»Mein Junge soll dableiben. Der darf alles wissen, und ohne den sag ich Ihnen sowieso nichts. Letzthin wollte mir einer eine Lebensversicherung verkaufen. Den hat mein Junge am Kittel gepackt und vor die Tür gesetzt. So ein Verbrecher. Mir alten Frau, mit fast neunzig eine Versicherung aufschwätzen wollen.«

Grießinger gab nach und begann mit seinen Fragen.

»Frau Fidelia Gaiser, wohnt bei Ihnen zufällig ein Falk Ludwig?«

Die Frau druckste herum.

»Wohnen kann man das nicht nennen. Der hat hier ein Zimmer, das er manchmal benutzt. Aber nicht oft. Sie sagen doch nichts der Steuer, oder?«

Jetzt musste Grießinger grinsen. Die alte Frau war zumindest in manchen Dingen noch ziemlich auf Zack.

»Sie wissen doch, Herr Grießinger, als Amtsbotin hab ich keine große Rente und da vermiete ich das eine oder andere Zimmer. Bloß wegen der Rente.«

»Nur keine Sorge, Frau Gaiser. Wir sind nicht von der Steuer. Können Sie uns sagen, wann wir den Herrn Ludwig bei Ihnen antreffen. Und kann mein Kollege vielleicht kurz einen Blick in das Zimmer werfen?«

»Wenn, dann nur am Wochenende. Mal ist er da, mal nicht. Manchmal hat er, glaube ich, auch ein Mädle dabei. Das mag ich ja überhaupt nicht. Wenn die noch nicht mal verheiratet sind, die jungen Leute. Aber in meinem Alter soll man sich nicht mehr so viel aufregen, und solange morgens bei mir keine am Frühstückstisch sitzt, weiß ich offiziell von nichts. Da drüben hängt der Schlüssel, der mit dem roten Bendel. Aber nichts anfassen in dem Zimmer!«

»Würden Sie uns verständigen, wenn der Ludwig wieder auftaucht? Wir sollten dem ein paar Fragen stellen.«

Dabei legte Grießinger seine Visitenkarte auf den Tisch. Fidelia Gaisers Junge nickte stumm und gab ihr ein weiteres Stück von dem Gsälzbrot. Dankbar streichelte sie ihm über den Kopf.

Haible kam endlich wieder die Treppe herunter. Grießinger gab ihm ein Zeichen, dass sie besser gehen sollten und verabschiedete sich von beiden. Haible tat es ihm gleich und gab Baisch Bescheid, der die ganze Zeit am Hühnerstall Wache gestanden hatte.

»Es ist auch Zeit geworden. Die Nachbarinnen haben schon herübergeschaut. Demnächst hätte eine davon bestimmt die Polizei gerufen. Immer muss ich solche saublöden Jobs machen. Das nächste Mal stehst du hin«, grantelte Baisch. Haible grinste und klopfte seinem Kollegen auf die Schulter.

»Du bist halt der weltbeste Schmieresteher, Schorsch.«

Grießinger wartete bereits am Daimler auf sie. Haible zog triumphierend einen durchsichtigen Plastikbeutel aus der Tasche.

»Die ganze Bürste war voll davon, Chef. Da konnte ich einfach nicht widerstehen. Es hätte ja auch auf dem Gang liegen können, oder?«

Haible grinste und Grießinger nickte immerhin anerkennend. Noch immer galt bei ihm, nicht geschumpfen ist genug gelobt.

»Herrschaften, wir fahren zurück ins Büro. Ihr überprüft die Alibis und Zeugenaussagen. Ich denke wir sollten noch dringend mit den Eltern von der Eugenie Kächele sprechen. Dem Möhrle sein Bericht war mir ein bissele zu dünn. Ich muss zum Lichtner und schau dann noch kurz im Archiv vorbei. Morgen früh läuft dann die Einsatzvorbereitung für Eure Observation.«

»Observation Chef? Einsatzvorbereitung?« Baisch klang erstaunt.

»Um halb vier seid ihr Übermorgen am Kienbein, genau an der Stelle und zu der Zeit, die der Hubbe beschrieben hat. Ihr observiert, sammelt Beweise und versucht zu lauschen. Kein Zugriff bis die Verstärkung da ist. Haben wir uns verstanden?! Ihr seid nur zur Observation dort oben. Wenn der Ludwig unser Mann ist, dann hat der möglicherweise zwei Frauen auf dem Gewissen.«

»Chef, meinst du wirklich um halb viere? So früh? Das ist ja mitten in der Nacht!« Baisch konnte es nicht fassen.

»Deswegen machst du morgen früher Feierabend, Baisch, dann kannst du tüchtig vorschlafen.«

Baisch verzog das Gesicht, sagte jedoch besser nichts mehr. Ein bisschen hatte ihn das Jagdfieber auch gepackt.

*

Die drei Kommissare stiegen in Grießingers Daimler und fuhren gemütlich nach Reutlingen. Grießinger würde morgen Nachmittag ebenfalls frei machen und seine *Wanderschulden* bei Martha einlösen. Er hatte mehr als genug Überstunden, und bevor sie weitermachen konnten, mussten Haible und Baisch erst diesen Ludwig ausfindig machen. Den Nachmittag begann Grießinger nach der Mittagspause mit einem Besuch in der KTU.

»Herrschaftszeiten, auch wenn ich Ihnen nicht gerne Recht gebe, Kollege Lichtner, so vermute ich doch, dass Sie bei Ihren ersten Untersuchungen richtig lagen. Es könnte sich tatsächlich um einen einzigen Täter handeln, oder zumindest um einen Anstifter für die Morde.« Was war denn nun mit Grießinger los, warum hatte der seine Meinung so schnell geändert? Lichtner und Oswald sahen ihn vollkommen perplex an. Grießinger genoss diesen Augenblick in vollen Zügen. Endlich hatte er Lichtner eine mitgeben können.

»Wissen Sie, das ist ja so: Wir haben eine KTU und die Mordkommission. Schwierig wird es immer dann, wenn die KTU unsere Arbeit machen möchte oder wenn ich eure Arbeit machen würde, oder?«

Grießinger suhlte sich voll Wonne in dieser Situation.

Lichtner und Oswald ahnten, was kommen würde. Grießinger hatte Recht: Sie waren mit der Interpretation ihrer Ergebnisse zu weit gegangen.

»Unsere Untersuchungsergebnisse stimmen. Hundertprozentig. Wir haben alles dreifach überprüft!«

»Die Ergebnisse sind bestimmt richtig. Ich würde Ihre Kompetenz niemals anzweifeln!«

Grießinger hatte sich zufrieden zurückgelehnt, die Hände über dem Bauch verschränkt. Er lächelte wie ein Sieger.

»Ihre Schlüsse aus den Ergebnissen sind falsch. Und das passiert genau dann, wenn Sie meine Arbeit machen wollen.«

Was für ein Triumph über diesen dickwanstigen Lämmle-Unterstützer. Nicht dass Grießinger gehässig war, aber er konnte durchaus nachtragend sein, wenn ihn jemand ausgiebig geärgert hatte.

Fast schon milde gestimmt zog er jetzt die Plastiktüte mit Haarbüscheln aus seiner Tasche.

»Täten Sie mir die vielleicht analysieren. Die sind von diesem Ludwig. Der arme Kerl verliert anscheinend büschelweise sein Haupthaar.«

Drecksack, dachte Lichtner. Aber so einfach gab er sich nicht geschlagen.

»Gerne doch, verehrter Herr Grießinger. Und seien Sie versichert, dass wir zukünftig auf eine strikte Einhaltung der Arbeitsbereiche achten werden, auch wenn Sie in der Vergangenheit das eine oder andere Mal gerne auf unsere Schlussfolgerungen zurückgegriffen haben.«

Lichtner hatte sein freundlichstes Lächeln aufgesetzt, wohlwissend, dass er dem Kriminalhauptkommissar öfters aus der Patsche geholfen hatte.

»Erinnern Sie sich an diesen Fall mit dem ...«

»Schon recht, Lichtner!«, unterbrach ihn Grießinger. »Haben Sie eigentlich Verstärkung aus Esslingen nötig?«

Der Kriminalkommissar konnte bekanntermaßen besser austeilen als einstecken.

Lichtner hob drohend seine Augenbrauen. Was zuviel war, war zuviel. Noch war er Herr im eigenen Haus.

»Raus, Herr Kriminalhauptkommissar Grießinger. Sie sollten meine Geduld und meine innere Gelassenheit nicht allzu sehr strapazieren. Sobald wir die DNA-Analyse haben, melden wir uns. Dauert mindestens zwei bis drei Tage.«

»Nichts für ungut. Ich geh schon. Die DNA brauch ich aber morgen.«

Grießinger grinste über beide Backen und verschwand möglichst schnell. So viel Vergnügen hatte ihm selten ein Besuch in der KTU bereitet.

23

Josef und Martha Grießinger saßen in der Küche am Frühstückstisch. Er strich sich genüsslich Butter auf sein Brot. Sie runzelte die Stirn. Er griff nach dem Erdbeergsälz und bestrich großzügig das Butterbrot. Wenn es um sein Lieblingsgsälz ging, vergaß der Kriminalhauptkommissar für einige Momente seine sonst allgegenwärtige schwäbische Genügsamkeit. Genussvoll betrachtete er sein Werk. Marthas Blick verfinsterte sich.

»Josef, meinst du nicht, dass du eventuell ein bissle zu viel

Butter und Gsälz auf deinem Brot verteilt hättest? Nicht, dass wir sparen mussten, aber guck doch mal dein Bäuchle an. Das Hemd spannt schon.«

Jetzt runzelt er die Stirn. Langsam wanderte sein Blick zu der deutlich sichtbaren Wölbung in Bauchhöhe.

»Bestimmst du jetzt, was ich essen darf? Wenn du meinst, dass ich zu dick bin, musst du es bloß sagen.«

Grießinger grantelte, obwohl er insgeheim wusste, dass Martha im Recht war. Vor kurzem war er beim Betriebsarzt gewesen, um seinen turnusgemäßen Fitnesstest zu absolvieren. Er kannte den Arzt bereits seit vielen Jahren, und vermutlich war es der einzige Mediziner, auf den er wenigstens mit einem Ohr hörte. Doch was er ihm bei dieser Untersuchung mitteilte, gefiel Grießinger überhaupt nicht.

»Sepp, jetzt kenn ich dich schon so lange. Und immer warst du fast zu dürr. Aber im letzten Jahr hast du einen ordentlichen Ranzen gekriegt, und das ist in deinem Alter nicht gesund. Als Arzt diagnostiziere ich Adipositas bei dir. Das ist allerdings nur ein freundlicheres Wort für Fettleibigkeit, mein lieber Herr Kriminalhauptkommissar.«

»Martha, weißt du was, wir könnten doch heute Mittag wandern gehen«.

Grießinger versuchte einzulenken. Er wollte heute keinen Streit, hinter ihm lag eine grausige Woche. Martha blickte erstaunt auf. Was hatte ihr bruddeliger Ehegatte jetzt plötzlich vor?

»Martha, erinnerst du dich, ich hab dir doch letzthin versprochen, dass wir eine schöne, lange Wanderung auf die Alb machen. Und der Schorsch, unser Betriebsarzt, hat auch gemeint, ich sollt mich mehr bewegen. Heute Mittag, um zwölf Uhr gehen wir!«

»Wenn du meinst Josef, dann richte ich mich auf die Zwölfe und pack was zum Vespern ein, oder?«

»Nur umziehen, Spätzle, um den Rest kümmere ich mich.«

Grießinger stand auf und konnte seine Vorfreude kaum verbergen.

»Ade, Spätzle, ich muss jetzt schaffen gehen. Bis heute Mittag.«

Grießinger freute sich wie ein Lausbub über seine perfekte Vorbereitung. Heimlich hatte er sich Wanderstiefel, eine Kniebundhose, rote Wollstrümpfe und ein zünftiges kariertes Hemd gekauft. Gestern Abend, als seine Frau in der Gymnastik war, hatte er alles aus seinem Versteck vom Dachboden geholt. Auch seinen geliebten Wanderrucksack, mit dem er in seiner Jugend oft auf Wanderschaft gewesen war, hatte er wiedergefunden. Es handelte sich um einen Rucksack, der noch aus festem Stoff genäht und mit Lederriemen ausgestattet war, nicht aus dem neumodischen Plastikzeug, mit dem heute jeder herumrennt. Von Upflamör hatte er es mit seinen Kameraden bis ins Allgäu geschafft.

Das Vesper würde Haible heut ins Geschäft mitbringen. Den Rest verstaute er in einem großen Sack im Kofferraum seines Daimlers. Er wollte seine Martha unbedingt überraschen. Sogar an den Büchsenöffner hatte er gestern Abend gedacht und zur Sicherheit sein Taschenmesser eingepackt.

Zufrieden mit sich, fuhr er nach Reutlingen ins Büro. Heute Vormittag standen nur die Einsatzvorbereitungen an. Grießinger und seine Kollegen verbrachten den Morgen mit etlichen Telefonaten in denen es um die Organisation der Einsatzkräfte, um Genehmigungen, um die Erlaubnis zur Nutzung der Flugzeughalle in Hülben und viele andere Dinge ging. Gegen elf Uhr machte Grießinger Feierabend, nicht ohne sich vorher noch wanderfertig umzuziehen. Das Vesper von Haible hatte er bereits eingepackt. Grießinger öffnete mit stolzgeschwellter Brust die Haustür und betrat das Wohnzimmer. Mit Rucksack und Schiebermütze.

Martha stand wie vom Donner gerührt mit geöffnetem Mund vor ihm. Ihr Blick wanderte von den frisch gefetteten Wanderstiefeln aus Leder, über die roten Wollkniestrümpfe bis hinauf zum Beginn der Kniebundhosen. Ruckartig hefteten sich ihre Augen an das rot-weiß fein karierte Hemd mit Hirschhornknöpfen. Dann erreichte ihr fassungsloser Blick Grießingers freudigen Gesichtsausdruck, der verriet, dass er vor Spannung auf ihre Reaktion fast platzte. Erst als sie die vertraute, karierte Schiebermütze auf seinem Kopf entdeckte, beruhigte sie sich etwas.

»Und, Spätzle, nimmst mich so mit?«

Stille. Martha konnte es nicht fassen. Mit großen Augen schaute sie ihren Gatten an. Grießinger wurde allmählich nervös.

»Jetzt sag doch schon. Sieht doch richtig zünftig aus, oder?«, sagte er.

»Ja.« Martha holte tief Luft.

»Was meinst du mit ›ja‹? ›Ja schick‹ oder eher ›naja‹?«

Martha war entsetzt. Ihr Mann besaß ein untrügliches Gespür für modische Katastrophen. Was nur, wenn sie jemand Bekanntem unterwegs in diesem Aufzug begegnen würden? Martha seufzte und spürte wie sich der Nachmittag zu einem Alptraum entwickelte.

Sie sah ihren Mann immer noch entgeistert an, wollte ihn aber jetzt nicht kränken.

»Ja, wunderbar, Schatz. Fesch siehst du aus, fast wie ein junger Kerle.«

Grießinger war sehr zufrieden mit sich. Die Überraschung war ihm gelungen.

»Können wir dann los? Das Vesper ist bereits eingepackt, Martha.«

»Gleich, Josef, ich bin sofort fertig.«

Es irritierte ihn nicht im Geringsten, als seine Frau fast fluchtartig das Wohnzimmer verließ.

Wenig später kam sie mit Sonnenbrille und Kopftuch zurück. Zur Sicherheit, falls sie jemand Bekanntes treffen würden.

Auf der Fahrt zur Albhochfläche hinauf wurde Grießinger sehr schweigsam. Seine Frau wusste nur zu gut, dass er beim Autofahren gerne seine Gedanken schweifen ließ oder über aktuelle Ermittlungsfälle nachdachte. Also schwieg sie auch und summte die Schlager von Grießingers Lieblingsradiosender SWR 4 mit.

Der Kriminalkommissar dachte über die Sonderkommission nach. Wieso glaubte sein Chef eigentlich, dass er Unterstützung bei seiner Ermittlungsarbeit brauchte? Er spürte ein Grummeln in der Magengegend, wenn er an die zwei toten Frauen dachte. Das Amulett, die weißen Kleider, die gewaschenen Leichen mitten in der Natur. Wenn es sich doch um einen Serientäter oder einen Wahnsinngen handelte, dann gab es vielleicht bereits ein weiteres Opfer. Für einen kurzen Moment stockten seine Gedanken. Dann schüttelte er den Kopf und sagte laut »Nein«, sodass seine Frau heftig erschrak. Er wollte sich den Tag nicht verderben lassen.

»Ich hab doch gar nix gesagt!«, meinte sie entrüstet in seine Richtung.

»Schon recht, Martha, ich hab laut gedacht. Tut mir leid, Spätzle.«

Doch seine Gedanken drehten sich weiter im Kreis. Er dachte an die letzte Begegnung mit Emilie Berta Lämmle. Ihrem Entschluss, die Zusammenarbeit aufzukündigen, zollte er Respekt. Man konnte der Lämmle alles nachsagen, aber direkt und konsequent war sie. Und sie hatte einen Dickkopf, was ihm durchaus bekannt vorkam.

24

Grießinger steuerte in seiner unvergleichlich gemächlichen Fahrweise zielsicher den Parkplatz an. Natürlich sagte er seiner Frau nicht, warum er genau hier sein Auto abstellte. Aber wenn er schon einmal – ganz zufällig – in der Gegend war, könnte er sich ja vielleicht hälinga den Tatort und das Umfeld in Ruhe genauer ansehen.

»Wir sind gleich da, Martha. Erinnerst du dich, wann wir das letzte Mal hier waren?«

Seine Frau sah ihn ungläubig an. Ausgerechnet er fragte so etwas, der gewissenhaft jeden Hochzeitstag vergaß. Als der Daimler auf dem Parkplatz stand, schien Grießinger wie ausgewechselt. Er pfiff fröhlich einen alten Schlager, stieg aus und lief zielstrebig zur Hecke am Parkplatzrand. Martha stieg ebenfalls aus und wandte sich beschämt ab. Sie konnte die Pinkelei der Männer auf Parkplätzen noch nie leiden.

Grießinger musste jedoch gar nicht. Aufmerksam ging er die Hecke in Richtung Parkplatzzufahrt entlang. Sein Blick suchte den Boden bei den Hecken ab. Immer wieder kniete er sich hin und untersuchte die Büsche in Bodennähe.

Auf Höhe der Grillstelle bog Grießinger ab und blieb stehen. Er hakte seine Daumen unter den Hosenträgern ein und sah sich langsam um. Der gesamte Platz zeigte noch die Müllspuren eines Grillfestes. »Albverscheißer«, bruddelte der Kommissar vor sich hin und schüttelte missmutig den Kopf.

Zwischenzeitlich war seine Frau ungeduldig geworden und blickte sich nach ihm um. Grießinger war nirgends mehr zu sehen.

»Josef, Jooosef?«

Grießinger wollte gerade den Heidengraben besteigen, als er die Rufe seiner Frau hörte.

Oh, ich Seggl, jetzt hab ich meine Martha vergessen. Er rannte eilig zurück und sah seine Frau noch immer am Daimler stehen. Sie telefonierte und winkte ihm zu, dass er sich beeilen sollte.

»Josef, der Haible ruft an. Komm schnell, der muss dich unbedingt sprechen.«

Martha Grießinger war ganz aufgeregt, während ihr Mann mehr als erleichtert schien.

Das Telefonat war ziemlich kurz und Grießinger hatte ein neues Problem.

»Du Martha, der Haible hat gemeint, ich sollte gleich ins Büro kommen. Da hat einer beim Reitzle angerufen und sich massiv über unsere Arbeit beschwert. Der Reitzle soll im Kreis laufen und meine zwei Kollegen wissen nicht, was sie machen sollen.«

»Jetzt gleich? Ich dachte, die haben auch frei gemacht.«

»Sofort, Martha, es tut mir auch richtig leid. Das mit unserer Wanderung.«

Martha hingegen, war wider Erwarten überhaupt nicht böse. Nein im Gegenteil, sie wirkte geradezu beschwingt durch die Ereignisse.

»Mein armer Josef und so schick siehst Du aus. Komm, jetzt fahr ich mit dir nach Reutlingen und während du ins Büro gehst, gehe ich ein bisschen ins Chic & Anmutig bummeln und anschließend zum Friseur und …«

Auweh, des wird sauteuer, dachte Grießinger und hoffte für Haible und Baisch, dass sie einen triftigen Grund für ihren Anruf gehabt hatten.

Grießinger hatte seine Frau vor dem Kaufhaus »Chic & Anmutig« aussteigen lassen und war dann ziemlich schnell in die Polizeidirektion gefahren. In seinem Büro warteten Baisch, Haible und Reitzle. Die Stimmung war gedrückt. Als Grießinger in voller Wanderausrüstung sein Büro betrat, grinste Haible etwas verlegen, während Reitzle sich bemühte das fesche Aussehen Grießingers zu loben. Dieser blickte sich irritiert um und wartete auf eine Erklärung für den seltsamen Empfang.

Wie sich herausstellte, hatten Haible und Baisch die Vorwürfe des Anrufers bereits weitestgehend entkräftet und durch einen Anruf von Reitzle beim Hülbener Bürgermeister Wölfe konnten auch die letzten Anschuldigungen geklärt werden.

Seine Kollegen plagte jetzt ihr schlechtes Gewissen, weil sie wussten, wie sehr sich ihr Chef auf diesen Tag gefreut hatte. Reitzle war es offensichtlich peinlich, dass er so einen Aufstand gemacht hatte. Grießinger hingegen hatte ganz andere Sorgen. Was würde ihn erwarten, wenn er nach Hause kam.

25

Der sehr frühe Morgen, eigentlich noch Nacht, war nicht ihre Zeit, da waren sich Haible und Baisch einig. Nicht mal ein Vesper brachte man um diese Uhrzeit hinunter.

Die zwei Kriminalkommissare stapften ziemlich missmutig vom Parkplatz bei der Flugzeughalle der Fliegergruppe Hülben in Richtung Karlslinde an der »Spitze« des Kienbeins. Sie mussten sich beeilen. Baisch hatte recherchiert, dass diese keltischen Zeremonien spätestens mit der aufgehenden Morgensonne beendet wurden. Haible fluchte bei jedem Schlagloch, das er auf dem Feldweg in der Dunkelheit übersah.

Bei Tageslicht war die Gegend am Kienbein ein wunderschönes Stück Schwäbische Alb. In den Wäldern und auf den Wiesen wuchsen teils einzigartige Orchideen. Ausgedehnte Wiesenflächen wechselten sich mit Baumgruppen und Gebüschreihen ab. Begrenzt wurde die Hochfläche durch den Waldrand und durch den zuweilen steil abfallenden Albtrauf.

Als Haible und Baisch die Stelle erreichten, welche ihnen der Waldarbeiter Hubbe beschrieben hatte, stellten sie jede Unterhaltung ein. Es war noch ziemlich dunkel, und ihre Augen brauchten eine Zeit lang, um sich an die Dunkelheit zu gewöhnen.

Von der Friedenslinde waren sie ein Stück weiter zum Rand des kleinen Wäldchens geschlichen. Gebannt verfolgten sie die Szenerie am Opferstein. Eine junge Frau ging mit langsamen Schritten zu dem Stein. Sie trug ein weißes, knöchellanges, schlichtes Kleid.

Der Stein hatte oben eine leichte Vertiefung und lag auf drei anderen Steinen, so wie Hubbe berichtet hatte. Ludwig stand daneben und reckte die Hände zum Himmel. Seine Gefolgsleute standen am Rande des Steinkreises. Eine junge Frau entzündete zwei Fackeln und brachte diese mit feierlichen Schritten zu dem Stein.

»Baisch, die ist gleich angezogen wie die toten Frauen«, flüsterte Haible, aber Baisch brummte nur. Ihm war kalt, und er hatte Hunger.

Falk Ludwig nahm die junge Frau in dem weißen Kleid bei den Händen, küsste sie auf die Stirn und sprach behutsam auf sie ein. Sie sah ihn mit einem abwesenden, verklärten Lächeln an. Auf dem großen Stein lag etwas, das in der Morgendämmerung wie ein Seil oder Riemen aussah.

»Baisch, guck auf dem Stein. Da liegt ein Seil, oder so was. Siehst du es auch?«

Haible wirkte in höchstem Maß beunruhigt.

Zwei weitere Frauen setzten sich in Bewegung. Sie gingen zu

einem Baumstumpf. Dort lag auf einem Wollteppich ein Amulett, auch in der Dämmerung deutlich als Triskele erkennbar. Baisch und Haible stockte der Atem. Haible reichte es jetzt offensichtlich.

»Baisch, die Sache hier wird zu heiß, lass uns sofort Verstärkung anfordern und den Zauber beenden.«

Er griff zum Telefon, da legte ihm Baisch seine Hand auf den Arm und bedeutete ihm, innezuhalten.

»Warte noch Haible, bis jetzt haben wir gar nichts gesehen. Wir brauchen mehr Beweise außer einem Amulett oder einem weißen Kleid. So können wir den Falk Ludwig noch nicht einmal festnehmen.«

Beide Frauen, ebenfalls in weiße Gewänder gekleidet, übergaben das Amulett feierlich an Falk Ludwig, der es behutsam, fast liebevoll auf den Opferstein legte. Die junge Frau vor ihm schien zu zittern. Ludwig legte ihr seine Hand auf die Schulter und strich sanft über ihr Haar. Fast mechanisch hob sie ihre Arme an, während sich Ludwig vor sie auf den Boden kniete. Die ganze Zeit über sprach er unverständliche, beschwörend klingende Worte. Dann nahm er das weiße Gewand am unteren Saum und zog es langsam entlang der Beine der jungen Frau hoch. Er schien erregt, sein Brustkorb hob und senkte sich deutlich sichtbar. Haible griff nach seiner Waffe und entsicherte sie. Baisch hielt ihn noch immer zurück.

In diesem Moment war aus dem Unterholz, einige Meter von ihnen entfernt, ein grausamer Schrei zu hören und ein Mann rannte hinter einem Baum hervor. In der Hand hielt er einen schweren Ast, den er wie eine Keule schwang. Er rannte zwischen den Bäumen hindurch auf den Opferstein zu und schwang einen Holzprügel. Sein Gesicht war hasserfüllt verzerrt. Aus Leibeskräften schrie er: »Bärbel, Bääääärbel.«

Die Hüter des Nementon rannten erschrocken davon. Falk Ludwig und die junge Frau blieben stehen. Haible hatte sich von Baisch losgerissen und war ebenfalls losgestürmt. Gerade als der Mann auf Falk Ludwig einprügeln wollte, ertönte ein Schuss.

»Halt, bleib standa, du dunderschlächtiger Seggel. Der lässt den Stecka sowieso falla.«

Baisch schrie aus Leibeskräften, als Haible den Warnschuss abfeuerte. Jetzt wurde auch er aktiv und stürmte in Richtung Opferstein. Der Angreifer verlor beim Ausholen mit dem Prügel das Gleichgewicht und fiel hart zu Boden, wo er regungslos auf dem Rücken liegen blieb. Baisch schrie entsetzt: »Du hascht ihn erschossen, Haible, der isch tot.«

Haible senkte die Pistole und sank auf die Knie. Er war vollkommen außer Atem. Falk Ludwig packte die Frau am Hals und würgte sie leicht. Schrill klang sein höhnisches Lachen. Baisch hatte den Mann am Boden erreicht und stellte erleichtert fest, dass er lebte. Nirgends war Blut zu sehen. Er half dem Mann sich aufzurichten.

»Lassen Sie meine Tochter in Ruh, bitte, tun Sie ihr nichts.«

Kaum saß er aufrecht begann er zu jammern. Wieder ertönte das höhnische Lachen Ludwigs.

Jetzt erreichte Haible seinen Kollegen Baisch und blieb dabei aber in sicherem Abstand zu Ludwig, der damit drohte, die Frau zu erwürgen. Für einen kurzen Moment konnte der Kommissar ein herablassendes Lächeln um die Mundwinkel der jungen Frau erkennen.

»Du, Baisch, da stimmt was nicht! Du, ich glaub die Frau hat gelächelt, als ich hergesprungen bin. Schau mal genau hin, der hebt die nicht richtig fest.«

»Ludwig, lassen Sie endliche die Frau los. Sie machen doch alles noch viel schlimmer. Schluss mit dem Schmierentheater!«

Falk Ludwig ließ die junge Frau tatsächlich los. Haible zog sie zur Seite. Baisch ging zu dem sitzenden Mann und half ihm auf die Beine.

»So, Herrschaften, nachdem wir wieder alle auf den Füßen sind, täte ich schon gerne erfahren, mit wem wir es hier zu tun haben. Fangen wir doch am einfachsten bei unserem schreienden Keulenschwinger an.«

Zwanzig Jahre Grießinger hatten bei Georg Baisch hörbar Spuren hinterlassen.

»Rechtinger. Gottlieb Rechtinger ist mein Name. Wohnhaft in Erkenbrechtsweiler. Das da drüben ist meine Tochter Bärbel Rechtinger. Sie ist erst siebzehn, und dieses Schwein hat ihr den Kopf verdreht. Gehirnwäsche macht er. Er manipuliert die jungen Leute.«

Baisch musste Rechtinger festhalten. Er befürchtete, dass sich der aufgebrachte Vater gleich wieder auf Falk Ludwig stürzen könnte. Barbara Rechtinger hatte für ihren Vater nur ein spöttisches Grinsen übrig.

»Frau Rechtinger, Sie können diesen Herrn Ludwig anzeigen.«

»Wieso anzeigen? Der Hüter des Nementon ist für die weltliche Macht sowieso unantastbar. Außerdem habe ich mich aus freien Stücken angeschlossen. Der hier gehört angezeigt.«

Dabei zeigte sie mit hassverzerrtem Gesicht auf ihren Vater.

»Der sperrt mich ein und behandelt mich wie sein persönliches Eigentum. Ständig weiß er alles besser und muss seine neuesten Kenntnisse in effektiver Gesprächsführung und Projektmanagement an mir ausprobieren. Ich bin keines von seinen Scheißprojekten aus der Firma.«

Erstaunt hörte Baisch zu. Der Name Rechtinger war ihm irgendwoher bekannt. Er ging zu Haible hinüber.

»Du, Eugen, was sagt dir der Name Rechtinger?«

»Der Reitzle hat gestern von einem Rechtinger erzählt, der alle in der Polizeidirektion genervt hatte. Mehrmals hatte er angerufen und sich über unsere unfähige Ermittlungsarbeit beschwert. Ein sehr sympathischer Zeitgenosse scheint das zu sein«, flüsterte Haible seinem Kollegen zu.

»Sind Sie der Rechtinger, der gestern unseren Chef über unsere Unfähigkeit informiert hat?«

Georg Baisch klang hörbar gereizt. Rechtinger sah betreten auf den Boden.

»Jetzt zu Ihnen, Herr Oberkelte.«

Haible zeigte auf den Hüter des Nementon.

»Könnten Sie uns freundlicherweise mitteilen, wie Ihr weltlicher Name ist?«

»Ludwig, Falk Ludwig steht in meinem Pass.«

»Herr Ludwig, war Ihnen bekannt, dass Frau Barbara Rechtinger noch nicht volljährig ist?«

Der angesprochene lächelte arrogant selbstsicher.

»Natürlich nicht, Herr Kommissar. Niemals würde ich mich auf Schulmädchen einlassen. Noch dazu wenn sie so sympathische Väter haben.«

Rechtinger stöhnte auf.

»Ihnen wird Ihre herablassende Art noch vergehen, Herr Ludwig. Könnten Sie uns mitteilen, wo Sie derzeit Ihren Wohnsitz haben und wo Ihr gelber VW-Bus steht?«

Das Gesicht von Falk Ludwig wirkte plötzlich sehr konzentriert. Haible hatte mit seinen Fragen richtig gelegen.

»Gemeldet bin ich nirgends. Wohnen tu ich derzeit bei der alten Amtsbotin, und mein Bus steht auf dem Wohnmobilstellplatz in Hülben.«

»So, ein Wohnsitzloser, der sich an Minderjährige heranmacht und Widerstand gegen die Polizei leistet. Das reicht, damit Sie für die nächste Zeit einen festen Wohnsitz im Untersuchungsgefängnis bekommen. Baisch, ruf unsere Kollegen an. Die Verstärkung brauchen wir nicht mehr, aber ein Streifenwagen sollte kommen und unseren Oberkelten mitnehmen. Zur Sicherheit bekommt er von mir noch Handschellen.«

»Was haben Sie eigentlich mit Ihren Unterarmen gemacht? Hatten Sie Streit oder wurden Sie von einer Wildkatze angefallen?«

Haible war sich ziemlich sicher, dass es sich um typische Kampfspuren handelte. So, als ob sich jemand gegen seine Hände oder eine Umklammerung gewehrt hatte.

Falk Ludwig grinste schief.

»Eine Wildkatze war es wohl nicht, aber vielleicht eine blonde Schmusekatze, die ihre Krallen ausgefahren hat.«

Haible hatte keinen Sinn für diese Art von Humor. Baisch hingegen fragte sich, woher Rechtinger eigentlich von diesem Treffen der Gruppe hier wusste. Versuchte er sich etwa als Polizist? Es wäre nicht das erste Mal, dass einer der ewig Besserwissenden sich selbst als Superermittler aufspielte.

Haible war inzwischen mit Ludwig fertig. Jetzt war es höchste Zeit mit Grießinger zu telefonieren. Der ließ sich immerhin zu einem Nicht ganz schlecht, Kollegen hinreißen und versprach, alles weitere zu veranlassen.

»Herr Rechtinger, sollen wir Sie nach Hause bringen?«

»Nicht nötig. Mein Mercedes steht in der Nähe vom Hangar. Ich fahr selber.«

»Dann halten Sie sich zu Hause zur Verfügung. Wir möchten Ihnen später noch ein paar Fragen stellen.«

Es dauerte eine Weile, bis die Kollegen eintrafen und Falk Ludwig übernahmen. Bärbel Rechtinger würden sie persönlich zu Hause abliefern. Sie hatte sich umgezogen und brachte das weiße Leinenkleid sorgfältig zusammengelegt mit. Baisch nahm es ihr ab und erklärte, dass er es als Beweismittel beschlagnahmen müsse.

Gemeinsam fuhren sie nach Erkenbrechtsweiler.

Herr Rechtinger öffnete die Haustür und führte sie ins Wohnzimmer. Die Tochter ging wortlos in den ersten Stock. Rechtingers lebten ein kleinbürgerliches Idyll mit Häkelkissen, braunem Eiche-Ledersofa und einem gefliesten Couchtisch, ebenfalls deutsche Eiche. Rechtinger setzte sich niedergeschlagen in den einzigen Sessel, der vermutlich sonst in exakter Linie zum Fernsehbildschirm stand.

Vor ihm lag ein Handy, die Zeichnung eines Amuletts und ein Buch von Falk Ludwig. Die Frau von Rechtinger saß am Esszimmertisch. Sie weinte stumm und schüttelte fortwährend den Kopf. Die Kriminalpolizei im Haus und die Tochter an eine Sekte verloren zu haben, das war zuviel für die arme Frau. Baisch sprach Herrn Rechtinger als Ersten an: »Geht es Ihnen wieder etwas besser?«

Rechtinger schüttelte verneinend den Kopf.

»Alles kaputt, alles ist kaputt!«

»Herr Rechtinger, mit Jammern wird es auch nicht besser.«

»Woher haben Sie eigentlich von dem Keltentreffen gewusst? Haben Sie den Ludwig beschattet?«

»Professionell ermittelt habe ich. Bei den richtigen Leuten die richtigen Fragen gestellt. Verstehen Sie?« Rechtinger zeigte keinerlei Einsicht.

»Als Staatsbürger wäre es Ihre Pflicht gewesen, die Polizei frühzeitig über Ihre Erkenntnisse zu informieren? Ihr eigenmächtiges Vorgehen wird Konsequenzen haben, Herr Rechtinger«, sagte Baisch.

Seine Frau stöhnte entsetzt auf.

»Außerdem haben Sie unsere Arbeit behindert und einen tätlichen Angriff auf Falk Ludwig verübt.«

Rechtinger saß wie ein Häuflein Elend da. Jetzt schluchzte seine Frau laut.

»Ich hab dir immer gesagt, Gottlieb, dass du deine Besserwisserei irgendwann büßen musst.«

Seine Hand zitterte, als er den beiden Kommissaren wortlos das Handy vom Tisch überreichte.

Haible sah ihn fragend an.

»Schauen Sie sich diesen Film auf dem Handy an!«, erklärte Rechtinger mit matter Stimme.

Haible klickte sich durch das Menü des Mobiltelefons und begann den einzigen Film, der gespeichert war, abzuspielen. Jetzt beugte sich auch Baisch gebannt über das Handy und stieß einen erstaunten Pfiff aus. Sie sahen ein Treffen der Hüter des Nementon. Vermutlich hatte es an der gleichen Stelle wie heute Abend stattgefunden. Am Opferstein stand wieder Falk Ludwig, der mit Eugenie Kächele das gleiche Ritual wie heute Morgen vollzog, nur dass in dem Handyfilm kein wildgewordener Vater die Szenerie unterbrach und Falk Ludwig daran hinderte, die junge Frau vor allen Anwesenden auszuziehen. Angewidert sahen Baisch und Haible, was sich dann in dem Film abspielte.

26

Es war einer der Tage an denen Emilie viel zu früh aufgestanden war und noch ziemlich verschlafen die Treppe herunter kam, als sie bereits Theo rufen hörte.

»Dein Fall ist wieder in der Zeitung, Emilie. Hör mal: Mordverdacht gegen den Anführer einer Keltengruppe am Heidengraben. Die Profilerin Emilie Berta Lämmle hat noch kein Bild vom Täter.«

Immer noch nicht richtig wach, starrte Emilie auf die Zeitung. Dann verdrehte sie die Augen, zuckte mit den Schultern und stellte Teewasser auf. Theo war ziemlich aufgeregt, während Emilie eher genervt war. Um sechs Uhr morgens waren ihr solche Schlagzeilen ziemlich egal.

Ganz langsam begann sie sich zu erinnern. »Der Journalist hat mich vorgestern angerufen. Ich hatte ihm gesagt, dass ich mir in diesem Fall wie ein blindes Huhn vorkäme. Ein grausiges Gefühl. Aber jetzt erst mal guten Morgen, lieber Theo. Seit wann sitzt du eigentlich hier unten? Mir war kalt ohne dich.«

Ihr Mann hatte sich jedoch bereits wieder in seine Tageszeitung vertieft. Als Antwort bekam sie ein undeutliches Gemurmel, das sich wie »halbsechs aufgestanden und viel Arbeit heute« anhörte. Sie kannte das. Theo war in manchen Dingen ziemlich speziell.

Das Telefon klingelte. Erschrocken fuhr Emilie hoch. Zögerlich nahm sie den Hörer ab.

»Lämmle, guten Morgen.«

»Sind Sie die Schriftstellerin?«

»Ja, warum?«

»Wir treffen uns in einer Stunde am Kienbein-Wall. Es ist wegen der toten Frauen.«

Die Worte waren hastig geflüstert worden, kaum verständlich.

»Hallo, wer sind Sie?«

Der Anrufer hatte bereits wieder aufgelegt.

Verwirrt setzte sie sich auf die Bank am Esstisch, umfasste mit beiden Händen ihre heiße Teetasse und versuchte einen klaren Gedanken zu fassen. Theo sah sie noch immer fragend an.

»Es war ein anonymer Anrufer am Apparat. Klang ziemlich seltsam und hat sofort wieder aufgelegt. Er will mich in einer Stunde am Kienbein treffen. Wegen den beiden Mordfälle.«

Theo war besorgt.

»Bleib da, Emilie, bitte! Das ist alleine viel zu gefährlich. Immerhin hat es am Heidengraben bereits zwei Tote gegeben.«

Innerlich musste Emilie ihrem Mann zustimmen, aber andererseits war sie neugierig auf die Informationen.

»Ich werde nicht alleine hingehen, Theo. Regine Oswald kann mich bestimmt begleiten, und zu zweit werden wir schon klar kommen.«

Theo war noch immer nicht ganz überzeugt.

»Dann sag zusätzlich noch Thomas Reitzle Bescheid, wo ihr seid«, sagte Theo.

»Wenn ich ihn erreichen kann.«

»Emilie, bitte!«

Als erstes rief sie Regine Oswald an. Emilie hatte sie nicht unbedingt als Frühaufsteherin in Erinnerung und war überrascht, als der Telefonhörer so schnell abgenommen wurde.

»Regine, ich bin es, Emilie. Kannst Du in einer Stunde am Kienbein-Wall sein?« – »Ein anonymer Anrufer will sich dort mit mir treffen. Angeblich hat er wichtige Hinweise zu den Mordfällen für mich.« – »Ja, der Wall liegt weiter hinten, am Flugplatz Hülben vorbei. Vom Hangar aus sind es noch knapp zweieinhalb Kilometer, bis an der engsten Stelle der Hochfläche links und rechts des Weges eine Gebüsch- und Baumreihe verläuft, die sich quer über die gesamte offene Fläche zieht. Du kannst bis zum Wall fahren. Erlaubt ist das aber nicht!« – »Das klappt? Du bist ein Schatz. Bis später, Regine.«

Emilie beeilte sich, wegzukommen. Im Hinausgehen rief sie Theo noch zu, er solle Reitzle bitte von dem anonymen Anrufer erzählen. Alles weitere würde sie ihm dann später selbst berichten. Sie warf Theo noch einen Kuss zu und brauste wie immer mit ordentlich Gas vom Hof. Ihr Mann blickte ihr nach. Er machte sich Sorgen.

Emilie parkte am Hangar der Fliegerfreunde Hülben e.V.. Das

Auto von Regine Oswald war noch nirgends zu sehen. Für einen Moment überlegte Emilie, ob sie warten sollte, entschloss sich dann aber in Richtung Kienbein-Wall loszugehen. Wahrscheinlich würde ihre Freundin sowieso jeden Moment eintreffen und mit ihrem Auto direkt zum vereinbarten Treffpunkt fahren.

Die Morgenstimmung auf der Alb war für Emilie ein besonderer Genuss. Sie atmete tief ein und reckte ihr Gesicht den ersten Sonnenstrahlen entgegen. Für die Begegnung mit diesem anonymen Anrufer wollte sie einen klaren Kopf haben. Angst hatte sie keine, aber sie spürte eine nervöse Anspannung und Neugierde. Noch immer keine Spur von Regine.

Bald erreichte sie den Kienbein-Wall, ein bewaldeter Streifen, der die freie Hochfläche an der schmalsten Stelle durchtrennte. Durch den Verteidigungswall entstand in Verbindung mit den übrigen Geländeeigenschaften ein geschützter Rückzugs- oder Siedlungsraum. Längst war der Erdwall dicht bewaldet und die Holzpalisaden verschwunden. Emilie sah sich wieder um. Ihr fielen die frischen Wagenspuren auf. Bestimmt war ein Jäger auf der Pirsch gewesen.

Vorsichtig ging Emilie vom Weg rechts ab ins Gebüsch am Rande des ehemaligen Verteidigungsgrabens und hinauf auf die Überreste des Walls. Dort sah sie sich um und lauschte in die Umgebung. Niemand war da. Keine Regine und kein anonymer Anrufer.

*

Jetzt durfte kein Ast knacken. Auf den nächsten Moment kam es an. Sie durfte sich nicht bewegen. Seine Hände wurden langsam taub, so stramm hatte er den Lederriemen herumgewickelt. Warum wollte sie seine Botschaften nicht verstehen? Auf dem Esszimmertisch hatte die Zeitung gelegen. Als er die Titelseite gesehen hatte, wusste er, was zu tun war.

Noch ein Schritt weiter, und er hatte sie erreicht. Sein Herz schlug immer schneller. Ein Moment der höchsten Anspannung und zugleich Erleichterung. Nur noch wenige Zentimeter. Er hob seine Hände mit dem Lederriemen.

Emilie stand in Gedanken versunken auf dem Erdwall. Sie fühlte, dass hier irgendetwas nicht stimmte. Immer stärker wurde der Impuls wegzurennen, raus aus dem Wald, auf die freie Fläche. Noch einmal hörte sie in das Unterholz hinein.

»Hallo? Ist hier jemand?«

Nichts, keine Antwort, kein anderes Geräusch. Nur das Schreien der Krähen war zu hören.

*

Erschrocken wich er etwas zurück. Ihre Stimme verunsicherte ihn. Sie drehte sich zur Seite. Jetzt musste er handeln, gleichgültig, ob sie sich wehrte oder ihn sah. Er musste seine Tat vollenden, bevor sie die offene Fläche erreichte. Schweißperlen standen auf seiner Stirn, rannen in die Augen und brannten. Schnell, sie ging den Wall hinunter.

*

Emilie hatte fast wieder den Weg erreicht. Für einen Moment meinte Emilie ein Rascheln und Knacken zu hören, das nicht von ihren Bewegungen kam. Sie schüttelte den Kopf und lächelte. Ihre Anspannung spielte ihr einen Streich. Plötzlich stockten ihre Bewegungen schlagartig. Ihr Hals wurde brutal zugepresst. An ihrem linken Ohr spürte sie stoßweise heißen Atem. Jemand flüsterte. Verzweifelt griff sie sich an den Hals. Der Riemen wurde immer weiter zugezogen. Sie wand sich, versuchte sich umzudrehen. Jemand zerrte sie in das Gebüsch zurück. Ihr wurde schwarz vor Augen. Regine, wie ein Blitz fuhr es ihr durch den Kopf. Der Film ihres Lebens begann. Die Bilder wurden immer heller, das Flüstern an ihrem Ohr immer lauter. Gleißendes Licht. Alles fühlte sich leicht an.

Ein scharfer Schmerz auf der rechten Seite holte sie zurück. Endlich bekam sie wieder Luft. Sie roch den Waldboden. Schmeckte Erde. Der Angreifer und sie waren hingefallen. Die Schmerzen an ihrem Hals machten sie fast wahnsinnig, aber sie konnte atmen. Sie tastete nach dem Lederriemen, den Händen, die ihn umklammert hielten. Sie kratzte mit aller Kraft, die sie hatte. Die Hände ließen nicht locker. Das Leder zog sich wieder zu. Aber dieses Mal hatte sie blitzschnell eine Hand zwischen den Riemen und ihren Hals geschoben. Sie musste dagegenhalten. Der Riemen zog sich immer weiter zu. Emilies Kräfte ließen nach.

Regine Oswald war mit Vollgas am Hangar vorbei in Richtung Kienbein-Wall gefahren. Sie hatte sich vollkommen verfahren und kochte vor Wut. Zuhause wollte sie die Karte noch einpacken und konnte sie nirgends finden. Endlich ein Schild mit einem Hinweis auf das Fluggelände von Hülben. Da vorne musste es ein. Vorbei an Heckenstreifen rumpelte sie über einen Schotterweg direkt auf den Kienbein-Wall zu. Sie suchte mit ihren Augen den Waldstreifen ab, und für einen kurzen Moment meinte sie, jemanden im Gebüsch zu sehen. Instinktiv hupte sie wie wild. Die roten Haare, das muss Emilie gewesen sein. Oder hatte sie sich getäuscht? In Sekundenbruchteilen bremste sie den Wagen ab, schrie aus Leibeskräften »Emiliiiieeeee« und rannte rechts in das Unterholz. Fast wäre sie über Emilie gestolpert, die kaum sichtbar hinter einer Erhebung am Rand einer tiefen Mulde lag. Im Augenwinkel sah sie einen Schatten davonrennen. Emilie hielt sich mit beiden Händen den Hals und stöhnte.

»Dank allen Schutzengeln, sie lebt!« Regine Oswald zögerte, ob sie dem Schatten hinterherrennen sollte. In diesem Moment öffnete aber Emilie die Augen und stöhnte noch lauter. Sie rang nach Luft und wollte etwas sagen, aber nur ein Röcheln war zu hören. Ihre Freundin kniete sich neben sie hin und half ihr vorsichtig, sich aufzurichten. Außer ein paar Schrammen und einem fürchterlichen, blutunterlaufenen Striemen am Hals schien Emilie keine äußeren Verletzungen zu haben. Vorsichtig tastete Regine den Kehlkopf ab.

Langsam begriff Emilie, dass alles vorbei war. Sie konnte atmen, die Stimme an ihrem Ohr war weg. Jetzt kam die Todesangst. Ihr Körper wurde von Weinkrämpfen geschüttelt. Verzweifelt, haltsuchend, klammerte sie sich an Regine.

Regine hielt ihre Freundin behutsam fest. Emilie musste dringend in ein Krankenhaus gebracht werden, um sicher zu gehen, dass sie keine inneren Verletzungen hatte. Die Ärztin fühlte ihr den Puls und hielt sie weiter mit einem Arm fest. Emilie stand unter Schock.

Eine gefühlte Ewigkeit später rüttelte Regine an ihrem Arm. Sie schlug blinzelnd die Augen auf und begriff, dass ihre Freundin sie noch immer im Arm hielt.

»Emilie komm hoch, ich nehm dich huckepack bis zum Auto. Du musst ins Krankenhaus.« Regine Oswald war zwar Ärztin, dachte aber in diesem Moment nicht daran, einen Krankenwagen zu rufen. Sie wollte nur noch weg, ihr Freundin in Sicherheit bringen.

Emilie schloss wieder die Augen, sie wollte nicht aufwachen und erst recht nicht aufstehen. Wieder rüttelte Regine an ihrem Arm und redete auf sie ein. Behutsam schob ihr die Leiterin der Esslinger KTU einen Arm unter die Schulter und hob sie an. Der Nebel in Emilies Kopf lichtete sich etwas. Sie verstand, was ihre Freundin wollte und versuchte aufzustehen. An der Hüfte fühlte sie einen stechenden Schmerz, aber sie konnte ihr Bein bewegen. Ihr Hals brannte immer schlimmer und schwoll an. Der Kopf dröhnte, sobald sie ihn bewegte. Regine stützte sie und ging mit ihr das kurze Stück zum Jeep. Emilie kletterte irgendwie auf den Beifahrersitz, dessen Lehne Regine soweit es ging nach hinten stellte.

27

Emilie weigerte sich, die Nacht im Krankenhaus in Reutlingen zu verbringen. Kaum hatte Regine vor dem Gebäude ihr Handy wieder eingeschaltet begann es hektisch zu piepsen. Theo, Reitzle und Lichtner hatten mehrfach versucht sie zu erreichen. Regine zeigte Emilie die verpassten Anrufe. Sie verdrehte die Augen und krächzte ein leises »Bitte nicht jetzt!«

Die Fahrt auf die Alb verlief schweigsam. Beide Frauen hingen ihren Gedanken nach.

»Danke, Regine, ohne dich wäre ich jetzt tot!«

Emilie schluchzte. Immer eindringlicher wurde ihr bewusst, dass sie wahnsinniges Glück gehabt hatte.

»Hätte ich mich nicht verfahren, hättest du jetzt keine Halsschmerzen.«

Regine klang etwas verlegen. Fast wäre sie zu spät gekommen. Für einen Moment sahen sich die Frauen an. Theo war bereits darüber informiert, dass sie nach Hause kommen würden. Emilie machte sich Vorwürfe und wusste nicht, wie sie Theo ihr Verhalten erklären sollte. Er hatte sie schließlich gewarnt.

»Mit Theo, das übernehme am besten ich. Er bekommt ein paar medizinische Fakten präsentiert, und ich werde ihn beruhigen. Du solltest dich erst mal dringend ausruhen.«

Sie bogen auf den Parkplatz am Lautenschlagerhaus in Bremelau ein, da öffnete sich die Haustür. Regine Oswald hielt an, stieg aus und half Emilie aus dem Wagen, während Theo aufgeregt um beide herumtänzelte. Er hatte nicht unbedingt die besten Nerven. Nach einigen fachlichen Erklärungen von Regine beruhigte er sich tatsächlich so weit, dass er Emilie endlich umarmen konnte.

Sein »Das war knapp, oder?« war mehr eine Feststellung als eine Frage von Theo. Der dicke Halsverband war Antwort genug.

Emilie wollte nicht antworten. Schlafen, nur noch schlafen. Regine begleitete ihre Freundin zum Sofa. Theo beeilte sich, ihre flauschige Lieblingsdecke zu holen. Mit einer kurzen Handbewegung gab ihm Regine ein Zeichen, dass es jetzt besser wäre, Emilie schlafen zu lassen.

Es klingelte an der Tür.

Theo eilte zur Haustür und öffnete. Lichtner stand vor ihm.

»Emilie schläft« war alles, was Theo herausbrachte.

Die Tür war bereits wieder halb zu, als Lichtner einen Fuß auf die Türschwelle stellte.

»Nur langsam, verehrter Herr Theo. Ich will doch nur etwas genauer wissen, wie die Befindlichkeit unserer allseits geliebten Emilie ist.«

Beharrlich drückte Lichtner die Tür ein Stück weiter auf.

»Und im Übrigen habe ich einen geistvollen Trunk zur Linderung des Schreckens, einen Rauch zum Zeichen des Friedens und einen Schwäbischen Alb-Dinkel-Whiskey zur Heilung der Seele dabei.«

Mit diesen Worten holte er eine Flasche Schlehenschnaps und eine Flasche Alb-Dinkel-Whiskey aus seiner Jackentasche.

Neugierig war zwischenzeitlich auch Regine zur Haustür gekommen.

»Der Kollege Lichtner!«, rief sie mit freudigem Erstaunen aus. »Jetzt sei doch nicht so, Theo, mach wenigstens die Tür auf. Der Lichtner wird schon nicht beißen.«

Theo gab sich geschlagen, aber dass er ausgerechnet seinen Nebenbuhler ins Haus lassen sollte, machte ihm zu schaffen.

»Weil Regine es will: Kommen Sie kurz rein.«

Lichtner nickte Renate zu und streckte Theo seine Hand hin.

»Sie sind also der Herr Theo, den Emilie geheiratet hat. Ich bin beeindruckt! Herzlichen Glückwunsch im Nachhinein, ich bin der Fritz.«

Theo ignorierte Lichtners Hand. Regine überspielte die Szene, indem sie einfach die Hand ihres Kollegen nahm und herzlich drückte. Dabei strahlte sie ihn erfreut an.

Theo stand noch immer etwas überfordert im Hausgang, und Lichtner begriff, dass er die Situation etwas auflockern musste. Er öffnete den Schlehenschnaps, hielt die Öffnung an seine Nase und sog dann den Duft ein. Dann schnalzte er genüsslich mit der Zunge.

»So ein ausgesprochen wunderbares Tröpfle habe ich bisher noch selten gefunden. Der *Adler-Wirt* aus Anhausen hat ein wunderbares Händchen beim Schnapsbrennen. Komm, Theo, probier. Gläser können wir später noch benutzen.«

Zögerlich nahm Theo die Flasche und trank mit spitzen Lippen einen kleinen Schluck. Der Schnaps rann ihm fast wie Öl die Kehle hinunter, erwärmte wohlig den Bauch. Sein Aroma erfüllte den gesamten Mund- und Nasenraum. Theo gluckste zufrieden und setzte die Flasche gleich noch ein weiteres Mal an. Dem kleinen Probierschluck folgte ein großer Genussschluck, und sein Gesichtsausdruck verriet, das Eis begann zu tauen.

Dann gab er die Flasche Lichtner zurück, der sie an Regine weiterreichte. Regine nippte jedoch nur am Schnaps. Sie trank nur sehr selten Hochprozentiges. Lichtner setzte die Flasche mit einem freudigen Grunzen an seine Lippen und nahm einen gewaltigen Schluck.

»Wie geht es Emilie?«, fragte er etwas unvermittelt.

Für einen Moment herrschte betretenes Schweigen. Sie hatten Emilie vergessen. Regine eilte ins Wohnzimmer. Dort lag ihre Freundin und schlief fest. Leise betraten die zwei Männer das Zimmer und betrachteten die schlafende, zerbrechlich wirkende Frau, die sie beide auf ihre eigene Art liebten. Lichtner kramte in seiner Jackentasche und holte einen Plastikbeutel heraus, der eine Art Minispachtel und ein Plastikröhrchen mit Drehverschluss beinhaltete. Er kniete sich vor dem Sofa auf den Boden und nahm sanft Emilies Hand. Dann reinigte er vorsichtig mit dem kleinen Spatel ihre Fingernägel. Immer wieder strich er den Spatel am Rand des Plastikröhrchens ab. Dann beugte er sich über Emilie und reinigte die Fingernägel der anderen Hand. Emilie stöhnte mehrmals.

Das verschlossene Röhrchen verstaute Lichtner sorgfältig in dem Plastikbeutel und steckte ihn wieder in seine Jackentasche. Dann verließen sie das Wohnzimmer.

Regine ging mit Lichtner in den gemütlichen Aufenthaltsraum des Lautenschlagerhauses, während Theo einen Hafen Griebenschmalz auf ein Tablett stellte. Außerdem legte er ein paar Scheiben Bauernbrot, etwas geräuchten Bauchspeck und einen halben Albkäs dazu. Er folgte den anderen in den gemütlichen Essraum des Gästehauses. Dort hatte es sich Lichtner auf der Eckbank bequem gemacht. Beide Arme auf der Lehne der Bank ausgebreitet wartete er, bis Theo sich hinsetzte. Dann schenkte er allen ein Glas Whiskey ein.

Mit großem Genuss betrachtete er das Schmalz und den Bauchspeck genauer.

»Theo, ein vortrefflicher Gedanke, diesen Tag mit einem herzhaften Vesper abzuschließen.«

Regine grinste und Theo versuchte, die seltsame Situation, mit dem früheren Liebhaber und heutigen Verehrer seiner Frau an einem Tisch zu sitzen, in den Griff zu bekommen. Der Schlehen-Schnaps hatte ihn milde gestimmt. Der goldbraune Whiskey vor ihm auf dem Tisch bot die Chance, auch den Rest zu vergessen.

Beschwingt nahm er das Glas und prostete den beiden zu. Dann trank er den Whiskey in einem Zug leer. Lichtner machte sich über das Vesper her und strich der Einfachheit halber für Theo und Regine die Schmalzbrote gleich mit. Den Bauchspeck schnitt er in feine Streifen und den Albkäs in dünne Scheiben.

Theo lehnte sich auf seinem Stuhl bedenklich weit zurück und rülpste deutlich hörbar, ganz entgegen seiner sonstigen Gewohnheiten. Dann zeigte er mit schwankendem Zeigefinger auf Lichtner.

»Lichtner, ich weiß genau, dass du Emilie mit allen Tricks rumkriegen willst. Du alter Gigolo, du.«

»Und ich weiß, du dummer betrunkener Herr Theodor, dass deine Frau dich viel zu sehr liebt, um mir auch nur die geringste Chance zu geben. Du bist ein solcher Grasdackel, dass es schon weh tut! Aber, lieber Theobald, der Trauer ist genug, denn das Schöne ist so nah, hat schon der alte Goethe ganz richtig erkannt. Im Übrigen verbindet mich mit deiner Emilie etwas viel größeres als Liebe, nämlich wahre Freundschaft. Merk dir das gefälligst und für alle Zeit!«

Während seiner Ansprache hatte Lichtner den Arm um Regine gelegt und sie mit seinem charmantesten Lächeln bedacht.

»Herr Theobald, lass uns noch einen trinken und auf unsere Emilie anstoßen.«

Die letzte Runde gab Theo den Rest, und es dauerte nicht lange, bis er auf seinem Stuhl eingeschlafen war. Regine war ebenfalls hundemüde, und nur Lichtner schien wieder munter zu werden. Brummend stand er auf, ging in die Küche und kochte sich einen doppelten, mörderisch starken Espresso.

»Nun denn, wenn mich meine Gefährten so schändlich in das

Land der Träume verlassen, muss ich wohl oder übel an meine Werkbank eilen und noch das eine oder andere Spürchen genauer untersuchen.«

Mit diesen Worten holte er sein Handy aus der Hosentasche, wählte die Nummer eines Münsinger Taxi-Unternehmens und begab sich bis zur Ankunft des Wagens noch einmal ins Wohnzimmer zu Emilie. Sie schlief wieder unruhig und war schweißgebadet. Lichtner holte ein Handtuch und trocknete ihr das Gesicht vorsichtig ab. Dann küsste er sie auf die Stirn und lächelte. Er würde diese Frau immer auf seine eigene Art lieben. Und man sollte niemals nie sagen. Vielleicht sollte man wirklich niemals nie sagen.

28

Emilie hatte trotz der noch frischen Temperaturen am frühen Morgen die Terrassentür weit geöffnet, um das Gezwitscher der Vögel zu hören. Ihr Hals schmerzte immer noch mörderisch, aber ihr Kopf funktionierte wieder, und sie fühlte sich trotz einer unruhigen Nacht deutlich frischer als gestern. Beim Aufstehen hatte sie einen gewaltigen Muskelkater gespürt. Sie brauchte jetzt dringend einen Chai.

Kurze Zeit später kam Regine die Treppe herunter. In ihrem Gesicht waren die Spuren des gestrigen Abends noch deutlich sichtbar. Überrascht hatte sie irgendwann heute Nacht registriert, dass Lichtner verschwunden war. Ihr Kopf schmerzte heftig.

»Morgen, Emilie. Wie geht es dir?«

Emilies Stimme war ein heiseres Krächzen, aber mit etwas Mühe durchaus verständlich.

»Halsschmerzen, Muskelkater, Kopfschmerzen. Sonst ist alles in Ordnung.«

Regine grinste schief und winkte ab. Mit einer Tasse Chai setzte sie sich zu Emilie an den Tisch und musterte ihre Freundin. Sie zweifelte, ob Emilie tatsächlich so fit war, wie sie ihr erzählte. Schweigend tranken sie ihren Tee. Regine informierte

Emilie kurz über den gestrigen Umtrunk und Lichtners Besuch. Emilie grinste bei dem Gedanken an Theo. Wenn er zu viel Alkohol getrunken hatte, war er am nächsten Tag ein Häufchen Elend, das mütterlich gepflegt werden musste.

Das Häufchen Elend kam allerdings erstaunlich beschwingt die Treppe herunter, wünschte einen wunderschönen guten Morgen, brühte sich einen Kaffee auf und warf ein Aspirin in ein halbvolles Glas Wasser. Emilie war verblüfft. Bis auf das Aspirin hatte sie Theo am Morgen danach so noch nicht erlebt. Nach einer Weile kam Theo mit seinem Kaffee an den Esstisch.

»Was haben die Damen heute vor? Emilie, ich nehme an, deine Leibärztin hat dir strenge Bettruhe verordnet?«

Emilie stieß Regine mit ihrem Fuß gegen das Schienbein. Diese verstand sofort.

»Nun, lieber Theo, Bettruhe wäre nicht zwingend erforderlich, wenn sich Emilie gut fühlt.«

»Und die Gehirnerschütterung, die Halsschmerzen, die Prellungen und Abschürfungen? Ist das etwa kein Grund?«

Regine wirkte etwas gequält, denn Theo hatte durchaus recht, einzig Emilie wollte offensichtlich nichts von Bettruhe wissen. Was hatte sie vor?

Emilie ahnte bereits, was jetzt kommen würde. Bevor Theo überhaupt einen Vortrag zur *Rekonvaleszenzzeit nach Mordanschlägen* beginnen konnte, hakte sie sich bei Regine ein und beeilte sich hinauf ins Bad zu kommen. Dort begann ihre Freundin, die vor ihrer Berufung zur Rechtsmedizinerin als praktische Ärztin eine Naturheilpraxis hatte, vorsichtig den Halsverband abzunehmen. Sie erschrak, als sie die Verletzung sah. Emilie hingegen betrachtete sich neugierig im Spiegel. Der Anblick des schwarzblauen Bandes um ihren Hals ließ sie kurz zusammenzucken.

»Ziemlich knapp!«, krächzte sie und betastete vorsichtig die Verletzung.

Theo klopfte an die Tür und verlangte energisch hereingelassen zu werden.

»Tut mir leid, ich befinde mich in einer Behandlung. Zutritt verboten. Sprechzeiten wieder ab 15 Uhr.«

Regine feixte und begann behutsam eine heilende Salbe auf Emilies Hals aufzutragen. Murrend ging Theo die Treppe hinunter. Er würde im Büro zu finden sein und vermutlich war das heute die beste Lösung für alle Beteiligten.

»Übrigens, Regine, wegen Lichtner. Den Dicken solltest du in vollen Zügen, aber mit Vorsicht genießen. Hat ein hohes Suchtpotential und ist, seitdem ich ihn enttäuscht habe, ein überzeugter Single, der allerdings keineswegs singelig lebt.«

»Dann ist er ja doppelt interessant. Ist zwischen euch was?«, flüsterte Regine Oswald.

Jetzt musste Emilie lachen, was ihr höllische Schmerzen verursachte und eher wie ein Bellen klang.

»Ich mag ihn schon, meinen Dicken, und es kribbelt manchmal noch gewaltig, aber es ist vorbei. Ich möchte Theo unter keine Umständen verletzen oder gar verlieren.«

»Na, denn steht ja einem kleinen oder größeren Abenteuer nichts im Wege.«

Regines Augen funkelten.

»Du, Regine, da ist noch was. Ich höre seit dem Überfall immer wieder Stimmen. So, als ob mir jemand etwas ins Ohr flüstert. Aber ich verstehe nicht, was er sagt.«

Regine horchte auf und sah sie besorgt an.

»Vermutlich sind das Erinnerungen an bestimmte Details des Mordanschlages. Möglicherweise kommt dein Gedächtnis immer mehr zurück, und deine Wahrnehmungen werden wieder präziser. Das wird zwar sehr schmerzhaft sein, weil du alle Ängste erneut durchlebst, aber es kann dir helfen, die Ereignisse zu verarbeiten. Halte mich auf dem Laufenden, wenn es nicht besser wird.«

Emilie nickte. Diese Stimme am Ohr machte ihr Angst.

Gemeinsam gingen sie zu Theo ins Büro und verabschiedeten sich. Theo schmollte ernsthaft und äußerte seine Missbilligung für den Entschluss Emilies mit aller Deutlichkeit. Zum Abschied und als Versöhnungsversuch bekam er einen dicken Kuss mit viel »Dankeschön« von Emilie.

Beide Frauen hatten ein ziemlich mulmiges Gefühl im Bauch, als sie auf den Parkplatz der Polizeidirektion fuhren. Kriminalrat Thomes Reitzle war bereits beim gestrigen Telefonat von Regine mehr als ungehalten über das verantwortungslose Handeln der beiden Frauen gewesen. Es war nicht seine Art, in solchen Situationen zu schreien, ganz im Gegenteil, er wurde sehr kurz angebunden und sprach bedrohlich leise. Während der Fahrt hatten Emilie und Regine überlegt, was passieren würde, wenn sie sein Büro betraten.

Regine klopfte an die Tür von Thomas Reitzles Büro. Ein knappes »Herein!« war zu hören. Grießinger, Haible, Baisch und Möhrle saßen am Besprechungstisch. Lichtner fehlte. Die Spannung im Raum war körperlich spürbar. Emilie und Regine blieben wie angewurzelt stehen. Reitzle musterte sie von oben bis unten. Sein Blick blieb für einen Moment an Emilies Schal hängen. Kaum wahrnehmbar zuckte sein Mundwinkel.

»Guten Morgen, die Damen. Nehmen Sie bitte Platz. Wir haben zwar offiziell noch keine Soko gegründet, aber aus gegebenem Anlass habe ich eine dringende Besprechung jedoch für notwendig erachtet.«

Sonst kam nichts. Emilie blickte Regine verunsichert an. Was war hier los? Zögerlich gingen sie an ihre Plätze und setzten sich hin. Getuschel setzte bei Grießinger und seinen Kollegen ein. Reitzles Blick fixierte Emilie. Er sah müde aus.

»Frau Lämmle, Sie haben gestern alle Vereinbarungen, die wir getroffen hatten, missachtet und sich dadurch in höchste Gefahr gebracht. Des Weiteren haben Sie uns nicht persönlich über Ihre Ermittlungen und ihre Verabredung informiert. Wertvolle Zeit ging dadurch verloren. Die Konsequenz ist, dass Ihnen ab sofort jeglicher Alleingang untersagt ist. Sie machen von nun an keinen einzigen Schritt mehr ohne Begleitung. Haben wir uns verstanden?«

Jetzt blickte er auch Regine scharf an.

»Ansonsten sind wir natürlich saufroh, dass Sie noch leben. Herzlich willkommen zurück!«

Dabei lächelte er Emilie schief an und setzte sich zunächst auf seinen Platz, um im selben Moment wieder aufzustehen.

»Bevor ich es vergesse, wo ist eigentlich Kollege Lichtner? Weiß jemand was?«

Seine Stimme hatte einen sorgenvollen Unterton.

»Es könnte möglicherweise sein, dass er etwas zu viel Alb-Dinkel-Whiskey in sich hineingeschüttet hat und darüber vergaß, seinen Wecker zu stellen«, sagte Regine und grinste verlegen. Die anderen schüttelten ungläubig den Kopf. Dann löste sich die Anspannung im Raum endgültig in Heiterkeit und Erleichterung auf. Sogar Grießinger nickte Emilie freundlich zu. Er war vor der Sitzung noch kleinlaut von Reitzle informiert worden, dass die Lämmle von seinem Chef persönlich um Unterstützung bei den Ermittlungen gebeten worden war. Grießinger blieb erstaunlich gelassen. Zum einen war er sich ziemlich sicher, dass er den Mörder bereits hatte, und zum anderen war ihm Reitzle ab jetzt etwas schuldig.

Emilie saß da wie ein Häufchen Elend. Zum einen bereute sie die gestrige Aktion aufrichtig, zum anderen musste sie ihr Vorhaben, im Anschluss an die Besprechung zum Heidengraben zu fahren, aufgeben. Sie konnte in Reitzles Gesicht deutlich sehen, wie ernst es ihm war, und sie wusste, er hatte ihr – trotz der Alleingänge im letzten Fall – vertraut. Theo hingegen würde sich mit Sicherheit freuen, wenn sie so schnell wieder zu Hause wäre, und Regine sah ebenfalls sehr erleichtert aus.

Kaum hatte sich die Situation beruhigt, ging die Tür auf. Lichtner betrat mit einem triumphierenden Lächeln den Raum. Er sah fürchterlich aus. Tiefe Augenringe, die Reste seines Haarkranzes standen teilweise wirr von seinem Kopf ab und die zerknitterte Kleidung ließen vermuten, dass er eine harte Nacht hinter sich hatte, in der er womöglich gar nicht ins Bett gekommen war. Seine Whiskeyfahne war ebenfalls noch deutlich wahrnehmbar, und ein schwerer Zigarrengeruch umwehte ihn. Regine musste grinsen, als sie ihn erblickte, und Emilie war fassungslos. Hatte Lichtner etwa die letzte Nacht durchgesoffen?

»Guten Morgen, verehrte Anwesende. Ich bitte die Verspätung zu entschuldigen, aber wichtige dienstliche Angelegenheiten haben mich von einem rechtzeitigen Erscheinen ferngehalten.«

Lichtner schien bei diesen Worten etwas zu schwanken. Mit wissendem Blick musterte Reitzle den Leiter der KTU. Grießinger feixte: »So, so. Gehört das Alkohol-Studium auch zu Ihrem Dienstbereich?«

Der Hauptkommissar konnte sich nicht beherrschen.

»Mitunter erfordert meine Arbeit Opfer, werter Herr Grießinger.«

»Herr Lichtner, mein Bedarf an Alleingängen ist für heute gedeckt. Könnten Sie uns bitte umgehend erläutern, warum Sie zu spät gekommen sind. Und könnten Sie mir bitte auch mitteilen, was Ihren Aufzug und die Alkoholfahne rechtfertigt.«

Reitzle hatte wieder ziemlich leise gesprochen. Das bedeutete nichts Gutes. Lichtner räusperte sich und nahm auf seinem Stuhl eine aufrechte Haltung ein. Dann zog er sich etwas sein Hemd glatt und bändigte seine wenigen, aber widerspenstigen Locken.

»Herr Reitzle, entschuldigen Sie vielmals mein despektierliches Äußeres. Die Situation hat leider die notwendige Körperhygiene und Kleiderpflege nicht zugelassen, und die Nachwirkungen des hervorragenden Alb-Dinkel-Whiskeys sind nur noch in Form von Ausdünstungen vorhanden.«

Lichtner konnte nicht nur mörderisch trinken, sondern sich auch äußerst erlesen ausdrücken.

»Wir wissen nun mit an Sicherheit grenzender Wahrscheinlichkeit, dass die DNA-Spuren unter Emilies Fingernägeln nichts mit der DNA aus dem Haarbüschel von Falk Ludwig gemeinsam haben. Ludwig kam bei Emilie ja auch nicht als Täter in Frage, weil er zu der Zeit bereits in unserer Zelle war. Ich habe dann die DNA-Spuren mit den DNA-Spuren, die wir bei Juliana und Eugenie gefunden haben, verglichen. Volltreffer! Bei allen dreien gab es übereinstimmende Spuren. Bei Juliana und Eugenie gab es zudem übereinstimmende Spuren, die von Falk Ludwig stammen.«

Regine schüttelte den Kopf. Ein DNA-Abgleich in dieser kurzen Zeit war eigentlich unmöglich. Was hatte Lichtner vor? Warum führte er die Mitglieder der Soko auf eine andere Spur? Oder war es ihm tatsächlich gelungen, den Abgleich in nur einer Nacht durchzuführen? Sie hatte starke Zweifel. Offensichtlich ging es Reitzle ebenso.

»Woher, Kollege Lichtner, hatten Sie denn das ominöse Haarbüschel von Falk Ludwig? Der Tatverdächtig befindet sich doch in Untersuchungshaft?«

»Herr Grießinger und seine Kollegen hatten dankenswerter Weise ein Büschel Haare von Ludwig vor der Zimmertür in seiner Unterkunft gefunden. Ganz zufällig, versteht sich.«

Haible holte tief Luft. Reitzle würde den großen Zufall mit Sicherheit durchschauen. Das konnte großen Ärger bedeuten.

»Der Rest war harte Arbeit, gepaart mit meiner Genialität und zwei Kannen tiefschwarzem Kaffee.«

Lichtner schien sehr zufrieden mit sich zu sein.

Reitzle schüttelte missbilligend den Kopf. Er ahnte bereits, dass es einige Phantasie erfordern würde, die Herkunft des Haarbüschels dienstrechtlich plausibel darzustellen. Allerdings half ihnen die DNA-Analyse zweifellos weiter, falls sie überhaupt stattgefunden hatte.

»Meine Damen und Herren, aufgrund der neuen Erkenntnisse drängt die Zeit. Grießinger, Sie nehmen jetzt diesen Ludwig ins Verhör und klopfen mal ordentlich auf den Busch. Vielleicht hat den Anschlag auf Frau Lämmle ja ein Mitglied seiner Gruppe verübt. Im Auftrag von Ludwig. Wenn der kein hundertprozentiges Alibi hat, bleibt der da. Das DNA-Ergebnis von Lichtner ist vorerst nicht offiziell.

Frau Lämmle, Frau Oswald, Sie stehen für weitere ermittlungstechnische Fragen zur Verfügung. Herr Möhrle, Sie begleiten mich zur Koordinierung der weiteren Pressemitteilungen in meine Büro. Viel Erfolg!« Die Sitzung ist beendet.

Kaum hatte Reitzle wieder Platz genommen und sich Möhrle

zugewendet, war Grießinger mit einem knappen »Ade« aus dem Besprechungsraum geeilt. Falk Ludwig wartete bereits im Vernehmungszimmer. Haible und Baisch dagegen warteten auf Emilie und Regine Oswald.

29

Haible und Baisch führten eine äußerst gewissenhafte und detaillierte Zeugenbefragung durch. Erst nach zwei Stunden ließen sie die beiden Frauen gehen. Emilie wurde das Gefühl nicht los, dass die beiden Kommissare ziemlich sauer über ihre Aktion waren.

Im Lautenschlagerhaus angekommen verabschiedete sich Regine herzlich, und Theo tänzelte wieder besorgt um Emilie herum.

»Macht es gut, ihr zwei, und verwöhne deine Frau, Theo, damit es ihr schnell besser geht.« Mit diesen Worten war Regine zur Tür hinaus.

Emilie verdrehte die Augen und wusste, was kommen würde. Wolldecken, Stützkissen, warme Socken, Vitaminsaft, Kraftbrühe mit Ei. Theo würde sein ganzes Krankenpflegewissen anwenden. Bei einer Erkältung war das manchmal durchaus hilfreich und liebenswürdig, aber nicht nach einem Mordanschlag. Theo wurde bereits aktiv und kam mit einem Stapel Decken und zwei Kissen ins Wohnzimmer.

»Theo, ich hab keine Grippe, und ich habe kein Fieber. Ich bin nur fürchterlich müde. Du kannst beruhigt in dein Büro gehen.«

Theo verzog schmollend das Gesicht, schien aber ebenso erleichtert, ins Büro gehen zu können. Emilie war frustriert und ausgelaugt. Sie hatte keine Ahnung, wie sie bei den Ermittlungen weiterkommen sollte. Regine würde ihr nicht mehr helfen. Lichtner sowieso nicht. Alle hatten nach dem Mordversuch viel zu große Angst um sie.

Jetzt konnte ihr nur eine Person helfen: Kirstin von Hackelberg von der Elbinsel Krautsand musste kommen. Emilie hatte

Kirstin bei ihrem ersten gemeinsamen Fall mit Grießinger als Vermieterin einer Ferienwohnung auf Krautsand kennengelernt. Gleichzeitig war Kirstin eine passionierte Jägerin und Züchterin von Jagdhunden. Ihre furchtlose, tatkräftige Art war jetzt das, was Emilie brauchte. Die beiden Frauen kannten sich zwar noch nicht lange, aber sie hatten vom ersten Moment ihrer Begegnung an gespürt, das zwischen ihnen eine Seelenverwandtschaft bestand. Erklären konnte das Emilie sich selbst manchmal nicht wirklich, denn in vielen Dingen war Kirstin von Hackelberg das krasse Gegenteil von ihr. Natürlich hatte Emilie nicht ernsthaft vor, ihre privaten Ermittlungen nach der Ermahnung von Reitzle, aufzugeben. Aber sie war durchaus bereit für etwas mehr persönliche Sicherheit zu sorgen. Kirstin von Hackelberg würde sie in den nächsten Tagen auf der Pirsch begleiten und vielleicht sogar das eine oder andere Wildschwein schießen. Emilie ging zum Telefon und wählte.

»Kirstin von Hackelberg. Wer spricht da?«

»Emilie Berta Lämmle. Gut, dass ich dich erreiche.«

»Was ist denn mit dir los, Emilie. Hat dich Theo geärgert? Du hörst dich ja richtig mies an.«

»Alles ist Mist, Kirstin. Wirklich alles.«

Dann erzählte Emilie ihrer Freundin von den Ereignissen der letzten Tage. Kirstin hörte die ganze Zeit über schweigend zu.

»Emilie, ich komme! Horst hat ab nächste Woche Urlaub. Am Sonntag habe ich nochmal Bettenwechsel, dann setze ich mich ins Auto. Hooorst geht das denn?«

Nichts war zu hören.

»Wo zum Teufel ist eigentlich schon wieder dieser Horst?«

Kirstin von Hackelberg kam in Fahrt, und Emilie konnte schon wieder lächeln, als sie das Gespräch beendete.

Anstatt sich hinzulegen und ihrer Müdigkeit nachzugeben, rief sie Theo. Der war vollkommen verblüfft, weil er eigentlich davon ausgegangen war, dass Emilie längst schlief. Stattdessen hatte sie auf dem Tisch ein leckeres Vesper gerichtet. Theo vermutete dahinter die Entschuldigung für ihre ruppige Art von vorher. Er sollte sich allerdings täuschen. Emilie war weit von einer Entschuldigung entfernt. Sie wollte ihn milde stimmen und wenn nötig auch bestechen.

»Du, Theo, nächste Woche kommt Besuch«, sagte sie beiläufig.

»Ganz schlecht, ich habe wahnsinnig viel Arbeit«, meinte er nur.

»Kirstin von Hackelberg kommt, mit Flinte und Hund.«

Theo schwieg und dachte nach.

»Das klingt gefährlich, Emilie. Vielleicht sollte sie die Flinte und den Hund besser auf der Insel lassen?«

»Theo, was denkst du denn schon wieder. Wir wollen Wildschweine jagen, sonst nichts.«

»Solange ich nicht mit auf die Pirsch muss, soll sie ruhig kommen.«

Theo hatte trotzdem seine Zweifel. Vermutlich würde es sich bei der Pirsch um die Jagd nach zweibeinigen Wildschweinen handeln. Er kannte Emilie schon zu lange. Aber wenigstens konnte Kirstin von Hackelberg auf Emilie aufpassen. Was sich da zwischen diesen beiden Frauen abspielte, fand er faszinierend. Nur wenige Tage hatten sie miteinander verbracht und sie telefonierten schon wie die besten Freundinnen. Dass Kirstin auf den Anruf von Emilie hin sozusagen alles stehen und liegen ließ, überraschte ihn nicht einmal. Das war so eine Frau, einmal Freundin, immer Freundin und dann aber zusammen durch dick und dünn. Begreifen konnte man das als Mann wahrscheinlich nicht. Aber das Gute bei all dem war dann noch, sie konnte hervorragend schießen.

30

Grießinger betrat wortlos das Vernehmungszimmer. Ludwig sah ihn mit offenem Blick und sehr selbstsicher an. Ein harter Brocken. Aber dich krieg ich. Noch vor dem Mittag sind wir zwei so weit, dachte sich Grießinger grimmig. Zur Sicherheit sah er auf seine Taschenuhr.

Der Kriminalkommissar setzte sich an den Vernehmungstisch, auf dem ein Tonband und ein Pappbecher mit Mineralwasser stand.

»Grießinger, Josef, Kriminalhauptkommissar.«

»Ludwig, Falk, Hüter des Nementon.«

»Sie stehen unter dem Verdacht, zwei Frauen ermordet zu haben, Herr Ludwig.«

Grießinger klärte ihn über seine Rechte auf und bot ihm ein Telefon an, um seinen Anwalt zu verständigen.

»Vergessen Sie nicht, dass ich außerdem beschuldigt bin, Widerstand gegen die Staatsgewalt geleistet zu haben, Minderjährige verführt zu haben, und einen festen Wohnsitz kann ich auch nicht vorweisen. Mit Sicherheit haben Sie zwischenzeitlich meinen Campingbus durchsucht und etwa zwei Gramm Haschisch gefunden und drei Schachteln unversteuerte Zigaretten.«

Ludwig zeigte wieder sein herablassendes, selbstsicheres Lächeln. Der Kriminalkommissar schwieg. Dieser Bursche würde ihn nicht provozieren. Nach einigen Minuten gab er dem anwesenden Polizeibeamten ein Zeichen. Der verließ kurz den Vernehmungsraum und kehrte mit einer größeren, geschlossenen Schachtel zurück.

»Ihr kleinkriminelles Geschwätz interessiert mich nicht, Herr Ludwig. Sie sitzen hier unter Mordverdacht. Wollen Sie vielleicht nicht doch einen Anwalt verständigen?«

Jetzt rutschte Ludwig etwas unsicher auf seinem Stuhl nach oben und setzte sich aufrecht hin. Die Schachtel verunsicherte ihn offensichtlich.

»Beweise, Herr Kriminalhauptkommissar. Zeigen Sie mir die Beweise, ansonsten gehe ich hier als freier Mann zur Tür hinaus.«

Grießinger legte die weißen Kleider, die sie bei der Durchsuchung des Busses gefunden hatten, auf den Tisch. Anschließend holte er zwei Amulette, den Lederriemen vom Opferstein, das Buch Falk Ludwigs und einige Tatortbilder aus der Kiste.

»Reicht Ihnen das? Der gleiche Stoff, das gleiche Amulett wie bei Juliana Buck, die gleiche Vorgehensweise, der Lederriemen, die Zeugenaussage von meinen Kollegen Haible und Baisch sowie die entsprechenden Passagen in Ihrem Buch. Und es gäbe dann auch noch ein Video von einem aufgebrachten Vater, der seine minderjährige Tochter vor Ihnen retten wollte. Vielleicht wäre es der richtige Zeitpunkt, etwas umgänglicher zu sein, Herr Ludwig.«

Ludwig entspannte sich offensichtlich. So, als ob er schlimmeres erwartet hätte. Grießinger war für einen kurzen Moment irritiert. Dieser Ludwig hatte Dreck am Stecken. Der Anblick der erdrückenden Beweismittel blieb folgenlos. Keine Reaktion. Grießinger dachte nach.

»Jetzt bin ich aber froh, dass ich endlich weiß, wo mein Zeremonienkleid hingekommen ist. Und das Amulett habe ich ebenfalls vermisst. Danke, Herr Grießinger.«

Noch blieb der Kriminalhauptkommissar ruhig.

»Sie hatten eine Beziehung zu Juliana Buck.«

»Na und, ist das verboten? Was soll die Frage?«

»Ich frage nicht, ich stelle fest, Herr Ludwig. Sie hatten auch eine Beziehung zu Eugenie Kächele.«

»Ja und, worauf wollen Sie hinaus? Beide waren doch mindestens achtzehn, oder?«

»Beide sind ermordet worden. Beide am Heidengraben. Alle Indizien sprechen für Sie als Täter, Herr Ludwig.«

Ludwig wurde offensichtlich nervös. Seine Stimme klang leicht gereizt.

Grießinger lächelte.

»Irgendwie müssen Sie ein bissle versagt haben, Herr Ludwig.«

Ludwig sah ihn verständnislos an.

»Na ja, nicht das ich Ihnen etwas unterstellen möchte, aber es scheint, dass die beiden hübschen jungen Damen während der Partnerschaft mit Ihnen durchaus andere Interessen entwickelten.«

Grießingers Blick war scheinheilig zur Zimmerdecke gerichtet, die Hände hatte er über seinem Bauch verschränkt.

Noch immer sah ihn Ludwig verständnislos an.

»Sie sind schon schwer von Begriff! Hatten Sie nie das Gefühl, dass Ihnen Frau Buck oder Frau Kächele etwas vormachten? Ich mein, wenn Sie allein mit Ihnen waren. Sie verstehen schon, was ich meine.«

Grießinger war die Frage keineswegs so peinlich, wie er tat. Ludwig hatte zwischenzeitlich einen hochroten Kopf bekommen. Der anwesende Polizeibeamte stand vorsorglich auf und begab sich unauffällig hinter Falk Ludwig.

»Was meinen Sie damit, Grießinger?«

Ludwigs Frage klang bedrohlich.

»Jetzt nehmen Sie nur Gas raus, Herr Ludwig. Ich meine gar nichts. Meine Kollegen wissen, quasi aus eigener Beobachtung, dass Juliana Buck und Eugenie Kächele ein Liebespaar waren und bereits seit geraumer Zeit mit Männern gar nichts mehr am Hut hatten.«

»Lüge! Schamlose, unverschämte Lüge! Sie waren meine Frauen. Sie gehörten nur mir. Alles Lüge. Ich habe sie beide geliebt. Niemals hätte ich sie umgebracht. Niemals. Ihr seid doch alle Ungläubige. Ihr miesen Kreaturen. Ich bin der Hüter des Heiligtums, ich alleine kenne den wahren Glauben, die Götter, die Heiligen Stätten und Worte. Lasst mich sofort frei, ich will hier raus.«

Ludwig starrte den Kriminalhauptkommissar an.

Grießinger lehnte sich zufrieden zurück und sah auf seine Uhr und sprach ins Mikrophon: »Ende der Vernehmung Ludwig, Falk, 11:17 Uhr.« Noch genug Zeit bis zum Mittag.

31

Grießinger betrat um 11:30 Uhr pfeifend sein Büro. Haible und Baisch schrieben am Bericht über den Mordversuch an Emilie Berta Lämmle.

»Chef, man könnte meinen, dein Verhör ist gut gelaufen.«

»Wie man es nimmt.«

Grießingers Pfeifen verstummte.

»Unser Hauptverdächtiger ist ein Schwanzklemmer. Ganz raus ist er aber noch nicht. Wir behalten ihn noch ein paar Tage.

Es täte ja alles passen. Aber ein Mörder? So ein Hosenseucher? Ihr hättet seine Augen sehen müssen. Ich glaub, der ist ein bissle durch den Wind. In seiner Not hat er uns zu seiner Zimmerwirtin geschickt.«

»Und jetzt, Chef? Fangen wir wieder von vorne an? Der Anschlag auf die Lämmle kann der Keltenspinner ja auch nicht gewesen sein, oder?«

»Herrschaften, nehmen wir doch mal für einen kurzen Moment an, dass es tatsächlich nicht Falk Ludwig war. Es wurden übereinstimmende DNA-Spuren von einem Unbekannten an den zwei Mordopfern und an Frau Lämmle gefunden, richtig?«

»Von Ludwig wurden nur DNA-Spuren an Buck und Kächele gefunden, Chef. Hier liegt der Bericht von der KTU. Ich denk zwischenzeitlich schon, dass wir es mit einem Mörder zu tun haben könnten. Wir verstehen dem seine Motive nur nicht.«

»Mensch, Haible, dann sollten wir uns vielleicht überlegen, warum der Unbekannte zwei Frauen umbringt und es dann ausgerechnet bei einer polizeilichen Ermittlerin versucht. Wollte der erwischt werden? Oder wusste die Lämmle etwas, was wir nicht wussten?«

»Chef, ich denk ja, der Unbekannte hat einen ordentlichen Sparren. Dem ist mehr oder weniger egal, ob er erwischt wird.«

Baisch ahnte, auf was sein Chef hinaus wollte.

»Jetzt haben doch die zwei Mordopfer keinen sonderlich sittsamen Lebenswandel geführt, zumindest wenn man die allgemein üblichen Moralvorstellungen als Maßstab nimmt, oder?«

»Meinst du, unser Täter war als Racheengel und Sittenwächter unterwegs, so mit loderndem Schwert? Was wollte er dann von der Lämmle? Hat unsere Profilerin dunkle Seiten, die wir noch nicht kennen?«

Baisch meinte es durchaus ernst.

»Herrschaften, weniger mit Schwert als vielmehr mit einem Lederriemen und Melkfett. Hat man eigentlich bei der Lämmle auch Melkfett am Hals gefunden?«

»Chef, meinst du vielleicht der Täter könnte irgendwelche Wahnvorstellungen haben? Womöglich religiöser Art, oder so?«

»Siehst du, Baisch, jetzt gehen wir ins Archiv zum Willi und ärgern den kurz vor Feierabend.«

Grießinger grinste und seine Kollegen sahen sich schicksalsergeben an.

*

Grießinger versprach dem Leiter des Archives einen großen Ring Schwarzwurst und ein Dettinger Kirschwasser, wenn er bereit wäre etwas länger zu arbeiten. Nach kurzer Verhandlung und der Aufstockung des Angebots um ein Stück Rauchfleisch vom Fallenschütz stimmte Willi, der Archivleiter, zu.

Grießinger bat ihn, sämtliche Strafanzeigen und Kriminalfälle der letzten dreißig Jahre, die in Hülben und Umgebung dokumentiert waren, herauszusuchen, woraufhin Willi noch eine Schinkenwurst zusätzlich forderte. Auch damit gab sich Grießinger zähneknirschend zufrieden, nicht ohne dem fülligen Archivar papierfressende Termiten in seinen Keller zu wünschen.

Baisch war in seinem Element, als Willi Akte um Akte anschleppte. Ihn schreckten die Aktenberge nicht. Es war fast eine Leidenschaft von ihm, mit akribischer Recherche die Nadel im Heuhaufen zu finden. Zwei Stunden vergingen, und noch immer konnten sie keine heiße Spur in den Akten der letzten Jahre ausmachen. Der Archivar begann immer lauter zu murren und Grießinger ignorierte standhaft sein penetrantes Hungergefühl. Die ganze Zeit über plagte ihn der Gedanke, dass er heute irgendetwas Wichtiges vergessen hatte. Er kam nicht darauf.

Das Jagdfieber in der Stimme von Baisch war deutlich zu hören. Seine zwei Kollegen erschraken heftig, als er mit seinem Ausruf die arbeitsame Stille unterbrach. »Holla, ich glaub ich hab einen Volltreffer!«

Grießinger und Haible eilten zu Baisch und sahen ihm über die Schulter.

»Eugen Brechtle, geboren am 27.5.1960, ehemals wohnhaft in Hülben, ledig. Ihm wurde zur Last gelegt, am 14.07.1979 in der Buslinie von Bad Urach nach Hülben drei weibliche Fahrgäste beschimpft und beleidigt zu haben. Die Zeuginnen hatten angegeben, er bezichtigte sie der Unkeuschheit, der Sittenlosigkeit und des Umgangs mit mehreren Männern. Dabei schlug er sie mehrmals. Bei der Verhaftung leistete der Beschuldigte erhebliche Gegenwehr und wurde deshalb in die geschlossene Abteilung der psychiatrischen Klinik nach Tübingen verlegt.«

Das könnte passen. Sie mussten herausfinden, ob Eugen Brechtle noch irgendwo in der Psychiatrie untergebracht war und ob es weitere Hinweise in Hülben auf Eugen Brechtle gab. Vielleicht wusste der Pfarrer etwas von diesem Mann, der offensichtlich unter religiösen Wahnvorstellungen gelitten haben musste oder vermutlich heute noch darunter litt.

Nach einem Anruf beim Staatsanwalt, der offensichtlich gerade Feierabend machen wollte und deshalb nicht sehr erfreut klang, hatte Grießinger die notwendigen Unterschriften, damit die Ärzte in der Tübinger Universitätsklinik für Psychiatrie Auskunft erteilen durften. Er schickte Baisch zum Staatsanwalt, um alle Unterlagen persönlich abzuholen. Dann rief er in der Universitätsklinik an und erkundigte sich nach dem diensthabenden Arzt. Dieser lehnte erst vehement die Herausgabe von Daten ab. Nachdem ihm Grießinger allerdings ein offizielles Schreiben des Staatsanwaltes zugesagt hatte, erklärte er sich immerhin bereit, bis Montag alle Unterlagen über Eugen Brechtle zusammenzustellen, inklusive sämtlicher Psychiatrieaufenthalte.

Der Anruf beim Pfarrer blieb ebenso erfolglos. Eine freundliche Stimme am Telefon gab Auskunft, dass der Herr Pfarrer erst wieder am Montag ab acht Uhr zu sprechen sei, da er sich von Freitag bis Sonntagabend auf einer Fortbildung befände. Grießinger fluchte. Sie steckten fest und mussten bis Montag abwarten. Möglicherweise war dieser Brechtle ja längst verstorben oder befand sich noch immer in der Psychiatrie.

»Herrschaften, keine schlechte Arbeit. Heute kommen wir aber leider nicht weiter. Den Ludwig behalten wir bis nächste Woche. Solange der keinen Wohnsitz angeben kann, besteht Fluchtgefahr. Auf, gehen wir ins Büro, fassen kurz die nächsten Schritte zusammen und vespern endlich was. Mein Magen tut saumäßig weh.«

Noch immer plagte ihn das Gefühl etwas vergessen zu haben. Sollte er Martha anrufen? Lieber nicht, vermutlich war es eh schon zu spät. Baisch und Haible nickten eifrig, wie immer bei der Aufforderung zum Vesper.

Am späten Nachmittag kam Grießinger nach Hause. Das Wochenende stand vor der Tür. Grießinger freute sich auf ein Vesper, die Landesschau, seinen Sessel vor dem Gummibaum. Im Hausgang stolperte er fast über einen Koffer, eine Tasche, seinen guten Mantel und einen am Kleiderständer aufgehängten Anzug. Grießinger blieb stehen und vermutete das Schlimmste. Martha hatte ihm seine Koffer gepackt. Sie schmiss ihn raus. Fieberhaft begann er zu überlegen, was er falsch gemacht haben könnte.

»Martha, Spätzle, bist du da?«, rief er ganz vorsichtig, fast zärtlich in den Hausgang.

Nichts, keine Antwort. Da hörte er ein Rumpeln aus dem ersten Stock. Mit zwei weiteren Taschen behangen, kam Martha aus dem Schlafzimmer die Treppe herunter gepoltert. Gießinger blieb wie angewurzelt stehen. Martha erreichte ihn und ließ die Taschen vor ihm auf den Boden fallen.

»So, jetzt ist alles beieinander. Auf geht's, Josef.«

»So fühlt sich also ein Rausschmiss an«, fuhr es Grießinger durch den Kopf. Blankes Entsetzen lähmte ihn.

»Aber Martha, so einfach ...«

»Ich hab's gewusst, dass du Theater machst. Heute morgen habe ich noch mit meiner Freundin Inge telefoniert, und die hat gemeint, dass du bestimmt keine Probleme machst, sondern dich freust.«

»Aber nein, Martha ...«

»Josef, jetzt ist Schluss mit Wenn und Aber. Ich hab das Wochenende gebucht, und du kommst jetzt mit!«

Josef Grießinger schlug sich mit der flachen Hand so fest gegen die Stirn, dass es laut klatschte und ein großer roter Fleck zurückblieb.

»Oh, ich Granadaseggl. Wie konnte ich nur den Kochkurs im *Goldenen Eber* in Erpfingen vergessen?!«

Martha sah ihren Mann verwundert an. Was hatte er denn gedacht? So entgeistert, wie er dagestanden hatte, musste es wohl das Schlimmste gewesen sein. Sie schüttelte noch den Kopf, als Grießinger mit Schwung den schweren Koffer anhob und ihn sichtbar erleichtert zu seinem Strich 8 brachte.

32

Einige Tage später ging Emilie mit Kirstin von Hackelberg, der leidenschaftlichen Jägerin, vom Flugplatz Hülben in Richtung Kienbein-Wall. Emilie wollte zurück an den Ort des Überfalls. Auf der Höhe des Walls war das Gefühl wieder da: Emilie spürte die Todesangst erneut. Sie beeilte sich weiter zu gehen, als einige Meter vor ihnen wie aus dem Nichts ein Mann auftauchte. Ein absurder Anblick, denn dieser Mann schien sich mit jemanden zu unterhalten, der für Emilie und Kirstin unsichtbar war. Gestikulierend, schimpfend und mit energischem Schritt kam er ihnen näher. An seinen Händen trug er Handschuhe, dazu einen Anorak mit breiten Reißverschlüssen, eine exakt sitzende Stoffhose und schwarze knöchelhohe Lederschuhe. Die beiden Frauen blieben stehen.

*

»… die Gottlosen sind von Mutterleib an auf falscher Bahn, die Lügner gehen von Geburt an auf dem Irrweg. Sie haben Gift wie Schlangengift, wie eine taube Otter, die ihr Ohr verstopft, die nicht hören will auf die Stimme des Schlangenbeschwörers, des Zauberers, der den Bann sprechen kann. O Gott, reiße ihnen die Zähne aus dem Maul; HERR, zerschmettere den jungen Löwen das Gebiss! Lass sie zerrinnen wie Wasser, das sich verläuft! Legt er seinen Pfeil an, so seien sie wie abgeschnitten! Sie sollen sein wie eine Schnecke, die dahingeht und vergeht, wie eine Fehlgeburt, welche niemals die Sonne sah! Ehe noch eure Hecken die Dornen bemerken, erfasse sie, wenn sie noch frisch sind, die Feuerglut! Der Gerechte wird sich freuen, wenn er solche Rache sieht und wird seine Füße baden in des Gottlosen Blut. Und die Leute

werden sagen: Es gibt doch einen Lohn für den Gerechten, es gibt doch einen Gott, der richtet auf Erden!«

*

Der Mann hatte sich ihnen bis auf wenige Schritte genähert. Erst jetzt bemerkte er die zwei Frauen und blieb unvermittelt stehen. Sein Redeschwall stockte. Unsicher blickte er zu Emilie und Regine. Im nächsten Moment begann er wieder seine seltsame Rede.

»Auch ihr sollt wissen: alle Menschen leben in Unglauben, Gottwidrigkeit und Blindheit. Sie müssen endlich ihre Schuld bekennen, damit sie wieder die Liebe Gottes empfangen können. Tut Buße, auch ihr zwei Frauen, tut endlich Buße!«

Eiligen Schrittes, ohne sie anzusehen, passierte er die zwei Frauen. Emilie drehte sich um und sah wie er gestikulierte und mit fester Stimme seine Zitate fortsetzte. Es schien sich um Bibelzitate oder Predigersprüche zu handeln. Kirstin von Hackelberg schüttelte ungläubig den Kopf.

»Was hat der denn, das geht ja gar nicht, wie der unterwegs ist. Sind die Schwaben eigentlich alle so? Der dreht ja komplett verkehrt rum. Vielleicht sollte der mal ganz dringend einen doppelten Korn trinken. Soll ich dem eine Ladung Schrot mitgeben, Emilie?« Kirstin von Hackelberg meinte die Frage durchaus ernst.

Emilie hörte die Worte ihrer Freundin wie in weiter Ferne.

»Unglauben, Gottwidrigkeit und Blindheit, tut Buße, tut endlich Buße.«

Diese Worte kreisten in ihrem Kopf.

»Was meinte der Typ mit Unglauben, Gottwidrigkeit und Blindheit? In meinem Kopf löst das irgendwelche panischen Reaktionen aus, aber ich bringe es gerade nicht zusammen. Ich habe das Gefühl, den Schlüssel zu kennen, aber das Schloss nicht zu finden.«

Kirstin wunderte sich über ihre Freundin. Von ihrem Besuch

auf Krautsand hatte sie Emilie in anderer Erinnerung. Damals war sie traurig gewesen, aber hatte kein wirres Zeug im Kopf. Kirstin mochte solche Situationen nicht. Sie war direkt, offen und konsequent. Mit ihren Hunden, auf der Jagd und mit ihrem Mann.

Schweigend gingen sie in Richtung Karlslinde, als Emilie plötzlich stehen blieb.

»Kirstin, wir müssen zum Pfarrer! Sofort!«

Jetzt war Kirstin vollends überfordert. Was wollte ihre Freundin so dringend beim Pastor? Die Verletzung an ihrem Hals schien auch ihren Kopf in Mitleidenschaft gezogen zu haben. Sie zuckte etwas hilflos mit den Schultern und drehte sich um. Emilie war bereits einige Schritte voraus, und ihre Freundin beeilte sich, ihr zu folgen.

33

Am Montagmorgen betrat Grießinger sein Büro. Blass, müde, grantig. Er hatte ein grausames Wochenende hinter sich und empfand seine Schreibtischstuhl als eine Oase der Entspannung und inneren Ruhe. Kaum hatte er sich hingesetzt, stand er wieder auf, ging zum Vesperschrank und betrachtete liebevoll, fast andächtig das Senfglas, die Essiggurken, den Meerrettich in der Tube und die Büchsenwurst. Haible und Baisch öffneten die Bürotür und blieben wie angewurzelt stehen, als sie ihren Chef vor dem Vesperschrank sahen.

»Guten Morgen, Chef, wie siehst auch du aus? Henn sie dich durch den Fleischwolf gedreht, oder hast zu viel Most gehabt?«, fragte Haible den Kriminalhauptkommissar.

Wortlos ging Grießinger zu seinem Schreibtisch und hielt ihnen die Menükarte hin. Baisch nahm das Blatt und las laut vor:

»Pralinen vom Ochsenschwanz
Salatteller mit Linsensprossen und Kaninchenrücken
Loup de Mer auf Kürbisgemüse
Sorbet mit Sellerie

Albbüffel geschmort mit Kartoffelplätzchen
und Steckrübenpüree
Warmer, halbgebackener Schokoladenkuchen
Bananen-Ingwermousse und Mocca-Sabayon«

»Auweh, das war hart für dich, oder? Hast du das alles gegessen?«, fragte Baisch mitfühlend.

»Alles! Und dazu Sachen getrunken, die ich noch nicht einmal aussprechen kann.«

Grießinger litt noch immer.

»Und Martha, wie geht's der?«

Haible machte sich aufrichtig Sorgen.

»Putzpudelwohl. Granadamäßig gut! Die ist im kulinarischen Feinschmeckerhimmel auf Wolke sieben. Dafür ist es mir im Ranzen herumgefahren, dass ich gedacht hab, mich verreißt es. Die Martha hat mich alles geheißen, weil ich mich über die ungewohnte Kost beschwert hab. Des Schlimmste aber ist, dass ich den Monat nicht mehr tanken kann.«

»Wegen?«, fragten seine Kollegen gleichzeitig.

»So viel hat das Essen gekostet. Soviel wie einen Monat tanken.«

Baisch kannte die Küche Fritz Luftingers von seinem Schwiegersohn, der in einer Computerfirma arbeitete und ihn mehrmals mit seiner Frau dort zum Essen eingeladen hatte. Dass diese hervorragende Küche nicht zu Grießinger passte, war ihm klar.

»Weißt, Chef, des mit dem Essen beim Luftinger ist wie mit dem Picasso: Wahre Kunst kostet halt einfach Geld«, meinte Baisch nur.

Grießinger und seine Kollegen saßen an ihren Schreibtischen und warteten auf das Fax von der psychiatrischen Klinik. Ein starker Kaffee und das Mitgefühl seiner Kollegen hatten dem Kriminalhauptkommissar wieder auf die Füße geholfen. Er fühlte sich bereits deutlich besser, und die Aussicht auf die kommende Vesperpause beruhigte seinen Magen. Endlich, das Faxgerät begann zu drucken. Grießinger stand erstaunlich schnell auf und starrte auf den Papierschacht.

»Herrschaften, Brechtle könnte passen. War erst in Tübingen, dann in Zwiefalten. Galt als Musterpatient. Seine religiösen Wahnvorstellungen waren anscheinend geheilt. Vor vier Wochen wurde er entlassen. Sein Wohnsitz ist offiziell in einer Wohngemeinschaft ehemaliger Psychiatriepatienten. Dort ist er aber nie angekommen. Gesucht wurde nach ihm nicht, da er als unauffällig und ungefährlich galt. Auf, wir fahren direkt nach Hülben.«

Sie klingelten bei der Amtsbotin. Nach kurzer Zeit öffnete ihnen die alte Frau.

»Grießinger, Josef, Kriminalhauptkommissar aus Reutlingen. Wir sind's nochmal, guten Morgen, Frau Gaiser. Wir hätten da noch ein paar Fragen wegen ihrem Jungen. Meine Kollegen Haible und Baisch kennen Sie ja bereits.«

»So, wegen meinem Jungen kommen Sie. Ich dachte, Sie suchen diesen Ludwig?«

Fidelia Gaiser schien plötzlich auf der Hut zu sein.

»Wir wollen ihn nur als Zeuge befragen. Können wir hereinkommen?«

»Wenn es sein muss, kommen Sie halt rein!«

Die Stimme der Amtsbotin hatte jede Freundlichkeit verloren.

In der Stube befand sich niemand. Auf dem Tisch standen zwei leere Tassen und zwei Teller.

»Mein Junge ist ein guter Junge. Der hilft mir, wo er nur kann.«

»Wo ist denn Ihr Junge, Frau Gaiser«, fragte Grießinger.

»Zum Doktor ist er gegangen. Die Katz hat ihm schlimm die Hände verkratzt. So ein Sauviech. Fängt die im Alter noch das Spinnen an.«

Durch die Tür kam laut schnurrend eine Katze herein und strich um die Füße der Polizeibeamten. Die alte Amtsbotin hörte das Schnurren.

»Gsch, Gsch, geh weg, Katz. Hast meinem Bub weh getan.«

»Wann kommt Ihr Junge denn wieder, Frau Gaiser?«

Grießinger wollte die Frau nicht fragen, ob Brechtle ihr leiblicher Sohn war. Er musste Brechtle direkt fragen, um sicher zu gehen.

»Wisset se, die Sünde ist die Geißel der Menschheit. Wer in Sünde lebt, der missachtet Gott und seinen Sohn. Nur wer den richtigen Weg geht, in Glaube und Demut, fleißig und streng mit sich selbst, kann der Sünde widerstehen.«

Die drei Kommissare sahen sich zweifelnd an. War die alte Frau überhaupt zurechnungsfähig? Grießinger hatte ein ganz ungutes Gefühl. Trotzdem beschloss er die Befragung abzubrechen und erst zum Pfarrer zu gehen.

»Schon recht, Frau Gaiser. Sagen Sie Ihrem Jungen einen schönen Gruß, wir kommen später noch einmal vorbei.«

Als die drei Kommissare vor dem Haus der alten Frau standen, begann Haible als Erster zu sprechen, während Grießinger sich am Kopf kratzte und noch nachdachte.

»Chef, diese Fidelia Gaiser weiß mehr, als sie uns sagt. Warum hast du sie nicht gefragt, ob es ihr leiblicher Sohn ist? Jetzt wird Brechtle von ihr gewarnt.«

»Haible, ich befürchte, der Brechtle kommt wieder und lässt sich nicht warnen. Lass uns zum Dorfarzt gehen, vielleicht sitzt er ja tatsächlich dort. Anschließend besuchen wir noch den Pfarrer.«

34

Emilie und Kirstin von Hackelberg erreichten das Pfarrhaus noch vor Grießinger und seinen Kollegen. Der Pfarrer war über den frühen Besuch der beiden Frauen und ihr Anliegen recht verwundert. Seine Bürohilfe hatte ihm berichtet, dass die Polizei am Freitagnachmittag in einer ähnlichen Angelegenheit angerufen hatte. Emilie versprach, ihn nicht lange belästigen zu wollen und versuchte ihn von der Dringlichkeit ihres Anliegens zu überzeugen. Als sie den Namen von Kriminalrat Reitzle nannte und angab, dass sie als Profilerin in seinem Auftrag handelt, willigte der Pfarrer schließlich ein. Emilie wurde nervös. Die Zeit drängte.

»Ist Ihnen ein Fall von religiösem Wahn bekannt, der sich in den letzten Jahren in Ihrer Gemeinde abgespielt hat? Denken Sie doch bitte nach. Vielleicht haben die Leute irgendwann einmal etwas erzählt.«

»Moment mal, Sie haben Recht. Eine solche Geschichte kenne ich. Es wird immer mal wieder von der armen Familie Brechtle erzählt. Die Mutter hat es an der Lunge gehabt und ist jung gestorben, der Vater ist beim Holzmachen von einem Baum erschlagen worden und der Sohn wurde von der Amtsbotin aufgenommen. Bis es einen komischen Zwischenfall im Bus nach Urach gab. Da sagen die Leute aber nichts. Der junge Brechtle kam danach in die Psychiatrie.«

»Und die alte Amtsbotin, lebt die noch? Beschreiben Sie mir bitte die Frau.« Emilie lächelte den Pfarrer freundlich aber ernst an.

»Frau Fidelia Gaiser ist bis heute eine fleißige und gläubige Person, die ein Leben lang geschafft hat und regelmäßig zum Gottesdienst und in die Stund gegangen ist. Eigentlich ist sie noch ganz rüstig, aber in letzter Zeit lassen ihre Augen immer mehr nach. Es heißt, sie ist fast blind.«

»Blind, Blindheit, Gottwidrigkeit, Unglauben. Ich war auch blind gewesen. Blind für die Zeichen des Mörders. War das der Grund für den Anschlag: Meine Ratlosigkeit, die ich in einem Interview mit der Tagespresse preisgegeben hatte?

Gottwidrigkeit, Unglauben und jetzt Blindheit: Diese Worte hatte der Mann am Kienbein klar und deutlich gesagt.«

Emilie dachte laut. Ihre Freundin Kirstin war bereits aufgesprungen. Sie ahnte die Zusammenhänge.

»Lebt Frau Gaiser allein?«

»Ich denke, ja. Ihr Mann ist vor vielen Jahren verstorben. Manchmal vermietet sie Zimmer für Monteure zur Aufbesserung ihrer schmalen Rente. Bestimmt lebt sie allein. Meines Wissens hat Frau Gaiser nie Kinder gehabt. Und ihr Ziehkind müsste bis heute in der Psychiatrie sein.«

»Danke, Sie haben uns sehr geholfen. Vielen Dank.«

Kristin von Hackelberg und Emilie rannten aus dem Pfarrhaus, stiegen in Emilies Auto und folgten der Wegbeschreibung zu Frau Gaisers Haus.

Emilie klingelte an der Haustür.

»Was ist denn jetzt schon wieder?«, hörte man eine mürrische Stimme hinter der Tür.

»Grüß Gott, meine Name ist Emilie Berta Lämmle und das ist meine Freundin Kirstin von Hackelberg. Wir suchen einen Mann namens Brechtle. Wohnt der bei Ihnen?«

Die alte Frau machte die Tür auf: »Was wollen Sie alle von meinem Jungen, der hat niemand etwas getan.« Emilie drängte ins Haus und schob die alte Frau vor sich her.

»Wollte heute schon einmal jemand was von Ihrem Jungen?«, fragte Emilie.

»Ein Herr Grießinger und seine Kollegen waren schon wieder da. Aber der Eugen war nicht da. Dann sind sie auch gegangen.«

»Wir wollen Ihrem Eugen helfen, Frau Gaiser. Wir wollen ihm nichts Böses. Nur etwas fragen. Der Pfarrer schickt uns wegen dem Eugen. Wir sollen fragen, wie es ihm geht.«

Emilie schämte sich für ihre Notlüge. Nach einigem Zögern bat die alte Amtsbotin die zwei Frauen in die Stube.

Emilie erstarrte, als sie den Raum betrat. Dort saß der Mann von heute Morgen. Vor ihm eine Tasse Kaffee und ein Gsälzbrot. Die Hände hatte er unter dem Tisch. Er sah seltsam angespannt und abwesend aus.

»Guten Tag, meine Name ist Emilie Berta Lämmle und das ist Kirstin von Hackelberg. Wir wollen wissen, wie es Ihnen geht.«

Die fast blinde Frau lächelte. Der Mann antwortete nichts.

»Emilie und Berta, schöne Namen sind das. Eine Mitschülerin von mir hat Emilie geheißen. Lange Zöpfe hat sie immer gehabt. Nehmen sie doch Platz. Eugen, holst du noch zwei Tassen? Sie trinken doch Kaffee?«

Der Mann bewegte sich nicht. Sein Blick senkte sich.

»Bub, was ist los, geh doch in die Küche, damit unsere Gäste einen Kaffee bekommen.«

Keine Reaktion. Emilie bekam es mit der Angst zu tun. Der Mann am Tisch schien aufs äußerte angespannt zu sein. An seinem Hals traten die Adern hervor, seine Kiefermuskeln arbeiteten unablässig. Er atmete schwer.

»Mutter, ich muss kurz in mein Zimmer. Ich komme sofort wieder, bitte«, flüsterte der Mann.

Emilie bekam Angst. Das war die Stimme an ihrem Ohr.

»Schon recht, Bub, geh nur. Bestimmt kann mir Frau Emilie Berta so lange behilflich sein.«

Langsam stand der Mann auf. Dabei versuchte er seine Hände hinter dem Rücken zu verbergen. Emilie beobachtete ihn genau. Er nickte ihr unsicher zu und entschuldigte sich dabei mehrmals. An der Tür musste er sich zur Seite drehen, um die Türklinke herunterzudrücken. Da sah Emilie die zerkratzte Hand. Unglauben, Gottwidrigkeit und Blindheit. Die zerkratzte Hand. Sie hatte dem Täter im Todeskampf die Hände zerkratzt. Sie erinnerte sich plötzlich an seine Schreie.

»Frau Gaiser, ich muss mal kurz an die frische Luft, mir ist irgendwie unwohl.«

Sie zwinkerte ihrer Freundin zu und bedeutete ihr mit einer Geste, hier zu bleiben und auf die alte Frau aufzupassen. Eilig verließ sie den Raum und ging zur Haustür hinaus auf den Gehweg. In diesem Moment hielt Grießingers Strich 8 mit quietschenden Reifen am Straßenrand. Die drei Kommissare öffneten die Türen und stiegen eilig aus.

35

»Ja jetz leck me doch glei am Arsch, wo du auch hinkommst, ist die Lämmle schon da.«

Grießinger schüttelte den Kopf und sah sie missmutig an.

»Der Herr Reitzle hat Ihnen doch ausdrücklich jegliche Alleingänge untersagt. Haben Sie noch nicht genug Halsschmerzen?«

»Nur keine Sorge, Herr Kriminalhauptkommissar. Erstens

war ich nicht allein, zweitens bin ich wirklich zufällig hier und drittens wollte ich Sie gerade anrufen. Da drin sitzt meine Freundin Kirstin von Hackelberg und passt auf Frau Gaiser auf. Ihr Junge ist ihm Haus. Er ist der Mann, der mich ermorden wollte. Ich habe seine Stimme erkannt und seine zerkratzten Hände gesehen. Kein Zweifel. Und ich denke, er hat auch die anderen Frauen auf dem Gewissen.«

»Wie sind Sie jetzt da drauf gekommen. Auf, Haible und Baisch. Schnell, springet hinauf in sein Zimmer.«

In diesem Moment war lautes Hühnergeschrei zu hören. Dann schlug ein Holzgatter zu und kurz danach ein Zauntor oder etwas Ähnliches.

»Himmelarschundzwirn. Der Hühnerstall. Ich hab doch schon beim letzten Mal gesagt, passt auf den Hühnerstall auf.«

Haible stürmte, gefolgt von Grießinger und Emilie, ins Haus und die alte Holztreppe hinauf. Oben angekommen, rissen sie im ersten Stock alle Zimmertüren auf. Baisch rannte zum Hühnerstall.

Keine Spur von Eugen Brechtle.

Grießinger und Emilie untersuchten nun die geöffneten Zimmer genauer. In dem Raum neben Falk Ludwigs Zimmer blieben sie beide staunend stehen. Ursprünglich war das Zimmer genauso schlicht eingerichtet wie die anderen. Aber hier klebten überall beschriebene Zettel an den Wänden. Bibelsprüche. Es war alles voll mit Bibelsprüchen. Sie hatten das Zimmer Brechtles gefunden.

Auf einem schlichten Holztisch lag ein feinsäuberlich gefalteter Brief. »Für meine Frau Mutter« stand in Schönschrift darauf.

Emilie überflog den Brief. Er schrieb, Gottwidrigkeit, Unglauben und Blindheit seien die Übel der Menschheit. Detailliert hatte Eugen Brechtle aufgeschrieben, wie gottwidrig Juliana Buck gelebt hatte. Hurerei und Sünde hatten in seinen Augen von ihr Besitz ergriffen. Von Eugenie Kächele hatte er ihre abfälligen Worte über den Gottesdienst und die Stund aufgeschrieben. Die Abscheu klang aus jedem geschriebenen Wort. Sie musste sterben, damit er ein Zeichen gegen den allgegenwärtigen Unglauben setzen konnte.

Der Anschlag auf Emilie galt der Blindheit der Menschen vor der göttlichen Wahrheit. Er hatte sie aufgrund eines Zeitungsinterviews ausgewählt, in dem sie zugegeben hatte, dass sie die Zeichen des Mörders nicht verstehen konnte.

Vermutlich war Eugen Brechtle auf der Suche nach seiner glücklichen Kindheit zurück nach Hülben gekommen. Die Wahnvorstellungen mussten wieder ausgebrochen sein, als er an der Realität zerbrach. Eine Entwicklung, die kein Gutachter und Arzt vorhersehen konnte. In den letzten Jahren hatte sich Eugen Brechtle vollkommen unauffällig benommen. Emilie weinte. Sie fühlte keinen Hass auf den Menschen, der sie umbringen wollte. Nur tiefes Mitleid.

Eugen Brechtle hatte einen Abschiedsbrief an seine Pflegemutter geschrieben.

»Gott, sei mir gnädig nach deiner Güte, und tilge meine Sünden nach deiner großen Barmherzigkeit. Wasche mich rein von meiner Missetat, und reinige mich von meiner Sünde; denn ich erkenne meine Missetat, und meine Sünde ist immer vor mir

Psalm 51, 3-5.

Mama, vergib mir bitte.

Dein Junge

Das war der letzte Satz in dem Abschiedsbrief.

»Grießinger, der Brechtle hat einen Abschiedsbrief geschrieben, der bringt sich um.«

Grießinger las hastig den Brief. Das Klingeln von Haibles Handy näherte sich.

»Chef, Kriminalrat Reitzle ruft an. Was soll ich ihm sagen?«

»Keine Zeit, soll es später wieder probieren.«

»Josef, das kannst du nicht bringen. Der schmeißt uns raus!«

»Gib das Handy her, Haible!«

»Grießinger, Josef. Herr Kriminalrat, wir haben jetzt keine

Zeit für Berichte. Schicken Sie einen Suchtrupp mit hundert Leuten zur Brille bei Hülben, und geben Sie eine Fahndung raus. Eugen Brechtle, die Personenbeschreibung liegt auf meinem Schreibtisch. Ade.«

»Baisch, du fährst zur Brille hinaus und wartest auf die Suchtrupps. Ich fahr mit Haible, der Lämmle und der Hackelberg los, um den Brechtle zu suchen. Frau Lämmle, sagen Sie mal, wo sollen wir eigentlich suchen?«

»Der Brechtle will sich richten. Für seine Sünden. Ich denke, weil er seine Opfer erdrosselt hat, wird er sich aufhängen. Heute Morgen sind wir ihm am Kienbein-Wall begegnet. Er sah ziemlich verwirrt aus. Grießinger, ich würde vermuten, dass er sich die Friedenslinde ausgesucht hat. Die Linde gilt seit Menschengedenken als Gerichtsbaum. Wir müssen dorthin. Schnell!«

36

Grießinger gab in seinem alten Daimler Strich 8 Vollgas. Jetzt konnte es auf jede Minute ankommen.

»Haible, ruf den Pfarrer an, der soll nach der alten Amtsbotin gucken. Ich glaub, die ist vollkommen durch den Wind.«

Der Kriminalhauptkommissar trieb seinen alten Benz schonungslos über die Schotterpiste zum Kienbein-Wall. Dabei brach das Heck etwas aus, was Kirstin von Hackelberg mit einen kleinen Jauchzer kommentierte, Baisch aber die Schweißperlen auf die Stirn trieb. Das Auto tauchte einige Male bedrohlich heftig in Schlaglöcher ein. Aber außer dumpfen Schlägen oder einem bedrohlichen Knirschen passierte nichts. Sie erreichten den Kienbein-Wall und rasten über die Wiese zu einer offenen Stelle am Waldrand. Grießinger legte eine Vollbremsung hin, und noch bevor der Wagen stand, flogen die Türen auf.

»Grießinger, da vorne auf der Banklehne. Siehst du ihn. Da steht er drauf. Der springt!«

In diesem Moment ließ sich Eugen Brechtle fallen. Ein Ruck, die Beine schwenkten hin und her und pendelten langsam aus.

»Brechtle, neeeeiin«, schrie Emilie verzweifelt. Sie wollte nicht, dass dieser kranke Mensch so starb. Sie erreichte Brechtle, stieg auf die Bank, umschlang seine Beine und hob ihn möglichst hoch. Grießinger kam hinzu.

»Haible, komm, ich geb dir Steighilfe. Schneid oben im Baum das Seil durch!«

Baisch schrie jetzt auch und lehnte bereits mit dem Rücken zum Baum, um seinem Kollegen Steighilfe zu geben. Emilie stöhnte unter der Gewicht:

»Baisch, mach das Seil an der Bank los, guck doch hin. Der Brechtle hat das Seil über die Astgabel geworfen und unten festgemacht.«

Kirstin von Hackelberg half endlich Emilie den Körper hochzuhalten. Die Frauen atmeten schwer. Baisch war schnell. Das Seil fiel herunter, endlich konnte Emilie loslassen. Eugen Brechtle fiel vor der Bank auf den Waldboden.

Leblos.

37

Nach dem Selbstmord von Eugen Brechtle waren sie alle zu einer kurzfristig anberaumten Besprechung nach Reutlingen in die Polizeidirektion gefahren. Reitzle war bestens gelaunt. Gemeinsam mit Rainer Möhrle würde er am nächsten Morgen in einer Pressekonferenz von den Ermittlungsergebnissen berichten.

Nachdem alles vorüber war, ging Grießinger zu Emilie und hielt ihr die Hand hin.

»Nichts für ungut, Frau Lämmle, ganz schlecht war das nicht. Und es wär ja doch schad, um den schönen Hals gewesen.« Grießinger grinste schief, wendete sich dann ruckartig um und rief: »Meine Herrschaften, auf, zackig, Zeit fürs Vesper. Und Haible: lass auch den Keltenseggel springen. Der soll wieder zurück in seinen Wald. Ich tät jetzt gerne in Ruhe vespern. Herrschaften, das war übrigens ziemlich knapp. Morgen hätten wir bei der SoKo antanzen müssen!«

Emilie lächelte über den kauzigen Kriminalkommissar, der sie manchmal – in guten Augenblicken – an diesen Kluftinger aus dem Allgäu erinnerte. Eigentlich las sie ja keine Krimis, aber die Geschichten mit dem Kommissar, der Kässpatzen über alles liebte, amüsierten sie köstlich. Allerdings war Grießinger eben keine Romanfigur, sondern Realität. Mit seinen guten Seiten und mit seinen manchmal schwer zu ertragenden schlechten Seiten. Emilie seufzte.

Kirstin von Hackelberg hatte sie bei einem befreundeten Jäger abgesetzt. Der größte Wunsch ihrer Freundin war es, nachdem der Fall gelöst war, ein Wildschwein zu schießen. Auf Krautsand gab es ausschließlich Rotwild, Hasen und Enten.

Es war später Abend, als Emilie endlich zu Hause ankam. Theos Büro war bereits dunkel.

Im Eingangsbereich lag auf dem Nachtspeicherofen ein Stapel Post. Oben drauf eine Postkarte, die Emilie neugierig machte. Es war eine Aufnahme aus dem Großen Lautertal, vermutlich von Hohengundelfingen talabwärts aufgenommen. Auf der Rückseite stand, mit kantiger Männerschrift: »Liebe Frau Lämmle, Sie erinnern sich vielleicht noch an eine gemeinsame Wanderung zum Wartsteinblick. Ihr Fachwissen und Ihr Sinn für seltsame Geschichten haben mich damals tief beeindruckt. Dürfte ich Sie bitten, mir bei der Suche nach einem Wanderkameraden behilflich zu sein. Er wurde zuletzt am Wartstein gesehen. In der Hoffnung auf baldige Antwort, Ihr Fritz Bäuerle. (Fernsprecher 073…)« Der Rest der Telefonnummer war allerdings verwischt. Aber diesmal würde sie sich gleich morgen früh darum kümmern.

Sie schaute sich in der Wohnung um. Das Wohnzimmer, die Küche: dunkel und leer. Noch immer kein Theo. Jetzt wurde sie etwas unsicher. Hatte er vielleicht noch irgendwo einen Termin oder war er etwa bereits ins Bett gegangen? Emilie ließ ihre Umhängetasche fallen, zog ihre Jacke aus und ging die Treppe hinauf in den oberen Stock. Dort lag Laika vor der Badezimmertür und winselte freudig, als sie Emilie sah.

Grinsend öffnete Emilie die Badezimmertür. Theo lag in einem gewaltigen Schaumbad, neben sich eine Flasche Mesecco und eine Schachtel Pralinen. Es dauerte nicht lange, bis Emilie sich aller Kleider entledigt hatte und in die Badewanne gestiegen war. Nur der dicke Verband um den Hals erinnerte noch an die Ereignisse der vergangenen Tage.

Danksagung

Dieser Krimi wäre ohne die vielen Zuschriften und E-Mails sowie einiger wunderbarer und unvergesslicher kulinarischer Krimilesungen auf der Alb und im Albvorland vermutlich nie geschrieben worden. Danke an alle, die sich einen neuen Fall mit Grießinger und Lämmle wünschten.

Meine Frau Ursel, unsere gemeinsame Herzensfreundin Inge und der Retter in größter Not, mein Lektor Bernd Weiler, haben dafür Sorge getragen, dass dieser Krimi zu guter Letzt (endlich) druckfertig geworden ist. Herzlichen Dank an dieses tolle Team.

Dank auch an Hanni und Andreas sowie ihre beiden Töchter. Ihr Zuspruch hat mich durch manches Tal gebracht.

Mein Verlag hat nach »Schäfers Tod« die Hoffnung nicht aufgegeben und viel Geduld bewiesen. Ich danke für das Vertrauen!

Die fachliche Beurteilung und wissenschaftliche Darstellung der hervorragenden archäologischen Arbeit hat sich der Autor zu keinem Zeitpunkt angemaßt. Höchsten Respekt hat er ebenfalls vor der Arbeit der gesamten Polizei auf der Schwäbischen Alb. Es ist ihm ein Anliegen mit Grießinger, Baisch und Haible und nicht zuletzt mit Fritz Lichtner die sympathischen, eigenwilligen und liebenswürdigen Eigenschaften der Gesetzeshüter zu zeigen. Vermutlich wollen nicht umsonst so viele Leserinnen und Leser mehr von Kriminalhauptkommissar Grießinger erfahren.

MORDS-Fälle in der Region

175 Seiten, broschiert

ISBN 978-3-88627-430-7

Grießingers erster Fall

Ein toter Schäfer auf der Alb – im Mund ein Wacholderzweig und den Schäferstab im Leib – bringt den eigenbrötlerischen Kriminalhauptkommissar Grießinger und die selbstbewusste Emilie, Schriftstellerin, Kennerin von Kraftorten und alten Bräuchen, nicht ganz freiwillig zusammen. Als Expertin für Täterprofile wurde sie ihm wegen allzu eingefahrener Ermittlungsmethoden zugewiesen.

Ist der Tote ein Opfer militanter Älbler? Welche Rolle spielt der ehemalige Truppenübungsplatz? Das ungleiche Team ermittelt mit einer prickelnden Mischung aus Älbler-Dickschädel und Spiritualität.
Schäfers Tod ist nicht nur ein Krimi, sondern erzählt auch von Land und Leuten auf der Alb.

192 Seiten, broschiert

ISBN 978-3-88627-447-5

Luka Blums dritter Fall

Der Tübinger Journalist Luka Blum fliegt mit seiner Freundin Nelly nach Irland. Die Reise endet in einem Fiasko: Er gerät in Clifden in einen Banküberfall und tötet in Notwehr einen der Räuber. Weil der Täter Mitglied einer IRA-Splittergruppe war, fürchtet Luka Blum die Rache der Terroristen.

Hals über Kopf flieht er aus Irland, um zu Hause in noch größeren Schwierigkeiten zu landen. In dem kleinen Ort Pliezhausen stößt er auf eine Leiche. Die Polizei überrascht ihn bei dem Toten und glaubt nun, den Täter gefunden zu haben. Er wird verhaftet. Luka Blum gelingt die Flucht. Er macht sich auf die Suche nach dem wahren Mörder.

Weitere Bücher unter: www.oertel-spoerer.de

Oertel+Spörer – der Buchverlag in der Region Neckar-Alb